赴宴者

THE·BANQUET·BUG

Written by Yan Geling

〔美〕**严歌苓** 著

郭强生 译

四川文艺出版社

图书在版编目（CIP）数据

赴宴者 /（美）严歌苓著；郭强生译. —成都：
四川文艺出版社，2019.5（2019.6重印）
ISBN 978-7-5411-5338-9

Ⅰ.①赴… Ⅱ.①严…②郭… Ⅲ.①长篇小说—美
国—现代 Ⅳ.①I712.45

中国版本图书馆CIP数据核字（2019）第061389号

FUYAN ZHE

赴宴者

[美] 严歌苓 著 郭强生 译

策划出品 磨铁图书
责任编辑 程 川 余 岚
责任校对 汪 平

出版发行 四川文艺出版社（成都市槐树街2号）
网　　址 www.scwys.com
电　　话 028-86259287（发行部）　028-86259303（编辑部）
传　　真 028-86259306

邮购地址 成都市槐树街2号四川文艺出版社邮购部　610031
印　　刷 天津旭丰源印刷有限公司
成品尺寸 145mm×210mm　　　开　本　32 开
印　　张 8.5　　　　　　　　　字　数　200千
版　　次 2019年5月第一版　　　印　次　2019年6月第二次印刷
印　　量 15000　　　　　　　　书　号　ISBN 978-7-5411-5338-9
定　　价 45.00元

目 录
Contents

赴宴者

001

后记

266

赴 宴 者

　　董丹这个人不信兆头，否则见了长腿红蜘蛛、双黄蛋，这些老家长辈眼中的不祥之物，他就该打消吃宴会的念头，跟老婆小梅一块去领厂里的过期罐头。他抡起塑料拖鞋，把爬过床头柜（洗衣板和砖头拼搭，上面盖着钩花桌布）的那只蜘蛛打得稀烂，对早餐的双黄蛋也视而不见。

　　现在你知道我们在哪儿了——董丹的宿舍。它原来是一个罐头工厂的楼顶办公室，位于北京郊外的工业区。早上十点，小梅正握着一根短的橡皮管给他冲澡。她站在椅子上，水管怎么也握不稳。哗啦啦、乱喷乱流的水是从天花板上生锈的排水管接过来的。要冲澡只能这样：从厂里的管线偷着接出看上去不算太脏的热水。三年前，工厂关了大半，百分之六十的职工"下了岗"，只拿百分之二十的工资。董丹带着他的肥皂盒、稀牙豁齿的梳子、塑料拖鞋回到家。他跟小梅说，他把自己车间里的储物柜全都清了，这辈子再不用上大夜班了。一开始他还没怎么担心，直到两个月后才发现，他和老婆在银行的存款只剩五十五元。这点钱两个人连去麦当劳吃顿巨无霸汉堡都不够。

　　过了两天，董丹在报上看到一则招工广告。某五星级酒店缺保安，身高需一米八以上。身强体健、相貌不错的董丹心想可以一试，于是穿上了自己最体面的行头：上身就一件化纤合成料的西装外套，下身一条卡其裤，脚上一双黑皮鞋，正好搭配从邻居那儿借来的一个冒牌登喜路的公文包，就这么去了酒店应聘。他才晃进大厅，马上有个女人迎上来，问他是不是应邀而来。他点点头。她说已经开始了，忙推着他上了电梯。下电梯穿过中庭长廊，来到一间大宴客厅，里面摆开桌子正要开始酒席。讲台上方挂着条红布幔，写着"捐献爱心，植树造林，防御沙漠，还我青翠家园！"那女人要他看哪儿有位子就去坐，然后就没了人影。

他在靠门边的一张桌旁坐下。已经上了菜，他正饿得不行，就把面前盘子里的东西全扫进肚里，也不管到底是些什么。坐他邻座的一个男人向他自我介绍，他是《北京晚报》的记者，同时问董丹是哪个单位的。董丹正吃得不亦乐乎，不希望被打扰，便随便回答他是《北京早报》的。那人说他没听过，董丹说是家新的媒体。网络媒体吗？对对，是网络媒体。董丹吃饱喝足之后，正打算找机会开溜，那记者问他要不要一块儿去领钱。啥钱？哎，就那两百块钱车马费嘛，他们的"意思意思"，麻烦我们跑这一趟。给他们亮一下你的名片，他们就付两百块钱，希望你写篇东西报道一下他们的活动。董丹干咽了几下口水：两百块钱！等于他们下岗工人好几个月的工资，还吃得跟皇上似的——不过就是一张名片的事！

离了宴会，董丹直奔一家打印社。他挑了最贵的式样，印了一大沓上头有某网络传媒字样的名片。酒席上他早打听清楚了，网络传媒这东西，反正没人说得清每天有几家新开张、有几家倒闭。

二〇〇〇年五月上旬的这天早上，他认真梳洗着，准备参加一场即将改变他一生的午宴。到今天为止，吃宴会早成了他的正经营生，日子过得还不错。董丹拿着条粗毛巾，边擦洗身子边问小梅，信不信他已经把全中国的美食都尝过了。她说她信。这回答让董丹不太满意。每次他想要在她面前拽一拽，她都是这么容易就被唬住了。如果问她，他是否够格当个宴会美食专家，她一定会说："够格，你不够格谁够格？"她睁着大眼睛的崇拜模样的确讨了董丹的欢心，可是太缺乏挑战性，有点没意思。他抬起头，看见小梅双手高高举着水管，脸都累红了。她今年二十四岁，身段虽小却挺结实，一头自然卷的长发在脑后绾了个马尾，露出一张小姑娘似的圆润脸蛋。

"你这回错了。"他说，"有道菜，我昨天头一回吃到。"

"什么菜啊？"小梅问。

"第一口吃下去，我也说不出是什么。再一看菜单，可把我吓一跳。"他隔着水汽瞧向她，"你猜那道菜是什么做的？"

她只管笑眯眯地摇头："猜不着。"每次跟她玩猜字或谜语，她那颗贫乏的小脑袋动都不动就说不知道。

"那道菜……是用……一千个……螃蟹的……爪……尖……肉……做的。"董丹一个字一个字地说，"一千个。想想看，光是敲碎每个爪子、把里面的肉挑出来就得费多少工夫。想象一下：全是那些倒霉螃蟹的手指尖哟。"

他等她继续追问，那得宰多少只螃蟹才凑得齐这么多蟹爪，可她没作声，惊讶得说不出话来了。

"那蟹爪肉又嫩又滑，用筷子挑着，还没送到嘴边就要滑掉。"他让水朝头上淋，好把洗发精泡沫冲干净，"下回他们最好在邀请函上把菜单印出来。如果再有'千蟹指'这道菜，我保证带你混进场。听我的没错，肯定值得你冒一回险。"

排水管开始发出打嗝似的怪响，咕噜咕噜的声音来自管道深处，就像是从某个深不可见的器官中发出的，橡皮管也跟着发颤。小梅连忙伸长了胳膊把水龙头关上，以免蒸汽冒出把董丹给烫熟了。她得高站在椅子上就是这原因，随时控制出水。

"说到那肉质，真是奇特。味道就像把一千根'迷你'型鸡腿全熬在那一口里。简直美味得让人受不了，鲜得都有点恶心了。没有比那一千只蟹爪更嫩的口感了，在嘴里就像……就像……"他极力想要描述那质感，那种肉在嘴里，与舌头、口腔接触的细腻，还有咽下去时经过食道的滑滋滋的感觉，五脏六腑都为之称奇。但是他词穷了。就算把他们两人受的教育加在一块儿，连给父母写封像样的信都不行，还得查字典才行。

突然楼下厂房的机器开动了。从头顶灯泡上垂下的毛茸茸的蜘蛛网也跟着发抖。厂房楼上原本被隔成二十间办公室，中间一条走廊，走廊两侧各十间。现在这里住了二十户人家，都是下岗职工。厂里不定期接到客户订单，机器也就不定时开动。楼顶的住户们如果抱怨噪声太大，厂里经理反而解释说，他们应该希望噪声更大才好，因为噪声越大房租越便宜。经理还暗示，在工厂楼顶住固然不理想，但几乎等于白住，房租低不说，还可以偷电煮饭、偷水洗澡；厂里检验不合格的肉品也低价卖给他们；紧急跑厕所的，偷来的水还帮他们解决要跑一大段路的麻烦。打开下水道一蹲，事后再一冲就完事。水真是好东西，冲两三下什么都清洁溜溜。

一位女邻居隔着塑料帘子大声叫着：怎么洗这么久，一根一根毛在洗？

董丹笑着大声回答他有十二根脚指头，得一根一根搓。小梅拿了一条干毛巾给他擦身子，一双手利落又不失温柔。她做起事来总是这么简洁有效率，劲都使在点子上。她还是小姑娘的时候，在老家村子里的农地干活，挣的工资是按一个大男人的份计算。董丹朝邻居赔不是，解释他实在是因为中午有个重要会议，得赶时间。那女人便说等他和小梅忙完了，她再回来洗青菜。邻居们大致知道董丹在上班，没人搞得清楚公司在哪儿，不过都羡慕他打着领带、穿着擦亮的鞋去工作。

每逢宴席前，董丹总是精心梳洗一番。他一共有两件正式的衬衫，一件白色，一件蓝色，两件就这么替换着穿。一年多以前，他拿到印好的记者名片的当天，便向邻居们借了一百块钱，跑到一家旧货店花五块钱买了副粗框眼镜，又花了二十块钱买了支麦克风，接在一台报废的录音机上。剩下的七十五块钱，他用来买了台破照相机，反正他也不会往里头装底片。就这样，他改头换面，出门赴宴去了。他学会事先研究报纸上的新闻，看哪里有会议举行。第一个机会是去一个新研发的科技产品拍卖会。拍卖公司发出了一百多张帖子给媒体，会后备有十六道菜的大酒席。和董丹同桌的是一群"特别来宾"。等到大伙喝得酒酣耳热，话匣子一开，他才发现这一群所谓的"特别来宾"都是被雇来假装竞拍的。他们坐在场子里，举牌压过彼此的喊价，就是要炒热气氛，哄抬价格。

酒宴尾声时，一个大水晶盘端了上来。董丹搞清楚了，盘子里带粗壳的玩意儿叫作生蚝。服务员告诉大家，这生蚝可是不到一小时前从海边捞上，坐着飞机来的。那群"特别来宾"正闹得不可开交，谈论着他们今天的表演。拍卖的是一种新式减肥器，一开始从五万块钱起拍，接着他们疯了似的喊价，终于把价格抬到了一百万元。最后的买家其实就是卖方自己，他们导演了这整场闹剧就是想要为这个产品炒点新闻。现在，所有的媒体都会大肆宣扬这个产品有多么热门，最后以超过底价二十倍的价钱卖出。董丹一边听着这个有趣的故事，一边和生蚝奋斗，却怎么也没法把那灰扑扑、滑溜溜、鲜嫩欲滴的蚝肉给挖出来。好不容易成功了，他深吸一口气才把那玩意儿送进嘴里。让他惊讶的是，这个被称作生蚝的玩意儿，长相怪异，触感黏黏的像是吐出来的秽物，味道却十分鲜美。

第二天，董丹在电视台的晚间新闻上，看到这则产品拍卖成功的报道。这消息在各家报纸也上了头版版面。但是对董丹来说，这顿生蚝大餐才是重点。

董丹在腰间围了条毛巾，快速冲回屋里，留下小梅一个人拖地。等到她进屋来，他已经穿戴好了，一会儿弯腰，一会儿又半蹲，对着放在窗台上的那个小圆镜来回打量，尽量把自己的整张脸挤进镜面。他皱皱眉，对自己的头发不甚满意，努力让其中一部分立起来。

"这样好吗？"他问，摆了个侧脸。

小梅说很好。她拿起装着豌豆的篮子，开始挑拣里头的泥沙，还有已经被虫蛀空的豆壳。她整个人半靠着一张书桌，桌腿上写着潦草的编号，标明是公家财产。他们刚结婚的时候，工厂里正在换新家具，于是把这些破烂以非常低的价格卖给了他们。小梅挑了两张书桌，一张缺腿，一张裂了桌面，她把它们全给拆了，把好的腿和好的桌面拼接到一块儿。另外捡回的两张破烂办公椅，她特别做了花布椅罩，好把椅子上头那丑陋的公家财产编号给盖起来。他们家里到处可见白色钩花桌布这玩意儿，这是小梅想出来的法子，让家里全不成套的家具看起来有统一性和协调感。两个缺了玻璃门的小矮柜靠着墙放着，里头装了些茶杯、桌历、笔记本、旅行用小闹钟等一些杂七杂八的东西，全都是从酒席中拿回来的纪念品。矮柜上方的墙上挂了一块黑色的大理石，雕成了一本书的形状，金色商标下面，还打了一个有名的金饰老号标记。也就是说，商标是不折不扣的 24 K 真金。这是他们最宝贝的一样纪念品。据说送这纪念品的出版家把他的大部分财富都捐了出去，为了抢救中国历史上遭禁的古典文学真迹。董丹总爱开玩笑说，哪天他们沦落街头，还可以拿这上头的金子换饭吃。矮柜对面是用钩花床单罩着的一张床，床头板裹着人造皮革。

董丹还在对着镜子挤眉弄眼，就像要和镜子里那人展开摔跤决斗。

"你是不是觉得，昨天跟我去吃螃蟹大餐就好了？"董丹问。

"嗯哼。"她含混不清地回答。

"真是可惜呀，那盘菜根本没吃完，如果我能代你吃就好了。"

"那就代我吃呀。"她笑起来，把一个豆子朝他的肩膀弹去。他从石灰地上把豆子捡起，又弹回去。她弓起背作势要朝他冲去。他立刻举起双手求饶，并且用下巴指了指时钟。该上工了。吃酒宴可不是一件简单的工作，一点儿都马虎不得，除了职业道德之外，还要有勤奋、勇气等本事哦。

董丹走到屋子另一头，从晾衣绳上取下了他仅有的一条领带。小梅看着老公打上了这条格子领带，心想她这辈子没有看过比他更帅的男人，甚至连电视剧中的明星都比不上他。

董丹又冲过房间，一屁股坐到沙发上，那张臃肿的沙发立刻陷了下去，发出一声叹息。系鞋带得抬高脚，他的膝盖都快撞上了下巴。屋里的两张沙发都是用同样的人造皮革做的，它们挨着门边，比肩站着，像一对上了年纪不知所措的乡下夫妻。他对小梅和自己许下承诺，一旦他从宴会上赚够了钱，马上换掉他们的新婚家具，包括那张床和这两张沙发。

这场宴会的主办方是一个鼓励年轻人赏鸟的非营利机构。饭店的大厅挂满了知名画家的作品，都是捐出来赞助少年观鸟家的。董丹随着人潮走进宴会厅，看到接待人员正在检查每个人的证件。女接待员的眼睛忙着对照身份证上的照片和眼前的人同时跟大家解释这项新规定：两天前有人拿了假身份证混进了一个大会会场。当时大会正在举行，结果那人闹起抗议示威，控诉地方领导的贪腐行为。从那之后，每个记者都得同时出示证件和名片，这样才能够参加记者会和接下来的酒宴。

董丹反身离开了入口处。证件上的名字与他的名片并不相符，当然他也可以谎称把身份证留在家里了，说不定女接待员还是会放他进去。但是万一不让呢？万一她检查证件的真正目的就是要抓出像他这种人呢？是不是有些人早已注意到某些来路不明的"记者"，总是在记者会和酒席上出没，却从没看过他们刊登任何文章？

董丹瞪着一幅抽象画作，避免与任何人打照面，差不多大厅里头就剩下他和其他两三个人了。几乎所有的受邀者都进了宴会厅，他必须马上做决断。

"你喜欢这幅？"

一个带着浓重口音的声音说。董丹转过头，看见一个虽胖但体形匀称的男人站在他侧后方。董丹立刻注意到他一身的黑衬衫、黑长裤，一头黑亮的头发，还有一双深陷在多层眼皮下带血丝的眼睛。那一头黑发黑得可疑。他看上去有六十岁，或者更老。董丹意识到他指的是面前这幅画，便笑了笑。它不过就是一坨一坨的颜色，怎么解释都成，可以说它是一幅风雨中的山水，也可以说它是一群马儿在混乱中狂奔。

"挺喜欢的。"董丹对着画缓缓点着头。

"那我问你，喜欢它什么？"那男人和董丹一同注视着那幅画。

董丹眯起眼睛、抿紧嘴唇，朝前跨了几步，又往后退了几步。欣赏画的时候，别人可不是都这么做的。

"你看见了什么？"男人要他回答。

一堆颜色烩什锦。一锅煮烂的线条与形状。或者是一个饿昏的人看到的世界。董丹一大早吃了双黄蛋后就再也没有进过食。

"我喜欢你这样的人。"那男人说，"至少你不乱点评自己看出来的名堂。或者说，你也不乱点评自己看不出来的名堂。你是哪家媒体？"

董丹拿出名片，双手奉上，这是他从"同行"那儿学来的谦卑姿势。

"从来没听过。我以为所有的媒体都来骚扰过我了。"

"这是一家新的网络媒体。"

"你们还真的到处都是。哪儿搞得清楚这家、那家。熟悉我的作品吗？"

他回答，当然，谁会不熟悉呢。可是他心里盘算着原来这人就是这画的作者。正是他那双胖而匀称的手炒出这一大盘流汁流汤、颜色四溢的大杂烩。董丹还来不及应答，一群人蜂拥而上，朝那男人喊"陈大师"或是"陈洋先生"，并频频道歉没立刻认出来，害他久等了。这个陈洋扭过头，隔着人群问:"如果我没猜错,你是西北人。"

董丹回答,一点不错。

"嗯,长城之外的不毛之地,沿着丝路全是被烤焦了的商队驿站。让我再猜,甘肃省?"

董丹点点头。

大师立刻在董丹的肩膀上用力一拍:"只有从我家乡来的人,才有像你这样高壮的体格和直率的性情。"

他们俩一同走过接待人员面前时,董丹假装专心听陈大师讲话,没空儿注意她伸手跟他要什么。

陈洋穿过朝他面露微笑的人群,走过身穿笔挺白衣的服务员和黑衣长发的艺术家们,最后在讲台正前方的一张桌子前坐下。他指指身旁的椅子,要董丹坐在他身边。陈洋上下搜着口袋,找不着董丹刚刚给他的那张名片,于是问他叫什么名字。董丹不假思索地便报出了他的本名。陈洋问他,他名字里的那个"丹"字,可是中国字里"丹红"的"丹"?是呀,没错。也就是公元前几百年战国时代燕国太子丹的"丹"啦?没错。好名字。谢谢。

董丹心里想着,待会儿他该做的第一件事就是去书店,找一本历史百科全书查查这个燕太子丹到底是何人。下一回他也可以像这个老家伙一样,在别人面前炫耀一下他的历史知识。

开胃菜上来了,董丹觉得眼生。他正要拿起筷子,却只见老艺术家对这些菜漠不关心,状甚雍容,好像有比吃更重要的事,让他心不在焉。董丹只好悄悄地放下了筷子。他有预感,面对这桌大餐,想要像往常一样不受打扰地暴吃一顿，恐怕成问题了。一个女人凑近陈洋身边咕哝了一番，朝着餐桌转盘中的巨型水晶碟，玉指又是一阵乱点。接着她把说话内容向全桌重复一遍：这些开胃菜所用的菌菇都是非常稀有的，全是赏鸟探险时采集回来的。董丹没想到，它们吃起来像肉一样，而且挺油腻。

一个十六七岁的年轻女画家走向了讲台。来宾们听着她讲话，听觉穿过了几百双象牙筷子敲打细瓷、几百副嘴唇和牙齿咀嚼美食的声音。年轻女画家用投影展示了她的作品，董丹这时饥饿感已经平息了。他放轻松下来，四下环顾，开始认出了许多张熟识的脸：同样经常出席餐会、领取车马费、对着丰盛佳肴笑得脑满肠肥的脸。年轻女画家身上遮体的是一件红色小肚兜和一头浓黑的长发。当她说自己还不会说话的时候就已经开始画画了，台下一阵哄然。"可是——"她接着补充，她到五岁才会说话呢。这是她抖的一个包袱，听众也都哈哈响应。

今天的第一道热菜，是用乳鸽的鸽胸肉末和豆腐泥做成的小丸子，上头还撒了新鲜的绿青葱末。董丹吃得很过瘾。当他放下筷子喘口气时，发现那个年轻的女画家已经是今晚众人追捧的对象。许多客人要她的签名，许多人要跟她合影。董丹心想他是不是也应该加入记者们，用他没有底片的相机对着那女孩按几下快门，这时陈洋竟说，他越来越喜欢董丹这个人了。

"你有眼光。"他边说边朝董丹靠过去，"你的艺术品位高尚，实在不适合这种场合。"他扬起下巴指的是那女孩。

董丹的嘴里还满是美味，心里想的是这肉丸子的滋味太好了，要想完全品尝出精髓，等下肚后才能慢慢回味。

"你看那群色眯眯的男人，轻易地就被这女孩子给迷倒了……这就是为什么跑出这么多女作家啦、女画家啦……这个社会真是有病，到处是色情犯的淫欲横流，恨不得将她们生吞活剥……"

这地方太吵了，陈洋说的话董丹只听到一半。即便他专心聆听，还是搞不懂陈洋在说什么。不过他依旧频频点头，把耳朵凑向老艺术家。这当中他不时得张开鼻孔，好让饱嗝有地方打出去。

看见那个接待人员拿着信封口袋正朝他们走来，董丹急忙掏出了"又聋又哑"的麦克风和录音机，把它们放在艺术家的面前，希望她经过桌子旁边时，自动把钱留下，别打扰他们的"采访"。可是，她等在那儿，讨好地微笑着，看着艺术家说得慷慨激昂，嘴角堆满了口水泡沫。

"干吗？"陈洋不耐烦地停下来。

她忙跟他说对不起，并把信封交给董丹，轻声细语地说："这是一点点意思，谢谢你跑这一趟。"

董丹不作声，点点头表示谢意。

"对不起，打扰到你们。"她还是不走。

"没关系。"董丹说。

"如果你不介意……"陈洋挥挥手，示意要她离开。

"陈先生，对不起，只要一会儿就好。"她把手放在艺术家宽厚的肩膀上，同时转向董丹，"我可以看一下你的身份证吗？要怪只能怪这项新政策，害我们多出了好多事来。"

董丹说把它忘在家里了。接待人员朝着陈洋不好意思地笑笑，转身临走前，她的长发扫过董丹，同时告诉他，待会儿会给他电话索要身份证号码。

那她可要有重大发现了！不仅会揭穿他名片上的网站根本不存在，也许还会控告他。但是控告他什么罪名呢？吃白食吗？这些餐宴上的食物简直丰盛到邪恶的地步，而且大多都吃不完，最后还不是都倒掉，多他一个人吃，少他一个人吃，有差别吗？没有。

　　仿佛是在给自己辩护，董丹感觉身体里充满一股道德的力量，不自觉把脊梁一挺。怀着正义的怒气，他环视全场，一张张嘴都在忙着大快朵颐。你知道我小时候每一餐饭吃的是什么吗？用树皮和高粱熬成的稀粥。秋天收获之后，我们这些小孩在已经收过红薯的田里挖，挖上几天，就为挖出还带着一口淀粉的红薯根。我们不敢用铲子挖，生怕把根挖断了，糟蹋了那一口红薯。我们用自己的手指头铲，为了抠进冻僵的泥土，指甲都挖断了。董丹望着女主持人，希望能跟她用目光交锋。女主持人这时正用筷子轻盈地夹起了一颗小鸽肉丸子，像鸟啄一样小小地咬了一口。你知道我们这些孩子，在初夏小麦成熟时拿什么解馋吗？蚱蜢。妈妈告诉我，如果半夜肚子饿就去喝水。董丹看见他对面的男人这时从讲台收回目光，转过身来饮了一口啤酒。董丹瞪着他，希望他会感到惭愧。你相信吗，我志愿当兵三年，就是因为听说当兵能吃上肉包子，结果我们吃到的包子都是白菜馅的，顶多尝到一点猪油。那男人不理会董丹，看着那年轻女画家满场飞，随着观众一同拍手，笑得前仰后合。这更让董丹感到自己高他一等。你知道我家楼顶上的那群邻居吃的是什么吗？——过期很久的罐头。你知道他们每个月月薪多少吗？比你的日薪还少。只赚那一点点的钱，连买一棵青葱都得在臭气冲天的农贸市场上和人讨价还价半天。他们过着那种日子，恐怕这辈子都没听过什么鸽胸肉做的小丸子。你们这群人都认为这公平吗？董丹用一番旁人听不到的雄辩，挑战在场的所有人。年轻女画家正端着一杯果汁从这一桌到下一桌，跟所有色眯眯的客人敬酒，董丹怒视着这帮人，可他们眼里只有女画家。

陈洋这时的表情更加严肃。他以为董丹脸上的恼怒是表示他也看不惯，他是跟自己站在同一条战线上的。艺术家告诉董丹，他对于绘画界这样的堕落非常忧心。艺术家把自己当成妓女，粗俗的暴发户都乐于掏钱去嫖。媒体全成了皮条客，专为像眼前这样的女混混接生意；反过来，他们也被女混混剥削。艺术大师对着董丹手里没用的麦克风，不时发出一阵一阵冷笑。

已经上了七道菜，每一道的食材都是难得的山林野味。按照董丹的经验，最后应该有一道出人意料的大菜作为今晚的高潮。

一排侍者端着椭圆形巨大的盘子出场了。

那位男主持人站起来向大家宣布："女士们、先生们，最珍贵的肉来自最美丽的鸟。"

全场响起了一阵欢呼。

光溜溜的鸟昂着头卧在盘上，鸟嘴里含着用胡萝卜雕成的一束花，白萝卜则被雕塑染色，做成羽毛，而在它的尾端则有三根真的羽毛，蓝绿色泽闪闪发光，颤动摇曳，仿佛未死的神经。

"真的是孔雀？"席间一位客人轻声地问道。

"敢不是真的！哪怕今天只有一只真孔雀，他们也会放在咱们陈大师的桌上。"另外一位说道，并朝着面无表情的艺术家谄媚地笑着。

"其他桌上，恐怕会用鸡来冒名顶替。"一位年长的客人补充道，"咱们桌上肯定是货真价实的'孔雀公主'。"

董丹果然闻到一股有别于鸡类的特别香气。一名侍者举起一盅肉汁，戏剧化地高举在那只鸟的头上。环顾四周，确定吸引了所有人的注意力，这才将热腾腾的汤汁慢慢地淋在鸟身上。渐渐地，鸟嘴浸在汤里，接着是脸，然后是一双紧闭的眼睛。不一会儿，鸟的不可一世与优雅全完了，"孔雀公主"神秘的香气也没了踪影。侍者的刀落向那只鸟时，每个人的筷子都跃跃欲试。但就在这个时候，桌子翻了。那只鸟滑过桌面落在了女主持人的膝头，她高声尖叫着跳起来，满脸被泼上褐色的肉汁，白裙上炸出个大星星。

"岂有此理。"陈洋说。他站得笔直，一只手抓着桌子的边缘，脸因为愤怒以及用力过猛而扭曲。

董丹这才了解刚才的"地震"原来是陈洋的杰作。

"你们吃得下去？吃这么美丽的鸟？"艺术家指着那只跌得稀烂的鸟，"你们不觉得羞愧吗？你们这一群下流的蛆。"

大理石装潢的宴客厅里，只剩下一阵不知所措造成的静默。大师愤怒的眼神扫过男主持人和女主持人，扫过政府机关里头大大小小的干部和在场的所有记者。他夺门而出，眼里泛着泪。

女主持人带着满身炸开花的肉汁，跑到陈洋面前，试图挡住他。

"对不起，陈大师，请留步……"

陈洋转过身，冲着人群吼道："继续呀，继续吃。用你们的嘴、你们的胃继续发扬中华文化，还真要谢谢像你们这样的人，我们灿烂悠久的中华文化终于有一样没有被毁掉——吃。"

"我们真的非常抱歉……"男主持人也赶紧追上去，想拦住老艺术家的路。

"该抱歉的是我。"老艺术家说。

"陈大师，这都是误会呀。"

"我误会什么了？它们难道不是孔雀？"

"这……"

男主持人与女主持人面面相觑，窘迫尴尬，丑态毕露。

有人站起来，拿起相机对准了艺术家，其他的记者也纷纷加入，瞄准陈洋，扣扳机似的按下快门。整座宴会厅寂静无声，除了噼里啪啦的闪光灯，像死刑处决时的机枪发动。在一片闪光中，愤怒的艺术家如苍白的殉道者般挺拔，他向所有人训诫，野生孔雀因为遭猎捕，已经逐年减少。"只懂得口腹之欲的人是最低等的动物。"艺术家下了结论。

董丹这才领悟，陈洋的画作里的那一股能量来自恨。老画家的每一笔都充满恨的力量。但是，到底什么让他这么恨？

一连几个小时，董丹都在想那个古怪的老艺术家和被他破坏的孔雀宴。第二天一大早，他跑到报摊上，找遍了所有大报的艺术版。没有任何关于这个事件的报道。终于他在一份小报上看到一则为这次观鸟人募款的新闻。他买了回家，读完了文章，其中只有一句话提到陈洋的出席。

他把这份报读了又读，有种被瞒哄的感觉。报纸上所说的并非谎言，然而也没有说出实情。董丹情不自禁地拿起笔，就在报纸空白边上，匆忙记下了很多的意见和想法。

从前在董丹老家的村里，冬季漫长，村民唯一的娱乐就是听说书。村里的老百姓凑个十来块钱，就去邀说书的人来，通常是那种两三个人组成的流浪班子。这些说书人中，董丹最喜欢的是一个老瞎子，他永远面无表情，却有着一副粗哑的大嗓门，每次他说书引起村民的爆笑时，他都感到莫名其妙。董丹记得自己十岁那年，他跟着老先生一个一个村子走，帮老先生背铺盖卷和干粮袋，有时还要帮他赶村子里的狗。一直到很久之后，董丹才明白，这个老说书人这么厉害就是因为他看不见。因为看不见，他不必在乎观众，也不用跟观众一起唱和，他只要全心全意说他的故事。当董丹怯怯地问这老说书人，是否可以收他这个十岁的孩子做学徒时，老先生眨了眨那双看不见的眼睛，叹了一口气说，只有瞎子才能成为一位好说书人。什么原因呢？只有当你肉眼看不见了，你心里的眼睛才会打开，让你看见事物的变化，永远是活生生的，有形有色。然后呢？然后他就会在心里头把这些事记下来。再然后呢？然后……然后他就会成为一位真正的说书人，不会跟那些添油加醋、哗众取宠的人为伍。

二十四年后，董丹在这里，用力闭上眼睛，企图想象一整座蘑菇园，颜色不一，从乳白、粉黄、淡橘、浅褐、深褐，一直到丝绒般的漆黑，什么颜色都有。他能不能也写一篇文章，就从开胃菜开始呢？

"快帮我拉一下这该死的拉链。"小梅满脸通红，怎么也够不到连衣裙后面的拉链。

董丹帮她拉上拉链，又马上回到空白的稿纸前。她好奇地朝他看。只见他坐在桌前，眉头紧锁，长腿折起，脚搭在椅子边上，就是老家村里人抽烟的姿势。铅笔被他握得太紧，一笔一画都像用刀往木头上刻。小梅不免担心笔芯会随时折断。

"这羽毛的'羽'字要怎么写？"他咬着铅笔头，想了几秒钟后望向小梅。

"什么的羽毛？"她说。

"孔雀的长尾巴羽毛是不是有个专门叫法啊？"他自言自语。小梅早已等不及，出门就往邻居家跑，水泥长走廊里都是她塑料拖鞋踢踢踏踏的声响。回来时，只见她胸前抱着一本很大的字典。

董丹没有跟他老婆提起关于孔雀大餐的事，更别说宴会上那场大混乱了。很多事，他连自己都还没搞清楚，他只知道这个陈洋是个与众不同的人，会说出"我们灿烂悠久的中华文化"或"你们这些人只懂得口腹之欲"这样的话。他得把这些词儿换成他自己的话，才能琢磨出意思来。

总算停笔了，他回去数数到底有多少个不会写的字被他空在那里，一数竟然有两百个。他把借来的字典打开，开始一个字一个字地填空，边写边笑，心想，这不是给人玩字谜游戏吗？他自己并不清楚写这篇东西要干吗，他只是觉得，他写，是因为正儿八经的记者都不写。

董丹不吃宴会的时候，总会带小梅出去逛。她爱去巨大的汽车卖场，去看排得整整齐齐的新车和旧车；或是去一望无际的大型商场，在一排一排的购物通道里走来走去；她也喜欢看高楼层叠、马路错综的街道。推土机进进退退，推倒一座座垃圾山，对她来说也有看头。她总是对超市购物架上各种洗洁精、餐巾纸、浴巾感兴趣，都被她当作公园里的花坛和亭台去观赏。让她看个没够儿的东西都是巨大、现代化、带有工业化秩序的，没什么人性。

这时董丹和小梅站在一个二手车行的栏杆前，享受着灰尘蒙蒙的宁静。稍远处的彩色横幅在晚风中飘荡，上面写着车辆大甩卖的广告。董丹不时发表意见，哪台车他喜欢，哪台车最适合小梅。他对车的造型、功能都颇有见解，还自言自语地杀价。从头到尾，小梅只是静静地站在一旁，一如往常地做个自得其乐的局外人。

"等我有钱了，我就买那辆黄色小轿车给你。"

"好。"

"喜欢吗？"

"喜欢。"

她事不关己地笑了笑。每次她这种不置可否的笑法都让董丹觉得，他们俩在谈的事犹如投胎转世般遥不可及。他望着那些车，暗地里跟他的老婆许诺一定要更努力工作，去吃更多的酒宴，赚更多的车马费。他不能再忍受她的一生就像邻居们一样，留着大片大片的空白。这样空白的人生等于白活。

两个保安朝他们走来。

"你俩在这里做什么？"其中一个问。

"这儿凉快。"董丹回答。

两个保安眼神不善地对董丹、小梅打量了一阵。

"上别处凉快去。"

"为什么？"

"快走。"

董丹原本趴在铁栏杆上，这时转过身面对那两个人。他可不愿意小梅连这么点简单的快乐都给剥夺了。

"为什么？这老有偷车贼惦记，明白了吧。"一位保安说。

"这也叫车？要偷也偷奔驰车。这些破烂懒得让我动手。"董丹说。

两个保安彼此看了一眼，接着就从腰间掏出警棍。

"跟我们走。"

"干吗？"

保安懒得跟他废话，扬扬手中的警棍，意思是警棍可以回答董丹的"干吗"。他们看上去很年轻，不过十八九岁，刚从玉米地、高粱地钻出来没多久。

他们朝前逼近，董丹跟着往旁边挪了一步，一边对小梅扮鬼脸，要她别担心，他在跟他们闹着玩。警棍朝他扬起来了，董丹只好耸耸肩投降。他叫小梅自个儿走，可她摇摇头，硬要跟着他们去。在走过停车场的时候，他用力挥手叫她走，她停下脚步，等他再转身，又看见她跟了上来。

他们穿过一排排战车一样整齐的轿车，来到了销售部办公室后面的一排小房子。两个保安把董丹推到最后的一间，里面有两张上下铺的床、一台小电视、一屋子脚臭。模糊不清的电视画面上是两个互相拳打脚踢的人影，看来这就是两个保安的受训教材了。

"两样由你挑，要不你就待在这儿，等我们把你调查清楚，要不就去把所有的车窗擦干净。"其中一个人说。

董丹把手伸进了裤袋，盘算着要不要掏出来他的名片。假如他们知道他是一个"记者"，也许会放他走。可一想到他们会对自己搜身，手心就开始冒汗。万一真的被他们搜出身份证和名片，就会揭穿这两个名字不一致。要不是为了写那篇陈洋大闹孔雀宴的文章，他早就把新的名片印好了。

车子的防盗系统突然作响，其中一名保安冲出小房间大喝一声："什么人？"

另外一个保安跟着出去，把门从外面上了闩。董丹听见了小梅的声音，贴紧了窗户向外看。惨白的路灯下，她抱着一只脏兮兮的猫站在一辆车旁。让警铃大作的原来是这只猫。

"你怎么还不走？"其中一个保安质问她。

"为啥要走？这地盘是国家的。"她的语气带着刺和挑衅。

"你是不是也想进那屋？"

"你请我进，我就进。"

"好，那就请你！"他们走到她跟前，一左一右把她夹在中间。

她紧紧地抱着那只猫不动，朝背后的那辆车靠了一步。其中一个保安推了她一把，她立刻把对方的手甩开。"你动手动脚啊！"她拔高了嗓门，那只猫也跟着尖声怪叫，一溜烟就跑得不见了。

"也不看看我是谁就耍流氓！"她说。

他们推得更用力了。

"你知道姑奶奶是谁吗？"她大喊一声，一边朝自己挺起的胸脯一拍。

那两人互看了一眼，又看看她。

"你是谁呀？"其中一个保安问。

"我是董丹的媳妇儿。"

"谁是董丹？"

"董丹是我爷们儿，傻子啊！"

两个保安向前抓了她膀子就要拖她走。她发了疯似的乱舞手臂，企图把他们甩开，她弓起身，用尽吃奶的力气硬往后拖。她连衣裙背后的拉链又给撑开了。

"耍流氓啦！"她尖叫，"救命呀！来人呀！"

"闭嘴。"他们边说边四下张望，庆幸四周没有人听她在喊什么。

"耍流氓啊！臭流氓！"她越叫越大声，"这两个家伙把我丈夫关起来，现在又跟我耍流氓！"

这时街上有人朝他们这里看过来。两个保安开始担心，这女人的裙子拉链都开了，恐怕有口难辩，于是两人赶紧放手，匆匆忙忙地回到小屋把董丹给放了。董丹走出去的时候，那两人站在门口盯着他。

"你是什么干部吗？"其中一个保安问。

"不是，我只是一个记者。"他掏出一张名片交给了其中一人。

他一路向小梅走去，都没再听见那两人开口，他用一只手遮住小梅衣服背后被扯开的地方。这时他听见两名保安的对话。

"糟践了——记者怎么会娶这么个女人！"

"她咬着你没有？"

"没有，不过你看她把我挠的！"

进入会场前先要在登记处报到。登记处的长桌两端各放了一盆豪华的插花。就在董丹熟练地签下名字时，他赫然看见，前一个人拿出的名片，格式竟和他以前的名片一模一样，甚至名片上的公司都是他一手编造、如今已经关门大吉的网络媒体。他立刻从入口处撤退，得先弄明白现在的情况。显然有另外一个宴会虫如法炮制地学他混吃混喝，吃到他董丹的地盘上来了。可这家伙太没种，想来白吃，又不敢自创名号。等于盗用了董丹的知识产权。董丹看着自己气得发抖的手，手指间还夹着香烟。大概是刚刚有人在分赠香烟，他也顺手拿了一根。

有位女士挥手向他打招呼，他假装没看见。现场正潜伏着另一只宴会虫，董丹得好好观察局势，步步为营。他给自己创造出来的这份工作原本是无懈可击的，是经过他反复修改、精心计划、不断观察、努力学习，才有今天的成绩。能混到今天这一步，靠的不光是勇气，还要有卧底般出生入死的精神。

董丹问登记处一位染了黄色头发的女孩，能否指认出刚刚是哪位留下的名片。这个嘛，如果见到了他，她大概认得出来。那她是不是可以帮忙广播一下，说有人找他呢？对不起，她忙得分不开身。她伸出手跟他要身份证。董丹从裤子口袋里掏出他的证件，同时口袋里的钢镚儿也一并掉了出来，落在晶亮雪白的花岗岩地板上，顿时满地叮当乱滚。董丹顾不上它们了。黄发女孩迅速扫视身份证上的名字，核对是否与名片上相符。他早已经把名片重新印过了，所以现在名片上的名字和他的身份证是一样的。董丹却并不知道其中的风险：一旦有人对他的身份产生怀疑，不消几分钟就会在电脑上发现他的真实身份。黄发女孩记下了董丹的身份证号，董丹也不由自主地跟着默念着号码，那个由十八个数字组成的身份。

董丹走进了午宴大厅。这儿的舞台大得可以容纳一个中型管弦乐队。原木地板搭的舞池塞上几百个舞客不成问题。大厅里四处飘着气球，气球下垂着巨大的彩带条幅，上面写着今天的赞助厂商。横跨过舞台上方的布幔上则写着："扫除文盲！教育扶贫！"这类名目的募款餐会，董丹早就参加过很多次了。东道主多半是那些中国经济改革开放后一夜致富的有钱人。一位身着精心剪裁的西装的男人走过董丹身边，身后跟着秘书、保镖、崇拜者，以及一股昂贵的古龙香水味。董丹赶紧让出路来。在这些大人物面前，他感到自己十分渺小。经过每一次宴会，这些人似乎变得一次比一次有钱，一次比一次出名。

他正在找位置坐下的时候，突然有人在董丹的肩膀上拍了一下。他转过身，看见一顶大棒球帽，帽子底下露出一张小脸，被左右两只巨大的银色耳环夹在中间。

"我从接待处那边一路在叫你呢！"她打开手掌，上面有六个钢镚儿。

董丹望着她，心想她八成认错人了。

"你这么有钱呀？"她说，"六块钱掉到地上都懒得捡？"

董丹除了"谢谢"，不知道还能说什么。

把钢镚儿交回董丹手上后，那女孩突然像要捉弄似的对他说："坐我旁边吧？"边说边把一个大帆布包甩过肩膀，扬扬下巴指出她在前方的座位。

董丹还来不及回答，那女孩已经拉住他那个装了假麦克风跟破照相机的包，领着他穿过了人群和桌椅。她喊他"董鹏"，那是他几个月以前就已经不用的一个假名字。台上的主人宣布记者会开始，董丹却只想找机会摆脱她。

这些记者会的主人早有经验，已经把大厅的门给关上了，以防一些老油条的记者在报到处签完名就溜掉，晚一点又溜回来吃席和领钱。现在他们派了人在大门把守，这种没有职业道德的人一个都别想溜掉。董丹找寻所有的出口，很不幸地连男厕都是设在宴会厅里。唯一没人看守的只剩舞台旁的那个出口。

他站起来借故离席，一双长腿蹭着椅腿和人腿走出去。他知道有几个保安正在注意他。这辈子从来没有像现在，他的高大身材成了麻烦。出了宴会厅，一个男人正在那儿抽烟。

"怎么走了？"

不用回头，董丹就知道那女孩又追出来了。

"我得抽根烟。"董丹说。他庆幸那人给了他撒谎的灵感。

"你知道今天这场记者会最让我不满的是什么吗，董鹏？"她竖起拇指朝宴会厅方向指了指，大摇大摆地朝他走来。她看上去大概二十八岁，或者更大一些，人很瘦，平胸，一双大眼睛勾着黑色的眼线，看上去她仿佛一生下来就失眠到现在。"我不知道。"董丹笑了笑，"你干吗一直叫我董鹏？"

她的手势比画了一半，停在空中。脸上的表情不知是疑惑自己的记性，还是怀疑有人跟她捣蛋。

"我姓董，叫董丹。"他回答，一本正经地。

她笑起来，说"董鹏"这个名字肯定不是她胡编的。她姓高，单名一个"兴"字，这名字是父母给她取的。她那对不苟言笑、食古不化、高深莫测、四眼田鸡的教授父母对女儿没有别的期望，就是希望她能够高高兴兴地度过一生。董丹点点头，笑了。她继续说，她并不奇怪他除了"董鹏"以外还有别的名字，因为每个人都有笔名，否则谁敢在报上写那些具有争议性、挑衅又挖苦的文章呢？她给自己取了一个笔名叫"高深"，专门用来写一些批评时下大肆宴请与铺张送礼的文章。她担心如果用真名发表这些文章，她就收不到这些宴会的邀请了。董丹更加会意地点头，笑得也自在了。搞不好就是她冒用了他的假公司名片？她说给自己取"高深"这个名字是想要开她父母的玩笑。高深、高深，高深莫测，他们就喜欢摆出这种样子。

她话中的好多词，董丹都没听过，至少有三个地方没有听懂。

她打开名片夹，掏出了其中一张。那正是他几个月以前用过的名片。上面写着已被他废弃的假名"董鹏"。这张卡片刚刚也在登记处出现，不知被哪个神秘的同行盗用了。难不成这么多人都在伏击他，而他唯一小小的野心就是来混一顿好吃的呀！

"你肯定认错人了。"他说。

"少蒙我！"高兴的嗓门让旁边抽烟的家伙差点被烟呛着。

"别以为我记性不好！我欣赏的人怎么会搞错。"她说。

董丹望着她，不确定她用"欣赏"两个字跟字典上所说的标准用法是不是相同。她有些男孩子气，擦了深红色口红的嘴跟她那张苍黄的小脸实在不像一回事。

"我欣赏你就因为你不像其他人那样矫情。"她向他伸出手，看他猛眨眼睛，这才勾勾手指头说，"给根烟吧？"他掏出香烟，递给她。她抽出一根点上，看了看眼烟盒，一脸嫌恶，于是把烟掐灭。董丹看着她把烟丢进了垃圾桶。

"你这叫蚊香吧。"她指指垃圾桶，"熏鱼用的？高中生抽的最便宜的烟也没这么次。"

"你在哪个媒体工作？"他问，打算跟她交换名片。

"我是自由撰稿人。"她说，递给他一张名片。

他点点头，心想，"自由撰稿人"是什么鬼东西？接着她提起自己写过的文章，希望他会对这些文章有一点印象。他的头点得更殷切，好像他真记得似的。接着她又说，那天看见他和陈洋在一起，她本想过来跟他聊聊。你俩一定是老乡吧？她问董丹能不能介绍陈洋给她认识认识。董丹还来不及否认，她已经让他不必装蒜，从他们俩的西北口音，她早就猜出来他们是老乡。别担心，她说她不会把大师的地址或电话泄露出去的。

"对不起，我得走了。"董丹瞄了一下手表。

"想不想赶在别人之前发这篇稿子？"高兴不知从哪里就抽出了一张纸，"我早就帮你准备好了。这些记者会都是千篇一律，写过一篇以后，只要把上面的名字改一改，什么时候都可以照用。"她那张玩世不恭的脸上，唯有一双眼睛是天真无邪的，"你可以拿这篇放在你的网络媒体上，我不会指控你剽窃。然后你就把陈洋的电话告诉我。这个交易怎么样？"

"我真的跟他不熟。"

"得了，别装了。"

"他的画，我根本不懂……"

"谁看得懂？"

"我的意思是……"

"我知道你得保护他的隐私，所以我就说嘛，你这个人看起来很正直。"她那涂了深红色口红的嘴角扯了一下，笑起来不太友善。

董丹犹豫了。他真想立刻走人，找个借口把她甩开。可是，他必须找出另外那只宴会虫，把他置于自己的监视之下，在他毁了自己之前先毁了他。

"成还是不成，董鹏？"高兴进一步逼问。

她一直喊自己不敢再用的假名，实在是一件不安全的事，更别提那个根本不存在的公司，现在还多了一个职员，那就更危险了。

"陈大师最近不舒服，他不想被打扰。"董丹希望他扯的这个谎能够让他暂时渡过难关。

"这我知道。报纸上说，他两天前住进医院了。我就是想知道他住的是哪家医院。"高兴说。原来老家伙是真病了！大概除了他董丹，每个人都听说了。

"你把他医院的电话给我嘛，这篇新闻稿就是你的啦。"

他摇摇头。

"要不，附带赠送脚底按摩？"她两手交叉在胸前，向董丹又靠近了一步，"你想找什么样的妞儿？我帮你挑北京最好的。她一定会好好服侍你的那双脚，要服侍身上其他地方也成。任何地方，只要你一声吩咐。"她的提议开门见山，毫不遮掩，"你再加点钱的话，还可以带出场。八十到一百块就成。我担保她没病，而且还自备避孕套。"

董丹现在已无异于一只被捕的野兽，只要能逃脱，什么都干得出。他在高兴给他的纸上写了一个号码，当然又是他随手捏造的。至于这么做的后果，眼下他顾不上了。

宴席间，董丹发现高兴已经消失，松了口气。他本来没有胃口，这时总算有一道菜引起了他的兴趣。胖嘟嘟的服务员端来了一个长方形的盘子，上面放了二十个巨大的海螺。服务员告诉大家这道菜的名字叫作"山海会"，发明这道菜的是一个女厨师，在全国的烹饪比赛中拿过冠军的。服务员传给每个人一个玩具似的小锤子，还有一块金属板子，同时跟大家介绍这道菜品的制作过程，首先要把海螺肉从壳里头挑出来，剁碎了，混进细嫩的小牛肉以及新鲜的野菇，然后加上作料、秘制配方，放在板子上，用筷子敲拌，打断肉的纤维吃起来才更柔嫩，最后再把这些配制好的肉塞回螺壳里。服务员先示范如何用小锤子把螺壳敲开，桌上的每一个客人都全神贯注地学着他的步骤。从敲开了口的壳里，挑出一条弯曲鲜美的螺肉，形状还真像蜗牛。

董丹看见签名登记处那个黄头发女孩朝他走了过来。她问董丹，你刚才要找的那个人见着了没？没有，我没见到。怎么可能？她跟那个人说了董丹在找他，并把董丹的名片给了那人，还跟他形容了董丹的样子。董丹问对方是个中年男人吗？看不出年纪啊。女孩打量了每一个桌上的脸孔，对不起，她现在也找不着他了，说不定已经走了。有些记者是不留下来吃酒席的，因为还有别的场子要赶，这样能多赚一份车马费，她说。

混账、寄生虫、小偷。董丹的创业心血和知识财产都让这个人给偷了。他知道董丹在找他，当然要先开溜。他怕撞见董丹的程度远大于董丹怕被他识破。这样一分析，董丹放心了些。桌上那道海螺肉大餐令他的目光不舍得移开，想到如此美味没有小梅的份儿，他开始心疼。等到桌上的其他客人都走了，他赶紧抓起一颗海螺用餐巾纸包起来。

董丹才刚要上楼，就听见小梅在喊他。一抬眼，就看见楼梯扶手上面冒出小梅的脸。她说有人打电话来找他。谁呀？不知道什么人拨咱们二楼的公用电话，说要找他。董丹想起来，那个号码曾经印在他的旧名片上。小梅说电话铃响个没完，几乎把整栋楼里睡午觉的人都吵醒了，所以她只好下楼来接电话。对方是个女的。

"她跟你讲什么？"

"她问我是谁。"

"你怎么说的？"

"我就说：'那你又是谁？！'"

"结果呢？"

结果是，两个人都摔了对方的电话。

高兴。一定是那个烦人的女人。铁定是已经试过董丹胡写的号码，没找到陈洋。他三步并作两步赶忙下楼去，在二楼和三楼之间，一个灰头土脸的电话搁在水泥地上。他抓起话筒，立刻拨打高兴名片上的号码。听着电话铃在那一端响了一声、两声、三声……他深吸一口气。

"喂。"

"对不起，高小姐……"

"等五分钟再打来。"她说完就把电话给挂了。

他等了她十分钟，再次拨通电话。

"再给我五分钟，OK？"她说。然后，他就听见的是电话录音机里头的留言："我正在工作，现在不方便接电话。"

他只好站在原地，抱着满是污渍的话筒继续等。他决定过十五分钟之后再拨一次。他抬头看见小梅正在望着他。他打了个手势，小梅立刻一步两阶地奔下楼来。她在嫉妒高兴吗？看来她是。但是她真的没什么需要担心的。为什么？董丹笑了。董丹从未当小梅的面承认自己离不开她，但事实上没了她，自己连睡觉都成问题。董丹常常在夜里翻来覆去睡不着，心急得就像赴一个重要的宴会，可是公交车迟迟不来，再晚就进不了场了。这时他只要听见小梅均匀、深深的呼吸，带着轻柔的鼻鼾，就会渐渐平静下来。他相信这世界上找不到第二个人有小梅那样子松弛而平静的呼吸，只有活得完全与世无争、心安理得、不亏欠别人，也不觉得别人亏欠自己的人才会有这样的呼吸。他只要随着她呼吸的节奏，慢慢调整吐气吸气，直到跟她的节奏一致，他心中的焦虑也就慢慢地抹平了，最后小梅的呼吸声总会晃着他入睡。

把高兴和他相识的来龙去脉向小梅交代清楚后，小梅在他肩上掐了一把，这是她消除疑虑的表示。

又过了五分钟，董丹拿出高兴的名片，指着上面的电话号码让小梅来拨号。他教她开口先说："你好，这里是某某网络媒体公司，我是董丹的秘书，请问高小姐在吗？"在董丹的指正与调教下，小梅一次一次地练习，董丹站在一旁看着她的侧影，听她像孩子般认真地练习着每一个字。他要求她说"高小姐，请稍等，让我把电话转给董先生"的时候，下巴要缩进去，尽量把嘴形压扁。他对于她的进步点头表示满意，并解释说，这样子她的声音听起来才会比较低沉、成熟、不带感情，这样对方绝对听不出来刚才与她在电话里叫板问"那你又是谁？"的是同一个人。

这时电话突然响起，把他们俩都吓下了一跳，不约而同倒退一步，盯着那不停作响的电话却没人去接。在这座一向死气沉沉、灰扑扑的楼里，那铃声听来格外刺耳。他朝小梅使个眼色，要她去拿起听筒。她却只顾着笑，害臊了起来，真成了在大老板手下做事的新手，接着整个人就僵在那儿了。董丹只好一把抓起话筒，手心紧张得直冒汗。

"喂……"

"别跟我说对不起。"高兴说，"你给我的那个电话号码，我拨了上万遍。刚开始我还以为是其中哪个号码写错了顺序，所以我重新组合接着拨。能试的组合我都打过了，我真想骂你王八蛋。不过，你这个王八蛋这么做是为了保护陈洋，所以我还是能理解的。"

就在这时候，楼下厂房的机器又动工了。这可是好长一段日子以来，工厂第一次来订单。住在他们厂房里的这些居民对这噪声倒是挺欢迎的，因为噪声意味着厂里又有钱付正式职工和下岗职工的工资。因为这噪声，他们会睡得更安稳，胃口也会更好。

"什么东西那么吵？"高兴问。

他用手捂住嘴巴以及话筒，跟她解释因为他刚刚把窗子打开了，窗子外面就是大街，车水马龙。现在好些没有？他把手里的话筒抓得更紧了。

好多了。她说她没想到他能写出那样一篇文章。什么文章？就是陈洋大闹孔雀宴那篇文章啊！可是她在哪里读到的？这篇东西还没有被发表出来呀？这你别管。她有很多秘密渠道读到尚未被发表的文章。好东西通常都是不好发表的。说完，她哈哈大笑，涂抹深红色口红的嘴里发出的笑声震得董丹的耳朵发麻。他皱皱眉，把听筒拿远了一点。工厂机器的隆隆声暂时把他与她隔开了。

小梅在一旁瞪着眼睛。

高兴继续说，能读到这样的文章颇让人振奋，不造作，与众不同，跟所有千篇一律的麻痹的新闻报道完全不一样，而且这文章诚实、客观。当然有些地方还可以再修一修，有些错字需要改，不过这不重要。重要的是，观察角度的新颖，只出于孩子不带成见的眼睛，还有那种只属于孩子的非评判性的描绘。

阳光从破了的玻璃窗里射进来，照着董丹额头上的一颗颗汗珠。小梅看到了，伸手就过去帮他擦汗。董丹回报一个微笑。这座水泥造的建筑物，每到下午就热得不透气。现在加上楼下开动的机器助阵，更是热死人。

"你到底是从哪儿看到我的文章的？"董丹问。几天前他把文章投给了某杂志，纯粹只是为了试试运气。

对于他的问题，她避而不答，转而继续称赞他文章里头的许多描写，关于在场的来宾，关于服务员们的制服、上菜的方式，以及餐桌的摆设、宴会厅里的装潢，甚至他还注意到桌上盆景里的花都是假花这种细节。当然还有对菜肴的描写，尤其用香菇排成孔雀开屏的那道开胃菜，真是栩栩如生、活色生香。每一道菜在他的笔下仿佛都成了一件艺术品。她尤其赞赏他如何将整篇文章推到了它的高潮。事前完全不留伏笔，却也一点不像是刻意的设计，那种直率天真反而让人觉得境界更高。

董丹很惊讶，他自己都不知道自己在写什么，她却能够读出这么多东西。经她这么一说，董丹都被自己的文章给启发了。

"所以陈洋把那一道孔雀肉给砸了，真是让人觉得震撼……"

"他没有砸那道菜，他是掀了桌子。"

"好，不是砸的。他把那道菜丢向装模作样的女主持人身上……"

"没有。他没有把那道菜扔在对方身上，也不知怎么着那道菜就落在对方的膝盖上了。陈大师他——"

"你让我说完。"她说。

她对他文章的称赞并没有到此打住。董丹看看盯着自己的小梅，和她分享着电话里的信息，尽管她一个字都听不到。

"我看这么着吧，明天我有空，我到你公司去，咱们讨论讨论，看怎么把这篇文章发展成一篇陈洋的人物特写。这样一来，他对自然生态保护的发言可以被广泛地传开。我听说他这个人最不喜欢大鱼大肉的酒宴，吃得特简单，他最看不起那些好吃的人。"

董丹心想，那是因为他吃得起，所以他才不稀罕。

"你那篇东西如果好好加以润色，会成为一篇非常精彩的文章。我们可以让它变得更强而有力。老实说，文章现在读起来还是有一点粗糙。"她说，"明天上午十点，我过来。你们那附近好停车吗？"

这下他慌了。

"明天上午，我得在外头跑。"

"那就等你从外面忙回来，我再到你的办公室跟你碰面。我的时间很有弹性的。"

他没有退路了。他求救似的望望小梅，小梅只是好奇地瞪着眼睛。看见那表情，董丹的紧张情绪稍稍缓和了些。

"我在大厅里等你。"他说。

"行。"

找家咖啡店，把她带过去，就借故说他们办公室里太吵太乱，正在修水管，或者搬家什么的。一杯咖啡得多少钱？万一那附近没有咖啡店呢？万一她早早就到了，发现他名片上的住址根本不是什么网络媒体公司呢？

　　这晚上他睡得很不安稳。一大清早爬起来准备赴约时，他发现裤子口袋上竟然出现了一个丑陋的破洞。昨晚，裤子遭耗子咬了。那耗子咬破了口袋，还咬穿了口袋里的餐巾，直奔那块被遗忘的海螺。好一只大耗子，一副好牙口，甚至连海螺的硬壳都差点咬穿。他们这建筑物里的耗子平日只闻过面条、馒头的味道，哪里闻过这样子的鲜味！可惜现在小梅尝不到海螺了，也没得尝了。小梅正光着腿，顶着两只微肿的眼睛，跳下床来想帮董丹另外找条裤子。可他除了这条之外，就没别的裤子上得了台面。小梅把裤袋的布料剪下来一块做成了补丁。他又把衬衫从皮带里拉出来，放在裤腰外面，遮住补丁。

　　谢天谢地，从他宣称的办公室走出一个街口，果真有一家咖啡厅。董丹早把价钱打听好了。一杯最普通的咖啡就要二十块钱，两个人就要花上四十块钱。他得为待会儿不点咖啡先演练好借口：他对那玩意儿过敏，或者说他的胃吃不消，这样他就只需要付高兴一杯咖啡的钱。

　　十二点整，高兴准时在大厅出现了。

　　"我从不喝咖啡。"听见他提议去咖啡店，她却是这样的反应，"我有不少恶习，但不包括喝咖啡。"事先的侦查和内心的排练这下全白费了。他提议请她下馆子。干吗？饿了吗？她说她不饿。像他们这样吃惯山珍海味的人，怎么可能随便找个馆子，粗茶淡饭怎么吃得下去？且不说它卫不卫生。

再说，她下午有一场会要跑，到时候就可以大吃一顿了。自从她做了自由撰稿的记者后，她从来都是下馆子，也不必买菜做饭。

她边说边领着他过马路，穿过了好几个街口，然后推开了一扇玻璃门，走进一家招牌上写着"绿林会所"的地方。高兴跟董丹说，在这儿他们可以免费喝茶，而且没人打扰。原来她对他"办公室"周围的环境了如指掌。进了门，那里头灯光昏暗，见不到一个人影。董丹纳闷，这地方已经倒闭了不成？两个人的脚步声回响在一条空空的长廊上，长廊的两侧各是一排房间，门对着门，每扇门上还挂着一个小牌子，上面写着"按摩室"。甬道越走越昏暗，空气也越来越差，一股酒和夜餐的气味，混杂着人在睡觉时发出的特有气息——不见天日的淤积气味。

高兴告诉董丹，这些小房间也充当按摩小姐的宿舍，说着便听见有人在身后喊他们。

"是高小姐吗？"走廊入口处的一间按摩室里探出了一个睡眼惺忪的男人。

"朱经理，晚上好。"高兴转过身来对他笑了起来。

"现在几点了？"朱经理问。

"下午十二点四十五分，北京时间。不过您这地方过的是哪一国的时间？"高兴说。

"巴黎时间。"经理笑道。他随手披上了一件运动上衣走了出来，底下穿的还是睡裤。

"昨晚生意挺火的吧？把小姐们累成这样，到现在还死睡着。"高兴说。

"昨天来了个台湾旅游团。"

朱老板敲了敲旁边的一个房门，朝里喊了一个女孩的名字。

"又是帮台湾色鬼，想玩大陆妹！"高兴的嘴跟刀似的。

朱老板笑着说让她小点声："你不会往文章里写这种词儿吧？"

"抓住确凿证据我才会写。"

"这位是……"经理看着董丹，等着高兴为他们介绍。

"他比我更不留情面。"高兴说，"他随便写一篇，就叫你名誉扫地。"

朱经理把董丹重新打量了一番："有什么可以效劳的地方，您尽管说。"他边说边从睡衣口袋里掏出了他的名片。

这个人连睡觉的时候还不忘生意，这让董丹开了眼界。

朱经理把走廊上每个房间的门都敲了一遍，喊大家起床，但是没一个房间有动静。朱经理转向高兴说："那你自个儿挑个房间，我马上把茶送过来。"

董丹被高兴领着来到了楼梯口，两人又往下走了一层，气味更重了，还多了一股草药精油的气味。

"你怎么受得了这味儿？"董丹问。

"什么味儿？"

董丹不说话了，努力地屏住气息，改用嘴巴呼吸。他以前不知道，对于气味自己比别人敏感得多。高兴推开了一个房间的门，一进去才发现里头的躺椅上睡满了男人。董丹看得出来，这楼下的房间是男服务员的宿舍。高兴告诉他，这些男服务员专为女客做脚底按摩，采阳补阴，增强性活力。

他们终于找到一间有两张空躺椅的房间。

"你这人挺贼的。"高兴说。

"我？"她在说什么？

"你那篇批评陈洋'自大狂'的文章，用的是农村小伙子的语气，诚恳而不动声色，可是读者却能读得出来，老先生的 ego 受到了打击，可见他的 libido 还挺旺盛。"

什么叫作"ego"？什么是"libido"？董丹想问，又怕这样会暴露他那种中学生辍学的水平。茶点送到了。高兴继续讨论他的那篇文章，说她和董丹有同感，老先生那天因为年轻女画家受到更多关注，心里发酸，让他发火的其实不光是一盘孔雀肉，还有年轻的女画家，以及为她捧场的所有吃客和宴会主持人。

"就算他吃那个小女孩的醋，我们依然可以用它作为一个话题，来讨论一下环保的话题，看看我们人类的野蛮之处。"高兴掏出一根香烟，点了火，递给董丹。香烟的滤嘴上沾了淡淡一轮她深红色的唇印，董丹把烟放进自己嘴里时，不由自主地感觉到小腹下方一阵神秘的骚动。

"你一定要带我去见陈洋。"

吐着烟，董丹心不在焉地望着前方。他渐渐有点懂得了"自大狂"指的是什么，但是这句话用在老艺术家身上，让他感到有些不悦，可他也说不上来什么原因。

"讨论这些话题要小心，搞不好既会得罪官方，又不讨好大众。可是，如果我们单从陈洋拒吃孔雀肉这件事情做文章，我们真实的观点其实就够清楚了。介绍我跟他认识。我相信他一定还有更多的话要说。我打赌他会配合我们。因为他也想激起大众对他的关注。然后我找一家重要的报社，把文章登在显眼的版面，这可是一个会让国际媒体都注意的话题。"

赢得关注，这不也是她要的？董丹抓了抓已经一个礼拜没刮的下巴，胡茬儿摩挲的声音像是风扫野草。忙着写那篇文章，他没注意到这些事。她在等他的反应，她沉默的逼迫比这屋里难闻的气味更让他难受。

他说老画家要他承诺过，绝对不把他的电话号码给任何人。那你就带我去他住的地方，好吗？这怎么可以？不行。不行？太可惜了，不然这篇文章会让你成为最好的自由撰稿人。原来"自由撰稿"是这个意思！董丹大悟：自由撰稿人不需要有一个公司，也不需要有老板，甚至也不需要办公室。他连捏造都不必要。现在董丹的脑袋已经跟着"自由撰稿"这四个字开了小差。高兴在他面前继续比手画脚地说着，可他一个字都没听进去。

"你只要把我带到陈洋的家门口，你就可以离开。我自己想办法进去自我介绍。这个主意还行吧？"高兴还在纠缠，完全没注意董丹到心不在焉。

自由撰稿人。妙招！一切都解决了！这样一来，那个在暗处的神秘模仿者就可以被他摆脱了。他再也不必担惊受怕，他得去印一沓上面印着"自由撰稿人"的新名片，从此可以安安心心地吃宴会。在酒席上，他可以泰然自若，吃得心安理得。其实他想要的也只不过是吃点好的，赚点小钱，把它们存起来，等钱存够了，买一间有真正的浴室、马桶的小公寓，然后换一套不虐待屁股的像样沙发，如此而已。

"你的那篇文章，我会好好帮你修改，就当作答谢。等你那篇文章发表之后，你在新闻界可就大出风头了……"

不知什么时候跑进来一个女孩，高兴正同她说话。那女孩穿着一件白色睡袍，中间系了条腰带，想必是他刚刚胡思乱想的时候进来的。那女孩一手拎着盛热水的红色塑料桶，另一手捧着一个蓝色塑料盆，微笑着向他走过来。董丹闻得见那女孩身上有一种裹了睡衣、棉被睡了一夜之后的气味。那气味闻起来像是温甜的牛奶，突然，他的思绪一阵空白。

"第一次来吗，先生？"那女孩说话带了很重的南方口音，看起来顶多十九或二十岁出头。

"嗯。"他说。

董丹看看她，又转向高兴。

"先生想要什么样的项目？"

"害什么羞啊，我马上走。"高兴说，涂了黑眼线的眼睛泛起了一种皮条客的狎笑。

董丹一时还弄不清楚到底发生什么事，那女孩已经在他面前的一个小矮凳上一屁股坐下，把几根散落面前的头发往耳后一撩。

"你要干什么？"他问。

"给您做脚底按摩。"女孩一边回答，一边好奇地打量他，意思是从未遇到过像他这么没见过世面的记者。

董丹又把脚放回矮凳上，同时看了高兴一眼。高兴朝他挤了挤眼。

"您想要怎么做，先生？"女孩问，"用药草，还是水晶泥？"

"给这位记者先生用水晶泥。"高兴说完就对董丹解释，"这玩意儿是从西藏来的，西藏人总有一堆神秘配方让你瞬间阳气大增。"

高兴顺手把剩下的烟捻熄在烟灰缸里，起身离去前又朝着董丹意味深长地笑了笑。这可不是单纯的"按摩"，董丹渐渐有点明白了，按摩之后还会有别的。他听其他的记者聊起过这个服务行业，总是从一本正经的脚底按摩开始，接下来就让人情不自禁了。

"水晶泥现在挺流行的。"女孩一边向董丹解释着，一边在塑料盆里套上塑料袋。女孩说这是用来防脚部细菌的。董丹心想，这就是安全套。她向套了"安全套"的盆里倒进热水，一遍加一遍用手在里头慢慢地搅动。董丹从她Ｖ字形的领口看见里头那一对青春饱满的乳房。她坐在小凳上开始帮他解开鞋带，脱去袜子。赤裸裸的一双脚没处藏，他不懂怎么觉得像是私密部位泄了光？董丹突然一个哆嗦把脚从女孩的手中抽回，力量太猛，让他一下子失了平衡，整个人往后栽，椅子顿时应声放平了。这种椅子想必是为"全套服务"特别设计的。到最后看见账单才会发现所费不赀，这种事情，董丹早就从别的记者那儿听来过。

"你知道我为什么喜欢你这个人吗？"高兴已经走到了门边，"因为这年头上这儿来还会害羞的男人，真是少见。"

"你要去哪儿？"董丹问。

"我去跟朋友借个录音机。他的办公室就在附近。待会儿我们去采访陈洋，他说的每个字都不能漏掉。"

就在董丹忙着构想他自由撰稿人的新身份时，高兴想必认为他的沉默就表示已经接受了她的交换条件。

"我没多少时间。"董丹扬扬手腕上的表。

"两个小时够不够？"高兴问那女孩。

女孩点点头。

"可是，高兴，我……"

"待会儿等我回来，你肯定感觉焕然一新、精力充沛，就像年轻小伙子一样。"她最后用她涂了深红色口红的双唇送出了一个标准的西式飞吻，"别担心账单，老板请客。"

高兴的脚步声刚离去，董丹就想怎么样从这地方逃走，从女孩那双海草般轻柔的手指里拔脚而逃。那手指柔软灵活，更像是八爪鱼的触角，最终会把你缠绕在致命的圈套里。他感觉那缠绕的力道越来越强，一双脚已经被完全俘虏。趁他整个身体还没被缠绕进去之前，他得迅速离开，可是他无法动弹。他的脚已经在她的手里融化了。没了脚，连他的整个身体也都消失了，可他不能等到高兴回来逼他兑现交换条件。

但是他已经被一种从未经历过的慵懒与放纵所控制。全是由于他那双脚与女孩那双手之间的亲密接触。

想必是女孩先起的话题，董丹跟着应答，而他却完全记不得对话的内容。他一定问了一些"老家在哪儿、什么时候离开"之类的话，因为女孩已经向他叙述起自己的身世。她是从四川乡下来的，十六岁离开家乡，跑到北京来投奔姐姐，到现在已经三年了。想念父母吗？嗯，反正每两个月她都会寄钱给他们。

她又在盆里加了些热的药汤。

你每天晚上都几点上床睡觉？不一定。通常大概六点。傍晚六点？不，清晨六点。她呵呵笑了，露出一嘴参差不齐的细小牙齿。那她每天只能睡五个小时，有时候才四个小时，不过她已经习惯了。不睡觉的时候你都做些什么呢？工作。二十四小时不停地工作？唉，究竟工作几小时，谁有数呀？

她温柔地搓捏着他的脚，那股体己劲儿让董丹快招架不住了，他暗地倒抽一口气。

喜欢这份工作吗？她虽不回答，可是他明白她并不。会再找份别的工作吗？不确定。她并没有任何其他的技能。干你们这行也要有技能训练？当然啦。还得去学校上课呢。正式上过学吗？有呀，职业学校，旅游专业。挺不错的专业，是不是？

董丹刻意做出漫不经心的样子继续着谈话。事实上，他感觉越发舒展，两个鼻孔都放松了，缓缓喷气。

记者先生们都有大学的硕士学位吧？

董丹笑了笑。她还真把他当成了知识分子。她的一双手移到了他的脚掌中心，拇指用力压下去，压到了一个他以前从来不知道的敏感地带。他发出呻吟。

痛的话得跟她说。他会的。现在感觉怎样？还好。再使点劲儿？可以。会不会太重了？不会……噢，不……会……

他感觉四肢沉重，意识飘飘然。她的声音像是从远方飘来，他听见她叫他抬脚，她得多加一点水晶泥。这一切都像在梦里，虽然他费劲儿想回答，却发不出声。那一双手又上来了，举起他的脚，将它们放在她的膝头，她好在盆里多加些热水。他的脚现在碰触着她那酥软的一对乳房。

从门外走廊那一头传来微弱的水流声，是有人在小便，接着冲水。水管咕咕发出流泄之声。

他把脚放回了热水里，禁不住就发出一声低号。水的温热钻进了他的皮肤，流进了他的血液。她一双手的爱抚让他全身升温。一时间，董丹几乎忘了这仅仅是一双男人的脚和一双女人的手，现在他们成为两个独立的生命个体，有了自己的血肉和灵魂，交缠厮磨，两小无猜。随着她的手更进一步地寻到了他的敏感深处，他呻吟得也越来越大声，那手指在向他的脚掌心深处做眉批一般地移动，一行行、一段段，将他的痛、痒、苦、累都一行行圈点了出来。他这双脚这辈子没享过这样的福。他跟小梅之间都不曾有过这样奇异不可说的亲密感。他的欲望已被撩拨上来。

他知道女孩也觉察到了。她红了脸，垂下头。他真的得逃了。

"糟糕，我得赶去参加一个会议。"董丹说。两个肘关节企图使力撑起身子，但是他的内里有一个更强大的力量把他拽了回去，"我差点都忘了。"

"那我动作快一点。"女孩说。

"我已经晚了。"他说。可他怎么都起不了身。

"再有五分钟就好……"她说着在他的膝头轻压了一下。

他立刻反弹，从水里抽回了脚，用力之猛差点让女孩从矮凳上跌下来。

这太粗鲁了，可没办法，他管不了这么多了。他找到了他的鞋袜，转头发现女孩掉下了眼泪。

"对不起。"他说。他是说真的。

女孩只是把她的脸转开。

女孩无声地啜泣着。他把一切都看在眼里。

"你让我舒服得忘了时间，我把会议的事全忘了。"

他也知道他挤出的笑脸不怎么好看。女孩哭到鼻塞，用力地吸气。他从裤子口袋里想掏出手帕来给她擦擦。

她忽然就破涕为笑，原来他掏出的是一张油腻腻的餐巾，中间还破了一个大洞。

真孩子气。

"下回见啊。"他说，慢吞吞地走向门口。

"还下回呢！"她冲着他的背影回了一句。

他转过身，女孩的美丽让他一震。

她嘟起嘴："换我，我也不会再来了。我让你觉得那么无聊，听我讲无聊的生活，服务又差。"她说。

"你的服务很好。"

"怎么可能？"她望着他。她湿润的睫毛上挂着泪珠，"我连开始都还没开始呢！"

还没开始？他望着女孩，对她那双酥胸的印象又浮现了上来。女孩离家三千公里，来到这里向躺在椅子上的任何人展示她的酥胸，把展示得来的钱寄回老家给父母，就像他寄回家的钱也是靠他冒着危险，像只虫子一样混进酒宴赚来的。虫子指不定什么时候就给人捏死了。眼看着某个不知名的浑蛋正在冒用他的伎俩，还加上那个爱涂深红色口红的高兴，成天想要跟他套近乎，想套走跟他根本没有关系的"关系"，他只不过想安安静静地白吃白喝啊。

"你叫什么名字？"董丹问。

"我在这里排第十，他们都叫我老十。"她回答。

他点了点头，感到自己的眼睛朝她哀伤地一笑。她当然不会对一个"记者"说出她的真名。

"您能帮我个忙吗？"她问。

他注视着她，这会儿她求他什么他都会答应。

"能不能麻烦您跟我的老板说一声，您很满意我的服务。"她说。

又是眼泪又是甜笑，都不是冲他的，是冲着一份 VIP 客户的表扬。

他出去"采访"的时候，有人打电话找他。小梅等在工厂外边，一见到董丹就这么告诉他。这回是个男的。她一边跟他说话，一边握着一把扁细的小刀干活，修理鞋子的橡胶底。修一双五分钱，就是把机器没有压齐的鞋底四周给修整齐。那男人嗓门好大，小梅跟董丹说。听起来像是中学体育老师。他说了些什么？哦，他问了一堆问题。问了什么？问董丹的公司和他的工作，问她是不是董丹的秘书，问她董丹是不是老板。

董丹停下步子。

"那你怎么跟他说的？"

"我说，你是警察吗？"

"他怎么说？"

"他说，我是警察他爹。然后我说，你是警察的爹，我就是警察他奶奶。"

"你跟我逗乐子吧？"

"我真那么说的。"

他继续往前走。完蛋了，有人开始调查他了。

"你记下他的电话号码了吗？"

"没有。"

他进了屋，看见房间角落堆了一箱一箱的矿泉水。小梅有时候会跟邻居们到交通繁忙的地段卖矿泉水给司机。他们兜售的东西还有地图、廉价太阳镜、挡风玻璃用的遮阳板，还有车座椅上的草席垫。夏天生意好的时候，他们一天赚个几块钱没问题。可到了冬天，他们常常背一大箱的货品对着紧闭的车窗玻璃，在冷风里叫卖几个小时也卖不出一样东西。为了生活，她什么钱都赚。

"他说他还会再来电话。"小梅说，"他还问咱们家的地址和门牌号……"

"你跟他说了吗？"

"自从咱这儿修了高速公路，哪有什么街名和门牌号呀？"

"那就是你没跟他说？"

"没说。"

董丹立刻赶到附近的打印社，重新设计了名片。不到一个钟头，东西就印好了。从今以后，他就是自由撰稿记者了，没人能否认这点。问他文章登在哪儿？哦，登在许多不同的报纸杂志上。是用笔名发表的？那当然。谁会用真名给自己惹麻烦？惹来官方的注意？挑起舆论的围攻？

次日中午，他将新名片交给了签到处的一位中年妇女，他从没觉得这么爽过，甚至在签到处多逗留了会儿，跟周围的一些女人谈起最近的连续剧。他对连续剧的知识全来自小梅。每当他去吃宴会，小梅就在家准时地收看电视剧，一集也不落。要是哪部她钟爱的电视剧停播了，她还大发雷霆。据说有次停播是那个时候不提倡出现太多婚外恋的故事，担心这样的故事会造成离婚与社会不安。董丹和那群女人也还真有得聊，聊完了连续剧聊房地产，聊完房地产聊如何送红包取得养狗执照，接着又聊近来女大学生卖身下海，最后他们谈起了今天这场记者会的主题——如何促使政府对农民减税减费。

"早该这么做了。"董丹说，"农民要缴的税差不多是收入的百分之十四，可他一年才赚多少？运气好赚个千把块，还顶不上我们宴会上的一道菜贵。"董丹点起一根香烟，"村里的头头只想讨好上级。你看到大路边盖的那些新农舍，其实就是戏台子的布景，朝外的一面墙盖得有排场，油得鲜亮，可你要绕到房子后面一看，就穿帮了：都是破泥土房。他们哪儿来的钱搭这些戏台布景？还不是农民缴的税？"

"不是说上面派了许多检查小组，下基层监察农民减税的落实情况吗？"一名年轻的记者插话。

"检查小组每到一个村里，"董丹说，"村里的头头就会跟农民说，喂喂，你们每家得缴些钱来好好招待上级同志们的吃住啊。上级的同志们可不能住那样的破烂地方。他们可是为了帮你们少缴点税才来的。"董丹头一扬，两只手交叉在背后，模仿起他老家的村干部。

登记处的一群记者全围了上来，观赏董丹的表演。

"您经常下乡做调研吧？"一个年轻的女人说。

董丹笑了起来。他哪里需要去什么地方调研，这些都是他父母的亲身遭遇。

虽然被一群年轻的记者团团围住，董丹还是看见有人朝报到处的盘子里丢了一张名片。那张名片跟董丹两个月以前捏造的假名片一个样。他抬起眼，只看见一个穿了卡其色裤子和休闲西装的矮个子男人。这家伙不仅剽窃了他的经营模式，还盗用了他的形象设计。察觉到董丹的目光，那人抬起头朝董丹微笑。似乎这小矮个儿对自己剽窃了何人的知识产权完全无知，也完全无辜。或许他只不过是偶然看到董丹以前的名片，纯属个人偏爱而模仿了起来？柜台人员要求小矮个儿签名领取车马费。只见他掏出了一支老式耐用的钢笔写下了自己的名字。当他走进会议厅之后，董丹过来看到了那个签名，他大吃一惊。那不是普通的签名，简直是书法艺术。

记者会结束后，董丹从会议室到宴会厅一路跟踪着小矮个儿。他看见他挑了靠边门的桌子坐下来。董丹穿过人群，马上就要走近他了，他却又站起来走了出去，并没打算留下来吃饭。他拿了钱就走人，八成还要赶去另一个会场再领一份车马费。显然这小矮个儿对各地记者会的信息资源，比董丹来得丰富。

到了大厅，一对人高马大的外国旅客正好进大门，挡住了路，董丹只好停下来等他们通过。从人影的缝隙中，董丹看见小矮个儿在旋转玻璃门口处打车。一辆车在他面前停下，他看到了车窗玻璃上写的计费表后，大概是嫌贵，又挥手让车子开走。看来也是个穷哥们儿，没准也是一个下岗工人，远在穷乡僻壤的父母正等着他寄钱回家。辛辛苦苦赚来的钱，他可不想浪费在出租车上。董丹倒是颇能认同他的精打细算。

午后一点，空调充足的酒店大门外，暑热像是某种看得见的东西。阳光太烈，对面高耸的写字楼、大酒店、家属楼都被这阳光模糊了轮廓。每回董丹进城，都会发现不知什么时候又一栋崭新的高楼拔地而起。小梅喜欢看摩天大楼，一看可以看上几个小时。这是一座水泥丛林，让董丹望而生畏；它的崭新和锋利给人难以亲近的感觉。

小矮个儿又招下了另一台出租车，还是太贵。两个年轻的门房站得一动不动，好像气温把他们给凝住了。这么热的天，那小矮个儿不想走到大街上叫车，只好继续希望有车子在酒店门口下客。可是来这样豪华酒店的乘客，多半不会乘廉价出租车。

董丹现在离那小矮个儿只有几寸的距离。他打算朝对方说，喂，你也要赶下一场应酬吗？董丹现在学会用"应酬"这个时髦的词代替吃宴会或其他的活动了。然后就是掏出他的新名片，自动朝对方亮一亮他的新发明，以宣示版权。他确定那个小矮个儿立刻就会明白了。虽然他又矮又丑，但他看起来并不笨。或许董丹可以放下他的戒心，公开交换心得，分享这些日子以来穿梭于各大酒宴的一些经验，如此一来还能互补不足。这又有何不可呢？说不定他们还能交上朋友，成为同行。董丹在心里盘算着要如何开场，从此建立他们不寻常的同志关系。

这时一个全身背挂着各式装备的摄影师推门走了出来，拍了拍小矮个儿的肩膀。

"我正满世界找你呢。"摄影师说，嗓门挺大，"我想问问，我拍的那些照片行不行？"

"你指的是登在《北京周刊》上的那张照片吗？"

"是呀。"

"嗯……"

"他们打电话来跟我要照片，说是你那篇文章就要登了。那时候都已经晚上九点多了。"

"我知道。"

"就跟他们脑筋一热，才想起要用照片！"

"有什么办法？这些编辑都这样搞。我永远弄不清他们的取舍标准。"

"我给了他们十张照片，最后他们挑了一张最不说明问题的。"

"他们也无奈。其他的九张，上头肯定不让用。对于领导，只要没有好事的记者去挖新闻，AIDS乞丐这档事就根本不存在。"

董丹在一旁听着，不自觉把嘴傻张得老大。这小矮个儿原来不是冒牌记者。

那摄影师有车，要送小矮个儿一程。当他把车子开来的时候，小矮个儿发现了董丹，邀他一起上车。他肯定早就察觉到董丹在他身边。他说他们可以载董丹回他住的地方。多谢，但是不麻烦了，只要把他载到下一个地铁站就可以了。董丹脑中一片空白，跟着钻进了车子的后座。

车子在蒸腾的热气中上了路。摄影师抱歉地说，空调坏了。车窗被摇了下来，热风顿时滚滚而入。天气真是热呀，小个子男人说道。没错，真热，董丹附和着，说这天气热得就像是炎炎夏日化成了一根滚烫的舌头在舔他的脸。这个形容好，小矮个儿夸奖他。观察着小矮个儿自信的手势，中气十足的嗓门，董丹企图猜测在这个矮小丑陋的外表下，究竟藏了个什么样的人物。车在红灯前停下，这时小矮个儿手里捏着张名片转向董丹。名片是米黄色的，上头配有褐色以及金色的图饰，正与董丹六个月前用的完全相同，那家所谓的网络媒体公司正是他一手炮制的。现在看来，董丹不仅伪造了那个公司，还造出了这个小矮个儿。可这件作品现在已经发展出了独立的人格和身份——真正的记者。董丹几乎想要大叫："等一下，那家公司不是假的吗？"话到了舌尖，董丹又吞了回去。

"我刚刚离开前一家公司，加入了这一家媒体。"小矮个儿的解释听不出来一丝虚假。

"哦。"又一家编造的公司？

对方继续问了董丹一些关于今天记者会的问题。董丹回答的时候虽然感觉是在对话，但是说了什么根本没往心里去。他一直企图为这个奇怪的局势找出一个合理的解释。难不成是董丹在不知情的情况下，冒用了这个小矮个儿的身份，而非小矮个儿模仿了他？有没有可能，这个小矮个儿以一种神秘的感应方式把想法灌输到董丹脑子里，教会了他这一切？

"你呢？你是在哪家媒体？"

董丹递出了自己的新名片。

"自由撰稿记者。我一直想做一个自由撰稿人。"小矮个儿应道，脸上的笑容不像是作假。

董丹接着就担心对方开始问他发表过什么，于是急着打起腹稿：这个嘛！我是用笔名发表过一些东西……

"你的名字，我好像看过。"小矮个儿说。

"真的？"哼，才怪呢。

"我好像在哪儿见过一两次。"

你这撒谎精。"您记性真好。"

"干这行都得记性好。"

到了一个大十字路口，董丹要那摄影师停下来让他下车。董丹边走向高楼的阴影里，边回头去看那一台破旧的桑塔纳轿车。或许是他该停止混吃宴会，重新找一份工作的时候了。他脱了身上的外衣，低着头走向了一条街。到了地铁的入口处，一阵冷气向他扑来，他停下了步子，深吸了一口气，做出了决定：等他带小梅也去吃过一顿之后，他就洗手不干了。他得让小梅至少尝尝鱼翅、海参、蟹爪，再洗手不干。

工厂的会计室被挤得水泄不通，所有下岗职工大排长龙，从四楼一直排到了楼下的院子里，等着兑现他们手中的"白条"。工厂发不出现金，只好打白条，等到厂里有资金进来才能兑换成真正的钞票。董丹好不容易从谈笑的队伍中杀出一条路，爬上了楼。这是几个月来人们最快乐的一天。空气里尽是他们的汗酸味。董丹一路忍着浓重的体味，终于穿过狭窄的走廊来到了会计室的门口，他四下寻找小梅。她中午就来帮董丹占了位置。

董丹找到小梅的时候，只见她坐在阶梯上，背靠着身后的水泥栏杆，手里头正忙着编一顶假发，在肉色的、如人的头皮的半圆材料上，把头发一根根钩织上去。她从一家专为电影或连续剧制作道具的公司包来这个工作，收入不错。假发已经接近完成，乍看就像她手里头捧了一颗砍下来的人头。她看到了董丹，告诉他等会计室主任从银行回来之后，办公室就会开门了。

四周的人在董丹走过身旁的时候不是拍他的肩膀和手臂，就是打他的背和屁股，七嘴八舌道他很久没见着他人了。或者挖苦他说："现在可发了，不理人了，还戴着副什么眼镜装知识分子。"他们塞给他瓜子和香烟，都是比董丹平常抽的更便宜的牌子。

董丹看看表，已经差一刻快五点了，大多数人这时都已经席地而坐。有些人干脆脱了鞋，拿来当作椅垫。原来的汗酸味已经化成了一股咸鱼的臭味。

会计室主任始终没有出现，反倒是通过了全工厂的广播系统跟大家宣布他跟银行的谈判破裂。所以，今儿个没钱兑换他们手中的白条。他希望厂里在这礼拜能够把欠银行的利息还完，到了周末，银行就可以贷款给厂里，那时就能兑现白条。他说抱歉让大家失望了。他明白几个月来没收到钱，只收到白条，的确造成大伙儿生活上的困难。他保证厂里将从一位客户那儿收到付款，之后就会立刻拿这笔钱去付清银行贷款的利息。众人纷纷拍拍屁股站起身，把满是瓜子壳、烟头的地面留在身后。会计主任继续宣布，厂里将给每人发六个鱼罐头，作为厂领导对大家伙儿的一点关爱和慰问。下楼的时候，有人谈起又看见工厂经理换了一部新的凌志汽车，这已经是他两年之内第三次换车了。是吗？我看是第四次了吧。谁闲得去数？众人都笑了。

在楼的出口处，一男一女两个厨子正在分发没有贴标签的沙丁鱼罐头。那男厨子问董丹，胡小枫的那一份他是不是可以帮忙带过去。因为董丹曾经是她死去的丈夫的学徒。董丹说没问题。他很乐意。那女厨子便说，你得小心，胡小枫新雇了一个小姑娘，风骚得要死，大美人一个。挺有气质的，那男厨子立刻接口，看起来不像是个婊子。旁边的人便问他，你怎么知道得这么清楚？这个嘛，厨子回答，因为胡小枫有一回带了她和另外一个女孩到食堂来吃饭，那小姑娘静静坐在那儿，直到胡小枫和另外一个女孩拿起筷子，她才跟着动作。

小梅带着他们的那六个罐头先回家了。董丹则绕过工厂的那两根大烟囱，朝工厂的员工宿舍区走去。在傍晚蒸腾的热气中，那排红砖楼房打老远就看得见。总共有十栋，一模一样地被煤烟熏黑，让家家的阳台上挂满的褪色衣衫、床单、尿布，弄成一模一样地褴褛不堪。

胡小枫住在二楼一间一居室，那是她过世的丈夫留下的。楼梯间里一路可见停放的脚踏车、做腌菜的瓶罐，以及孩子随手的涂鸦。两个男人一边抽烟，一边等在她门口。胡小枫的大部分顾客都是附近几里外修公路的民工。那两人蹲在那儿，眼睛研究着面前水泥地上的某一点，尽可能不引起别人的注意。想来他们也是来"按摩"的。董丹将装着六个罐头的小木箱放在地上，心想那两人一定以为他也是为了同样的目的。董丹敲了敲门，那门是最近才漆过的，上头只挂了一个简单的小牌子，写着"枫之屋"。

"排队在那头。"其中一人嘟囔道。

"什么？"董丹问。

"我们在排队。"嘟囔的声音变得更含糊了。

"兄弟，听不明白你在说什么。"董丹说，脸上露出微笑。看到他们害羞，他决定要逗逗他们，"排什么队？"

对面屋一个老太太抱着孩子走出来。"窑子今天没开张啊？"她问。

董丹朝她望去，只见她那张平板的脸上露出一丝谑意。两个工人又低头去看地上，当作没听见。

"小枫啊，"老太太扬声道，"你那儿有没有感冒药？"

没有回应。

"我孙女有点发烧！"她继续扯着嗓门，"看来，今儿个老板娘还挺忙。"

那两个男人彼此对望了一眼，又看看老太太。

老太太进屋去，从她房里拿出了一把塑料椅往地上用力一放，要给那两人坐。两个大男人推着要对方先坐。老妇人于是又进屋去搬了一把，一路上仍嚷嚷："阿司匹林应该管用。小枫啊，你那儿有没有呀？"

门开了。胡小枫穿着一件缀满玫瑰花蕾的黑色连衣裙走出来。对不起呀各位，她说。她手下的一个姑娘赶回家去照顾动手术的父亲了。今天她们忙不过来。她四十出头，动过一次不怎么成功的隆鼻手术，一双眉毛也是文出来的。倒是那双眼睛里有一种非常温暖的神情。

她问那两个男人怎么不敲门，可以先进来喝点东西嘛，然后转身又问董丹他母亲的气喘病可好些了没。董丹母亲的毛病是胃溃疡，可她眼里亲切的神情让他不忍去更正她。当她看着你的时候，你会觉得自己是她唯一可以交心的人。这楼里的住户之前哪个不臭她、当面啐她，到了扫黄运动，竟没人去揭发她"按摩"下的勾当。

从屋里走出来两个男人和胡小枫道别。坐在小塑料椅上的男人赶紧站起来钻进屋里。胡小枫则继续和董丹聊着，她为他母亲的气喘病专门打听了一些偏方。

董丹注意到她比手画脚时，膀子上松弛了的肉。

接下来他说了句一秒钟之后就后悔的话。他说她年纪大了，不适合再干这一行了。她愿意的话，他可以替她在有钱人家找一份帮佣的工作，赚的薪水足够她和她儿子过活。

她只是定定地看着他，目光像是需要帮助的人是董丹。

高兴说她费了好一番工夫，修改了董丹那篇关于孔雀宴的文章，上海有一家很有影响力的报纸决定刊登了。高兴在电话里说，董丹现在唯一需要做的事情，就是把这篇文章的校样拿去给陈洋过目，得到他的认可。董丹在"绿林会所"的不告而别被高兴骂得狗血淋头，说他是个忘恩负义、不讲信用的浑蛋。但是她还是决定原谅他，因为毕竟是出自他对陈洋的一番耿耿忠心。

"众所周知，陈洋是个老色鬼。跟他在一起的年轻女人，就快成为他的第四任老婆了。你也没什么好替他瞒的。"高兴说。

"你怎么知道他是老色鬼？"董丹不悦地反问。

"那你怎么证明他不是老色鬼？"

董丹并不是真的介意老画家被称为老色鬼，只是他不喜欢听到这话从她口里说出来。他说不上来为什么。

雨从傍晚就开始下，下得工厂都停电了。可想而知，顶楼的那些邻居此时都没有连续剧可看，一定竖着耳朵偷听他和高兴通电话，说什么老色鬼不老色鬼的。董丹气得牙痒痒，当下决定一定要花五千块钱买个手机。虽然手机对大部分记者来说还是奢侈品，可是没办法。辛辛苦苦存来买房子和沙发的那笔积蓄，看来得动用了。

"这些日子都没有在记者会上看到你。我知道你做贼心虚，不敢见我。"高兴说。

"我胃痛。"近来他撒谎变得得心应手。

"山珍海味吃多了，也会生病的。"她应道，"有的时候，我冷不防就会想起陈洋在离开孔雀宴时说的话。"接着她操起西北口音，"我们古老辉煌的文明，现在就只剩下吃。"

"灿烂悠久的文化。"

"什么？"

"他不是说辉煌的文明，他说灿烂悠久的文化。"

"你不必像背语录一样，一字不差地引用陈洋的话。"

"是你先引用的。"

"好好。一个优秀的记者就该有你这样精确的记忆力，以及专业负责的态度……"

"我跟你说，"董丹打断她的话，"我在赶时间，今晚我有应酬。"才不过十分钟的时间，他撒了多少个谎已经没数了。

"是去吃'人体宴'？"

什么？！

"我听说他们只给二十多家媒体发了邀请，而且只请男的。脱光了的美女不好意思出现在其他女人面前。这算是一种行动艺术吧。把光溜溜的美女身体拿来放海鲜大餐。"她的语气很兴奋。

"真的是裸体美女？"董丹惊呼一声，同时意识到这消息会被他的邻居偷听了去。

"她都跟你说了吧？"

"谁？"

"那个女老板啊。你不知道？今天下午她跟 些记者开了小型发布会，她一个人说个不停，从希腊雕像扯到了非洲的雕塑，从米开朗琪罗扯到了罗丹，为她这个色情宴会编了一大套哲学。"

董丹问高兴这情报是从哪儿来的。

"根据她的说法，裸体是这场神秘晚宴的一个部分。"她继续说，却没回答董丹的问题。她从来不回答任何问题，"今天晚上只是预演，如果那些裸女把男记者给腐蚀了，也就是说，如果那些家伙吃了人体宴后不写什么负面报道，那么正式的宴会才能向所有媒体开放，才能将她这套情色餐饮哲学推行出去。"

一群光溜溜的美女躺在那儿当宴会台子？一片停电的漆黑中，董丹不禁微喘。从活生生的肉体上夹起没有生命的肉？他讨厌自己在这方面过于生动的想象力，可他也没办法。

"你什么时候可以把文章送到医院去？"高兴问。

董丹的脑袋里全是"人体宴"，他反问："什么医院？"

"少装蒜好不好。"高兴在电话的那一头啐他，"大家都知道陈洋住进了首都医院，只有他们那儿才有豪华高干病房。他肯定住那儿。"

董丹于是和高兴约定第二天上午在"绿林会所"见面。在等高兴的时候，他逛进了二楼的诊疗部。一间宽敞明亮的大房间里，摆了六张干净的床，看起来毫无暧昧，任何人都会相信来这个地方就是为了看病。房间头尾两张床上，躺着两位上了年纪的妇人，穿着半透明的一次性纸褂子，由两个戴墨镜、穿蓝色制服、看起来很专业的盲人按摩师为她们按摩。其中一位问董丹需要什么服务时，微微仰起脸，就像所有盲人的习惯性动作。董丹笑着回答，等过个二三十年再说吧。

他回到了楼下，坐在大厅里等待。突然他感觉到心情起伏。他不敢相信，自己竟然想着那个叫老十的姑娘。她是不是忙了一夜，现在正在睡觉呢？昨儿晚上，她又给客人做了什么服务？

他起身开始在楼下乱转，希望能够撞见她。已经快中午了，可这地方就像还在半夜。高兴照旧是迟到。她这人也许连自己的婚礼都会迟到。但愿她这辈子会有婚礼。等待的滋味很磨人，因为董丹心里还抱着老十会出现的希望。此生如果有什么是最令他憎恨的事，那就是这种心惊肉跳的期待。

不晓得从哪儿传来电视机的声音。他循着声音找到了出处，一扇门半掩，他看见刚刚那两个盲人按摩师，这会儿正坐在十三寸的电视机前面，墨镜架在额头上，看着屏幕上一个叫布什的家伙在竞选美国总统。董丹心想刚刚他看见的那两位女病人，最好没有在这两个按摩师面前宽衣解带，即使是隔了一层墨镜镜片，她们臃肿走样的身体仍会被尽收眼底，哪怕是毫无兴致的眼底。

高兴到的时候已经十二点一刻。她对于自己的迟到连编个借口都懒得，只说她在赶一篇文章，没有写完就停手不是她的习惯。她在写东西的时候，从来不注意时间。

泡茶的时候，高兴抽出了一张印刷品，告诉董丹这就是他那篇有关孔雀宴的校样稿。

"校样"是什么东西？虽然董丹心里很想问，但是他故意装作无所谓地把那张纸折起来，塞进了衬衫口袋。

"里头有些我帮你改过的字，如果意思不对，你得告诉我。你有些地方的用字，主编不太清楚到底是什么意思，所以我把它改了。有几处我帮你重新写过，这样读起来才比较连贯。"

原来这就是校样：许可别人把你的文章篡改成另一个样。

"文章挂的是咱俩的名字，你不介意吧？我大段大段地帮你重写过！"高兴朝董丹促狭地一笑。

"应该的。"董丹说。

接下来他就只好去首都医院看陈洋。他恨这个专横的女人，利用他这个一无是处的家伙达到自己的目的。坐在车上，高兴说起她昨天整个晚上都在网上搜寻陈洋的信息，所以一夜都没合眼。有关陈洋戏剧化的生平，足足有两千多页，比最长的长篇小说还厚。"文革"期间他还坐过牢……对呀，这我知道。董丹装得十分知情。高兴继续说，他的罪行是反革命言论。可不是吗？那时候为这个罪名坐牢的，太多了。可是这老家伙还是没什么长进，到现在还没学会控制他那张嘴，高兴说。语气听起来颇带同情，可脸上的表情却是另一回事，充满崇拜。董丹说，唉，他是改不了啦。但是代价不小。高兴感叹：坐了七年多的牢！我的妈呀，董丹在心里暗暗叫了一声，七年！他在坐牢的时候，画的那些壁画，但愿都能保存下来，高兴说。什么壁画？你不知道吗？就是他在监狱里画的四季窗景呀！哦，那个呀，好作品呀。可不是！真是个性情中人。在没有窗子的牢房里，他画了一扇扇窗，所以他每天可以欣赏异国风景，还有四季的变化。真够绝的。就是挺绝的。而且他的绘画风格一直在变，从风景到现在的这么抽象的作品。那当然啰，奔驰汽车年年也变造型和风格。高兴说，你这是什么比喻？不伦不类。他说，他的意思是，一个伟大的艺术家是一个魔术师，就像《西游记》里的孙悟空，能够随心所欲做出七十二变。高兴想了想，笑了。陈洋的老婆在他坐牢的时候跟他离婚了，对吧？没错，董丹回答，满脑子忙着把有关陈洋的信息分门别类地储存。他的第二任老婆也是他的崇拜者吧？那当然。那为什么结婚才两年，她又离开他？因为要有距离，你才会崇拜一个人。真的是这样？唉，谁知道。当一个女人爱上一个男人的时候，她不需要任何理由，可是当她想分手的时候，她可以有一千个理由。高兴说，换作是她，离开一个男人她一个理由也不要，不过董丹的意见值得参考。董丹心想，我挺行啊，现在跟人胡扯也是一把好手。

当他们的车子从拥塞的马路开进了旁边的小街时，高兴说他们去看大师应该带点礼物。她提议带补品或者是名茶。董丹则咕哝在他的帆布背包里有一大串红辣椒。

"一串什么？"

"咱西北的红辣椒。我们有个乡亲是列车员，我父母专门托他带给我的。今早我才从车站取来。"

高兴笑得车都开不动了。一串红辣椒！送给全中国最有钱、最出名的艺术家！

董丹等高兴哮喘似的大笑停下来，才告诉她这不是普通的辣椒。这种特别的红辣椒别处找不着。

他们对到底带什么礼物还没吵出个结果，车子已经到了医院门口。大老远地，高兴就瞧见前方草坪上，有一个巨大的身影在玫瑰花架的阴凉中踱步。她立刻飞奔过去，丢下一脸困惑的董丹。

直到看见高兴跟陈洋握手，董丹这才搞清楚她飞奔是为了什么。看来，她已经把一切搞定了，跟老艺术家搭上了关系。她不再需要他了。然而，他们共同挂名的那篇文章，还在董丹的口袋里，她还是得回头张望寻找董丹。

"董丹，快过来。"

他乖乖地过去了。大师在夏日的晨光里，看起来年轻了许多。他戴了一顶小朋友的白色棒球帽，长长的帽檐儿之下，那张脸看起来年轻了许多。如果是在路上碰见，董丹一定认不出他来。陈洋一脸笑意，张开胳膊就朝董丹走来。他不跟董丹握手，反而给了他一个热情的拥抱。这让董丹有点儿难为情。

"老乡，怎么样？"大师问。

不知所措的董丹把背包里的红辣椒取出来，交给了对方。

"我父母托人带来的。"他吞吞吐吐，感觉更不好意思了。

"咱西北的红辣子？"陈洋问。

那串红辣椒看上去已经不怎么新鲜了，蒙着灰垢，有一些起了褶皱。

"你怎么知道我馋这东西？病把我的胃口全败了，我求他们去帮我找这种红辣椒，他们不理我，说吃这玩意儿没营养。"他抓起那串红辣椒，白色的衬衫立刻被那上面的灰垢给搞脏了，"两个礼拜前，我打电话到你的办公室去，就是想问你能不能帮我弄到这辣椒。我找你的时候，说的是你告诉我的本名，不是你名片上的那个笔名。对了，你那个小女秘书挺逗的，一直跟我调侃。"

原来打电话找他的人是陈洋，不是什么调查人员。老先生竟然把小梅的粗鲁当成了调侃。

陈洋邀请他们两人到他三楼的病房里，这时一位穿着白色制服、头上戴着可爱小帽子的护士朝他们走来。

"大师，您忘了吃药了。"她说，口气就像一个小孩在责备自己的祖父，"您今天看起来又年轻又英俊。"

"我知道。"老艺术家应道。

"您跑哪儿去了？"

"上公共厕所啊。"

高兴大声笑了起来。

"您又跟我逗！"年轻的护士嘟起嘴。

"我是说真的。我一个人太寂寞了，在公共厕所里还能一边跟人搭讪一边大便。"

"哎哟，大师，这词儿您也当众说啊！"护士抗议。

"这词儿医院里不是天天当众说吗？"

说完他又笑了，走过护理站旁的时候，他捡起书报架上的杂志匆匆瞄了一眼又丢了回去，暗暗骂道："都是同样的狗屁。"

护士看见了他在夹克底下揣着的红辣椒时，皱起眉头。

"您可不能把这么脏的东西带进来！"

"谁说的？"

"医院里的规定。"

两人气呼呼瞪起眼睛。他们这样子吵嘴吵惯了。

"我付这么多钱住在这儿，我想带什么进来就带什么进来，包括女人。"

又听见高兴在旁边大笑。老艺术家摘下了他的太阳眼镜，朝她打量，自己也吃不准对她的笑声是否反感。

陈洋住的病房是间套房，有客厅、餐厅及卧室。客厅已经变成了他的画室，满墙都挂着他尚未完工的新作品。餐桌被移到了客厅，摆在通往阳台的玻璃拉门前，灰扑扑的阳光从外面射了进来。桌面上搁了几卷纸、瓶瓶罐罐的颜料，以及插着大大小小毛笔的笔筒。米黄色的地毯及白色的沙发椅套上溅满了大小各异的颜色斑点，一个长方形鱼缸放在玻璃茶几上，水里游着的色泽烈艳的热带鱼昏昏欲睡。

高兴推了推董丹，用眼神示意让他看电视机上面放着的相片，是个有着一对酒窝的年轻女人——陈洋的新任女友，一个甜美女人。

老艺术家还在忙着跟护士说话，要她去交代医院厨房烙几张饼、准备一些甜面酱，再把红辣椒切碎拌上蒜和醋，就着饼吃。高兴凑向董丹耳语："别跟他提他的女朋友，他会不高兴的。"

董丹压根儿也没打算跟老艺术家打听任何事情。

陈洋转过身来招呼他们，指着他的新作问他们是否喜欢。高兴忙说，那还用说？都是伟大的作品。老艺术家又打量了她好一会儿。研究过她以后，他望着其中一幅画作说，这个公鸡画得挺不赖，对吧？这可让董丹吃了一惊，说它像什么都可以，就是看不出来像公鸡。高兴倒是对这"公鸡"肃穆地欣赏了很久，然后她说喜欢，非常喜欢，简直可以跟毕加索一比，是想象力的一次飞翔。用中国的笔墨来表现，真是破格，不得了！是对传统国画的一个大颠覆！

老艺术家长吁了一声，跌坐进沙发里，接着自顾自地哼起一支小调，仿佛忘了他还有客人在。

感觉到老艺术家的心情突然低落，高兴开始紧张了。她努力地回忆自己说过的话，想知道她到底说错了什么，惹得艺术家不高兴。

"那……这幅骆驼，你看怎么样？"陈洋用懒洋洋的食指点了点墙上另外一幅巨大的作品，"你喜欢吗？"

"嗯……"高兴斟酌着，用拳头支着她的下巴。

董丹依然保持安静。这情况就像两个正在接受考试的学生，准备了半天却念错了科目。

门被打开了，一个年轻男子走了进来。他身穿白色的 POLO 衫，Ralph Lauren（拉尔夫·劳伦）的商标清楚可见，底下是一条蓝色牛仔裤。从他漂亮的古铜色皮肤看得出，这是一个一辈子都在度假的人。

"哈喽。"他招呼着，笑起来非常迷人，这点他自己很有自觉。

"今天高尔夫打得怎么样？"老艺术家问。

"还好。我先过来看看你，待会儿再去爸爸那儿。"

"不敢当。"陈洋笑了笑，"爸爸好吗？"

高兴偷偷地在董丹胳膊上捏了一把，痛得让他几乎叫出来。他注意到年轻人和陈洋提到"爸爸"时，不说"你爸爸"还是"我爸爸"，他俩都称年轻人的父亲为"爸爸"，好像这根本不需要特别标明是谁的"爸爸"，难道这就是高干子弟称呼自己父亲的方式？

年轻人在屋里头随意踱了一圈，浏览了一下陈洋的画，不时还给了些评论。

"这些我什么时候能来拿？"他用手指着那幅"骆驼"和"公鸡"。

"等我舍得跟它们分手的时候。"陈洋说。

年轻人似乎这时才发现屋里还有另外两个人，一阵诧异。

"这两位是记者。"陈洋说，当下露出了疲惫的老态，"爸爸说是'骆驼'和'公鸡'的那两幅画，他们说是伟大的作品，很'毕加索'。"

年轻人突然大笑了起来。"Oh God！"他用地道的英语呼了一声，"爸爸真神了！居然在画里看出'公鸡''骆驼'来了！"

"总比什么也看不出来的好。"老艺术家说。

年轻人的手机这时响了，他检查了一下来电显示才接："不行。下个礼拜不行，我要去澳洲打高尔夫。下下礼拜吧。"他走进卧室里把房门带上，他的声音依然可以听得见，"……你说好了给我批的，我已经跟俄国人谈好了，十天以内我这批货就得运到！你得说话算话，不然你甭想见爸爸……"接下去的对话，全成了英文。

坐在客厅里的人面面相觑。

年轻人从卧室走出来的时候，顺手按了紧急呼叫钮。一阵急促、轻快的脚步声立刻从外面传来。脚步声快接近门口时，年轻人朝外喊了起来："不必进来了，这儿没人要死。送一大瓶橙汁来，要鲜榨的。"

脚步声突然刹住，接着准备转向。

"还有冰咖啡，要越南的。哦，再来四块黑森林蛋糕。"他回到客厅加入聊天队伍中，听不出究竟是在跟谁说话，"我喜欢他们这儿做的黑森林蛋糕。他们什么都做得不地道，只有这蛋糕还行。"

"您是……"高兴站起身，伸长胳膊递出了她的名片。

董丹还从没见过高兴这么有女人味的时候。

年轻人接过她的名片，看也不看就直接塞进他的裤子口袋。他正要开口，手机铃声又响了。他匆匆看了一眼来电号码，突然想起某件重要的事，立刻弹了起来。他的离去和他的出现一样突然。当点的食物送到，陈洋帮他付了钱。

"你肯定想知道他是谁，"陈洋隔了半天才打破沉默，"有人给他的账户汇二十万，为的就是要见他父亲一面。"

高兴和董丹看着他，两人嘴里塞满了黑森林蛋糕。

"这年头出卖自己的人太多了。"大师一说完，仰头往沙发柔软的靠垫里一栽。

董丹和高兴听得专心凝神，想要搞清楚他怎么会突然冒出来这么一句。

"我也是其中之一。"

虽然看不清陈洋的脸，但是董丹可以感觉到，在那张方正、布满皱纹的脸上，浮起了一抹无奈又自嘲的微笑。

"不是只有出卖自己身体的才叫婊子。有一种人比那种婊子还要低下，因为他出卖的东西比身体更宝贵。我就在干这种事。没错，我也是不得已，不得已是因为我也是个凡人。凡人在权贵面前，总会感到一种莫名其妙的畏惧。可是谁把这些人奉为权贵的？就是那些说我画的是"公鸡""骆驼"的权贵？"他朝他们两人看去，眼里却没有他们。他这番滔滔不绝令人有些害怕，像是个精神失常的自言自语者，董丹想。

高兴又在董丹的膀子上捏了一把，董丹皱起了脸，待会儿他的膀子要瘀青了。

"我让他们嫖，嫖我、嫖我的艺术。我的画都是我毫无自卫能力的孩子，能让某某权贵把我的画挂在他们豪华的客厅里，是要付出点儿代价的。这对我的作品来说，是最好的宣传，这些人都大有势力，即使我嘴上这么告诉别人，也告诉我自己上百万遍：我才不在乎你们的势力，可是说心里话，我还是在意的。所以我给他们画了一只又一只的'公鸡'和'骆驼'。"

"您对自己要求太高了。不管怎么说，你不是为了他们才做艺术创作的。"高兴说。

"那我又是为了谁呢？"

"为真正懂你的人。"

"一件艺术作品真让人完全看透了，就不是艺术作品了。艺术应该永远在参得透和参不透之间，让人永远没有办法完全搞懂。你能说，你真的懂我？"

高兴掂量着这个挑战，决定放手一搏。"我懂。从某种程度来说是懂的。"她应道，"即使一上来您就让我掉进了'公鸡''骆驼'的陷阱，我还是懂的。"

她的指控带了点玩笑性质。陈洋狠狠地盯住她，过了一会儿，也不得不微笑投降了。

"所以说我的艺术不能算绝品。"

"毕加索也不是完美的。"

老艺术家点点头，将她从头到脚端详了一阵，看不出究竟是她的放肆还是她的口才让陈洋感到有兴味。

"那你呢，老乡？"老艺术家回头问董丹，"你懂我的画吗？"

董丹猛摇头，臊红了脸，觉得耳根子都在发烫。

"如果我让你挑一幅作品，你会挑哪一幅？"

董丹盯着一幅幅画，努力让自己在这些令人眩晕的色彩之前站稳。他装不出来高兴那种陶醉的样子。他能够做的就是面对每一幅画要站足够长的时间。他喜欢不喜欢都无所谓：这些画的价值早已被肯定了，他的赞同或反对早就不作数了。这一切跟他的生命经验相隔太远，跟他的小梅也相隔太远，后者可能这辈子都不会知道有黑森林蛋糕这么好吃的东西存在。他一点都没有察觉他已经在其中一幅画的前面停留了好几分钟。

"你喜欢这张，我看得出来，"老艺术家说，"这张你就拿去吧。"

高兴在一旁紧张地期待着。

"你也可以挑一张。"陈洋对她说，做了一个邀请的手势。

喜出望外的高兴跳起来抱住老艺术家，然后她咬住自己涂了深红色口红的下唇，迅速把所有的画扫视一遍，最后挑中了最大的一幅。

"二位不见怪的话，我现在需要休息了。"陈洋的口气带着几分厌倦，不免让他们觉得已经打扰太久。

董丹从位子上站起来，慌乱地搜着自己的衬衫口袋："我……我写了一篇关于你的文章。"

"是的，差不多要完稿了，"高兴打断董丹的话，"我们想等写完的时候，再带给您过目。"她知道董丹被她弄蒙了，她朝他使个眼色，又补充道，"文章是关于那天您在孔雀宴上发生的事，文章登出来之后一定会很轰动。"

"你们把它写出来了？"老艺术家突然精神又来了，"我看不起媒体对这件事一直默不作声。你知道那天募款餐会的赞助人都是谁吗？刚刚那个小伙子就是其中之一。他知道我在宴会上干了什么，却假装不知情，还跟我像忘年哥们儿似的，不是他贿赂了媒体，就是媒体联合起封我的声音，好保护他的形象。我很高兴媒体不是都胆小如鼠，还有你们两位是例外。"

一出病房，董丹就问高兴为什么要扯谎，明明文章已经写好，打算投出去了——为什么要瞒着老家伙？高兴说董丹看着还算机灵，实际上缺心眼。难道他看不出来陈洋也有所图吗？他希望他们两个的这篇文章不光是关于那天的孔雀宴，而是要好好地大幅报道他的事业、他的人生、他的艺术家的良知，以及他的特立独行。再说，文章暗示了他在孔雀宴上的行为是出于自尊心受损，这也不会讨他欢心。

"你怎么知道？"

"我当然知道。"高兴把车钥匙套在食指上绕来绕去，黑色圆墨镜下露出一抹玩世不恭的笑意。"要不然他不会送咱们画。他送你那一幅市价是多少，你不会不知道。现在他的画是按寸卖的。"

装着画的塑料长筒握在董丹手里，整个分量都感觉不同了。这总共有多少平方寸呀？或者用小梅的计算法，这可以换多少袋面粉？买多少面条？如果高兴这时留神董丹那双发愣的眼睛，会看到一面期货交易屏幕，闪动变化着一连串他脑子里的数字换算。他深吸了一口气，这幅画大概有二十寸乘三十寸，也就是六百平方寸，按照一平方寸五十块钱来算，就等于三万块钱。三万块钱可以买四万公斤面粉，换成机器压制的新鲜面条，就有八万公斤，八万公斤面条可不是一个小数目！老家伙比印钞机还有钱，难怪高兴要挑那么大一幅。

"这画是让你白拿的吗？"高兴说。

车子发动后，高兴说，这篇文章要写得精彩，就得做一系列访问。董丹应该利用艺术家对他的信任，好好套套他们老乡的交情。董丹则说，这样利用别人的信任，手法有点不地道。高兴朝董丹狐媚地一笑，说她也是在利用他对她的信任呢——她这不地道吗？她确定陈洋对董丹的信任远远超过对她，因为董丹有张金毛犬似的厚道面孔。

小梅站在丈夫面前，由他指示往左往右转身。她身穿一件白色套头针织衫，下着一条及膝的牛仔布蓝裙。这身打扮既让她曲线毕露，又让她带着女学生的简约和随意，仅仅靠着深红色的唇膏才让她看起来有那么一点成熟。董丹决定带她去吃鱼翅宴。今天有一场名为"扶贫济困"的募捐会，之后便是午宴。

在去往饭店的路上，董丹叮咛小梅绝不要主动跟人说话，别人问就一律回答是或不是。如果他们继续烦她，她可以拿起照相机闪开，假装发现了千载难逢的精彩镜头。千万注意别把照相机拿颠倒了。对准目标时，记住摘下镜头盖。贴着镜头的那只眼睁开，另一只闭上，可别闭错了眼睛，那就露马脚了。千万记住，绝对别开口。一开口，别人准能识破她的宴会虫身份。

在饭店的阶梯口，小梅突然停下来，说她不想去了。

"为什么？"

"我不喜欢吃鱼翅。"

"你没吃过怎么知道？"董丹尽量不嚷嚷，同时四下观望有什么人在附近。他不想别人看到他们两人是一伙的。

"我不喜欢鱼翅。"小梅压低了嗓门，摆弄着自己的手指。

"我保证你会喜欢。饭店里一小碗就卖四百块钱呢。"

"我上馆子从来不会带那么多钱。"

"吃了鱼翅，你的皮肤就会变得光滑白嫩，跟豆腐似的。"

"我也不喜欢豆腐。"她的语气像在哀求。

望着她，董丹心里突然升起一股无比的温柔，他忆起了他们初识的情景，也是同样的怜惜令他满心柔情。

"那我回家了？"她问。

"还花了钱买这身衣服呢。"他开始板起脸。

她不说话了。想到一百多块钱花在这套衣服上，却无用武之地，令她心疼。这笔钱可以买五大袋面粉，足够她在乡下的那一大家子人吃一个月。她叹了一口气，重新壮起胆子，抬头直视前方。

"你舍得把你那份四百块钱的鱼翅往泔水桶里倒？"董丹问。

她长长嘘了一口气。

"都是头回难，以后就不怕了。你就跟着我，别靠得太近就行。"他一面登上花岗岩的阶梯，一面继续给她指示。上到楼梯顶端他一回头，看见小梅跟他只隔了两步远，他瞪了她一眼，要她保持一点距离。

但是她不肯。

他走到报到处的时候，她呼出的热气都触到了他的后脖颈。

签好名，交出名片，董丹用气声跟小梅说，她这样步步紧跟会给他们两人惹上麻烦。可她就是一副没听见的样子。他找到机会就给小梅使眼色、打手势，可是她依然寸步不离。进了会议厅以后，她挑的座位也在他正后方。当董丹听见有人问小梅她旁边的椅子有没有人坐时，他紧张得两手冒汗。是那个小矮个儿的声音。小梅说有人坐，她帮一个朋友占位子。小矮个儿接着问，那你的朋友在哪儿？去厕所了，她回答，不好意思哦。小矮个儿只好侧起身从走道中间杀出一条路，往前排走去。前排没人坐，因为中途想起身溜走太难了，目标太大。

董丹干脆改变战略，坐到小梅的右边。

主持人介绍完今天的赞助者之后，就宣布记者会开始。

"把你的笔记本拿出来，"他低声耳语时，嘴唇几乎毫不挪动，"还有你的笔。现在，看一眼发言人，在本子上写几笔。"

"写什么？"

"什么都行。"

"到底写什么？"她轻声问时，目光注视着主席台上的募捐会的董事，他正神采飞扬地发表致辞。

"向自己的同胞奉献爱心是我们每个中国人的使命，绝不能让我们的兄弟姐妹因为贫困失学……"

"随便写，只要你的笔在动就行。"

"这支笔不好写。"

"没事，只要它在动就成。"

那个董事的语气转为沉痛："在我们国家里，贫穷农民不能享受医疗已经是遗憾，但如果不对自己的同胞伸出援手，而让外国人，尤其是美国人插一杠子，那更是耻辱。"

"把他说的记下来。"董丹告诉小梅。

"他的话里头有好多字，我不会写。"

"你就写你自己的名字。"

她果然照做。他偷瞄了她一眼，这才放心了。她十分认真地把自己的名字写了整整两行，认真得从头到尾嘴巴都没合上。为了不让她左边的人看到她在写什么，她还刻意把笔记本的封皮立了起来。整整一页都写满了她的名字之后，她开始画圈圈。

午宴要开始了。她告诉他别担心，她已经能应付了。当她起身去找餐桌的位子时，董丹告诉她，主办方可能会给一个信封，里头装的钱就是"车马费"，大概二三百块钱。可千万别当场就数钱，那样不好看。她只需要按照要求，给他们看她的证件，然后签名就可以了。

今天的餐宴十分盛大，共有五十桌。一些面色晒得黝黑的农民代表和今天最大的捐款者共桌，坐在靠近主席台的地方。再过一会儿，还将有一个仪式，将捐赠的钱、医疗器材、药品及计算机一一接收。

董丹的眼睛一直紧盯着离他几张桌子远的小梅。这时一个看起来像农民模样、三十几岁的男人来到了他身边。他自我介绍叫白钢，是一个叫莉莉的中年女人介绍他来找董丹的，他是一个村子里的会计。那么莉莉又是何许人也？她是"农民减税委员会"的一员。董丹说，哦，是的，他想起来莉莉是谁了。他心里其实在为小梅操心，因为他忘了告诉她，鱼翅特别滑，吃的时候，筷子和汤勺要一起用。

"莉莉告诉我，您常去乡下，对村级领导干部的腐败做过一些调查……"

"我对农民是很了解。"董丹说。

"那您一定得跟我来一趟。"

"现在？"

"现在。"

白钢的一双眼睛小而有神，四周布满了鱼尾纹。他说这个募捐会的人都被蒙蔽了。他们才不是什么农民代表，他们是农民的叛徒，把捐给农民的钱都贪污了下来，等到这笔钱到农民的手里时，恐怕连捐款的百分之十都不到。

"记者同志，这样的事在每个省、每个乡和每个村连年发生。如果您跟我来，我会给您看证据。"

董丹有些迟疑地站起身。他又看了小梅一眼，她正一个人百无聊赖地坐在那儿，看起来快要睡着了。他跟这位农民说，等他这儿的采访结束，他自然会跟他去。

"真实的情况在这儿采访不到。"白钢说。他口齿清晰、反应敏捷，不像是一般的农民。

第一道菜端上了桌。用的食材全是来自海里，服务员解释道，连这些精巧的饺子，都是用掺了海苔的饺子皮儿包的。

"您在这儿听到的没一句真话。"白钢说。他用下巴点了点那盘菜，这正好说明了募捐来的钱都花到了什么地方。走吧，快点离开这里。这些募款单位和农民代表勾结在一起，把农民剥削得骨头都不剩。媒体却装着对这种事一无所知。

董丹眼看自己是被缠上了。他跟着白钢在桌子间穿梭时，又瞄了小梅一眼，她正在吃那些海鲜饺子。他为她感到高兴。至少她前半生错过的好东西这会儿有了点弥补。他不想看着她活一辈子，却在饮食史上留下太多空白。

走出了饭店，正午的太阳当头，董丹意识到有人跟在他们后面。又是那个小矮个儿。他距离他们十步远。董丹向白钢建议搭出租车，但是白钢说他们要去的地方并不远。转过街角，董丹发现小矮个儿依然在尾随。董丹拉着白钢过街，佯装他们是要去为他的录音机买电池，想要暗地里观察小矮个儿。这样和他平行，观察他方便多了。小矮个儿似乎在思索，不时停下来做笔记。

当董丹在小杂货摊前停下来时，那小矮个儿也停了下来，并从包里拿出了一罐水。为什么这个小矮个儿不放过他？他和董丹之间不存在为了宴会虫的营生竞争的问题，因为他本身是货真价实的记者，还有一位摄影师的搭档。董丹愤怒起来，想象着自己冲过马路、揪住该死的小矮个儿的衬衫，揍他个昏天黑地。不，他不要揍他，他要杀了他，彻底铲除他。只有这样，董丹才能够安心地当他的宴会虫，赚取他微薄的生计。

这时白钢跟董丹讲述起来。他们的村干部拿到钱之后，夜夜吃喝，不管那些钱是为了洪灾后道路抢修、学校和诊所的兴建。白钢说这些人贪污的款项，他藏有一本秘密账簿。

"他们除了吃，还是吃。一旦上级派下来检查，他们就摆酒宴请他们吃，检查小组就把这些所谓农民代表的话汇报上去。"

那小矮个儿现在驻足在一个书报摊前。他一边随手翻阅报纸，一边向女店员打听什么，然后继续往前走。董丹怒不可遏，两只拳头直是痉挛，好像随时会失控，会像挣脱绳套的西伯利亚狼犬冲出去。董丹的拳头经常不听使唤，在工厂里是有名的。

"你怎么样？"董丹扬声喊道，客气的语调让自己都吃了一惊。

小矮个儿抬起头四下找寻是谁在喊他。看上去倒真的像是自然反应。发现董丹站在对街，小矮个儿面露喜色，隔着车流企图跟董丹交谈，对他们的不期而遇表现出由衷的开心。要不他就是一个天才的演员，要不就是他真的没有跟踪董丹。

"还有下一场应酬？"等交通的喧嚣过去，小矮个儿问道。

不等董丹回应，白钢便轻声地在一旁说："什么也别跟他说，否则对你待会儿要见的人不利。"

"你不必跟我说要上哪儿去，"小矮个儿自答应声，露出心照不宣的微笑，"要我送你一程吗？我有一台二手车，说不定是三手、四手。"他用手指向一辆停在路边的红色小轿车，"我付不起饭店的停车费。"

董丹喊回去，谢了，他们已经快到了。

小矮个儿坐进车里，朝他们挥挥手便开车离去了。这场游戏刚开始的时候，董丹占有暗中观察的优势，到了现在，情形完全逆转。这人为什么要冒用董丹已经放弃的假身份？为什么他不能老老实实做一个自由撰稿的记者？董丹看着那辆红色小轿车开进了车流中，消失在公路的天桥下。他想象这一切都是由小矮个儿导演的黑暗、神秘的戏剧，而他是戏中一个莫名其妙的角色。他对自己接下来的台词或动作一无所知，更别提这个角色未来的命运。

他们走到了车站附近，白钢领着董丹走进了一家地下室旅舍。白钢先在一个门上敲了敲，再为董丹开了门。走进房里，头顶上只有一盏灰暗的小灯，把空间照得像停尸房。总共六张床，只有两张床有被褥。房间有一股脏衣服和几天没洗澡的人体气味。床上那两人爬了起来。

"这位是我们的记者。"白钢对他们说，接着为董丹介绍两位老人，分别是白大叔与刘大叔。

董丹趋向前忙说，他只是个自由撰稿的记者。他注意到这两位老人有他大爷的岁数了。

"自由撰稿是啥意思？"白钢向两位老人解释，"就是他写文章不挣单位的钱，也没有个让他写啥他就得写啥的领导。"

说得好，一语道破。董丹喜欢白钢给予"自由撰稿人"的定义。

两位老人互望了一眼，上前一步，猛地跪倒在董丹面前。

"快别这样！"董丹慌了，手忙脚乱地把他们往上拉，"起来起来，我还不知道能不能帮上你们……"当年他的父母也因为没钱，带着他高烧不退的弟弟，在医院里做过同样的动作，"起来，咱慢慢说……"怎么也劝不动，董丹从裤子口袋里掏出一把钱，只要能不让他想起父母下跪的模样，花点钱他也愿意。

可他们不要钱。他们打算一直跪在那儿，直到董丹答应为他们写篇文章申冤。他的父母也曾这样，在冰凉的带着痰迹的地上跪着，直到院方终于让步先抢救垂危的弟弟。

"我答应，我答应！"董丹边说边将其中一位老人拉扯起来。他恨自己怎么这么心软，随随便便就让一个叫白钢的陌生人把他拖来这个地方，让他陷入这种困境。他如果再不小心，天天都会被拖进这样的人生惨剧里。不知有多少次，他经过地铁的地下走廊，或者过街天桥，看见有断臂残肢的乞丐，他都把自己皮夹里的钱掏出来，就为了让自己心里好受点儿。

"您得答应在大报纸上把它登出来。"白大叔呜呜咽咽地哭了起来，怎么都不让董丹扶他站起来。他儿子因为给县领导写了封信，告发村里头头儿怎么贪污捐助款项，结果差点被那几个头头儿打死。那些全中国人捐来的款项不是被他们拿去吃喝，就是盖了新房，家家新房子里都有那种新式茅房能坐着拉屎，还有新式澡堂能躺着洗澡。

"总共三个人挨了他们的毒打，其中一个在送医途中就咽气了。"白钢解释，"这事就发生在检查小组来村子之前，村里头头儿抓了一些人，用的全是什么逃税、超生之类的假罪名，然后再用酒席和色情按摩贿赂检查小组。"

"我儿子……"老人抽搐着，"现在人瘫痪了，他两个孩子年纪都还小……"

"离咱村最近的医院也有一百公里远。要不是他们在路上硬拦了一辆军用吉普车，白大叔儿子的命也丢在路上了。"白钢说。

董丹的弟弟也是在从医院回家的路上就咽气了。医生只给了缓解症状的药，就打发了他们。眼前这位白大叔正用手擤了把鼻涕，往鞋底上一抹。董丹眼里汪起泪水。打他十八岁那年离家当兵之后，心情还没这么无望过。正是这种无望让他当年离开了家。他今天早上和小梅一块出门时，本以为这一天会过得很开心，可现在他整个心情全毁了。

白大叔与白钢继续跟董丹描述那场梦魇的事件，刘大叔则在一旁架起桌子——拿了块木板摆在空的床上，铺上报纸当作桌布，摆出先前他从隔壁小吃店买来的几样小菜，从地铁附近的杂货店买的两瓶白干。一道菜是猪脚，其他也全都是猪下水，红烧猪脑颤颤悠悠地被端上来，上面浮着一层辣椒红油。董丹数了数，总共八样菜，即使都是廉价粗食，也算得上是一顿宴席了。大家热烈地敬酒，不一会儿，每个人都满头大汗，说话开始大舌头。话题一直围绕着相同的事情打转：村子里有人进了城里找律师，打算要告这几个村里的头头儿。三个月过去，没一点结果，直到有一天，每家都收到了一份新的摊派费，比平时多了五块钱。村里干部请辩护律师的费用变成了由他们来负担，因为他们是人民政府选来服务人民的，现在他们成了被告，人民当然得负担他们的法律费用。这像话吗？他们问董丹。不像话，董丹应道。这已经是他第三遍回答同样的问题了。

白钢举起杯子："为还我公道！"

接着一阵咂嘴声，人人都皱着脸，将那六十五度白干一饮而尽。那酒精如一条嗞嗞燃烧的导火线一路通进身体，那灼辣的感觉还真痛快。

"我儿子跟我说，"白大叔说话已经含混不清，"一定要还我们个公道！您可别让他失望！"他对董丹说。

董丹点了点头。正当他手伸进口袋摸香烟时，刘大叔在一旁已经帮他点起了一根，是进口的牌子。看来他们对他的到来，早有准备。

"写篇文章把这些王八蛋全揪出来！为他的儿子出一口气！"刘大叔对董丹举起酒杯。

"我一定尽力。"

白大叔指着董丹："尽力还不算，你一定得做到！"

董丹生怕老人又要下跪，忙举起杯子一仰头把杯里的酒干了。这玩意儿烈得可以抹到伤口上消毒，他得眯起眼、咧起嘴才能让酒下肚。接着他朝白大叔亮了亮见底的杯子，算是承诺。

屋外突然有人大声敲门，白钢用眼神暗示大家别出声。

"开门！"一个女人粗哑的大嗓门响起。

大伙儿都停下了筷子，愣在那儿。

接着他们听见门上的锁孔里有钥匙转动的声音。门被打开了，赫然出现一个中年女人，手上拎着至少上百把一串的钥匙。

"真香啊，"她说，"我从楼上就闻见了。"

"这位是记者董先生，很有名的。"白钢为她做介绍。

她没朝董丹看。她才不管这间阴森破烂的旅社里住的是哪些人，逃犯也好，婊子也好，只要付得起钱都可以住进来。董丹递给她一张名片，她接过来，像是给董丹莫大的面子。

两位老人以咳嗽掩饰他们的窘迫。

"这顿够三天的房钱了，这洋烟也要二十块钱一包。"她拿起烟盒子来回看着。

"不，得要三十块钱。"白大叔纠正她。

"那不又是一天的房租？"

刘大叔说他们在等老家亲戚寄钱来，这几天随时都会到。他们不是那种不知好歹的人，像她这样有情有义，对他们这么照顾，如果他们还不懂感激，连猪都不如。只要一收到钱，他们一定连本带利把房租交清。

"你瞧，我有情有义的结果就是，一个月零三天收不到房钱。"她对董丹说。

董丹这才开始注意房间里的摆设：门后一个钢筋脸盆架，一条腿已经扭曲；一条生了锈的晾衣绳；一个没灯罩的台灯和一幅挂在墙上的画，画是用贝壳在黑绒布上拼成的手工艺品，图案大概是牡丹富贵图之类的。要想看清牡丹花瓣的形状和颜色，先得把画从尘土里挖出来。墙角的床头柜上，放着一个布满灰尘的铁壳暖壶，底边锈烂了，所以站相不好，一肩高一肩低。董丹听那女人说，最好少跟这些农民打交道。这跟咱们是农民有什么相干？白钢提高了嗓门反驳。这样吗？她这种女人，农民也不会要，别看她自个儿还觉着挺美。白钢又顶了回去。看不惯她自以为高人一等。那妇人撒泼骂人的时候，一肩高一肩低，和那锈蚀了的暖壶一个样。她骂这帮人不要脸，关着门偷偷大吃大喝，还撒谎说没钱交房钱。霎时间，一次性盘子被她扔了出去，食物飞溅，油水酱汁的暴风雨，劈头盖脸地朝这群人砸。接着她把这几个人的家当行李往外扔，反正也没几件。于是，她准备向暖壶动手。正当她要举起砸个稀烂，忽然想起这个暖壶砸坏了，换一个新的要十块钱，又缩手把它放了回去。放下暖壶，她不敢马上撒手，如同刚和一个蹩脚的舞伴跳完一首华尔兹，怕它转晕了，得慢慢把它稳住。

"拿去！"董丹一边大喊，一边用手抹去额头上的油汁，另一只手则握着几张百元钞票。

"房租。"

没人伸手要接。

"我会帮你们写那篇文章的，我保证。"

他把钞票丢在狼藉的地上，大步走了出去。等到了走廊上，他立刻拔腿就跑。他害怕见到那几个人皱起一张苦巴巴的脸向他表示感激。那模样更叫人不忍卒睹。

董丹一连五天都没出门，努力想把答应老人的文章给写出来。努力了半天，毫无结果。一周过去了，他才想起来问小梅，那天鱼翅宴吃得怎样。她回答说，除了那道鱼眼之外，其他的她都喜欢。还有鱼眼这道菜？董丹问。对呀，一颗颗又大又白、黏黏的，好像老人生了白内障的眼珠子，小梅回答。小梅说她一看那鱼眼就跑到了厕所里，怕自己吐出来。她那时候已经想离开了，但忽然想到一件很重要的事，又折回去，找到报到处柜台的工作人员。那女工作员凶巴巴的，穿着一件紧身的T恤，绷着一对乳房。小梅跟她要她的信封。

"她就那样瞪着我。然后我说不是每个人都有个信封吗？这么大的！"她用手比画。

"通常是挺大的。"

于是女工作员从她脚边的一个大包里抽出一个信封。她不是把信封交给小梅，而是摔在桌子上。小梅把信封拿起来，要她重来。女工作员说，你要信封我给你信封，你有什么问题？小梅说，我要你重新拿给我，把东西递给别人跟摔在桌上是两回事。她要她这次好好做这个动作。女工作员没辙，只好再拿起信封交给她。小梅看都能看出来对方在用眼睛恶骂她。

"你不该跟她——"董丹听了很紧张。

"是你跟我说每个人都有一个信封。"

"拿了信封你就走人了对吧？"

没有走。她打开信封之后发现里头装的是一个笔记本和一支笔，她又跟女工作员说，等等，里头少了东西。她把腰一挺，两手一叉，说她知道里头还应该有别的，有非常重要的东西。

听到这里董丹都忘了喘气。

小梅说她并没有态度恶劣或发脾气什么的。她根本不想闹事，只是想要告诉那个拉着一张长脸、挺着胸脯的女人：我知道来这儿的每一个人，都该领一份钱。接着，她就问身边围观记者中的一人，他是否领到了他的那份。那人笑着往后退了一步。女工作员于是反问小梅，是谁叫你来领钱的？

看见董丹这时脸都白了，小梅叫他别担心。她没告诉对方是董丹叫她去的。女工作员找来主管，两人不怀好意地朝小梅走来，要看她的身份证件。

"你给他们了吗？"

"我干吗要给？"没有身份证。

董丹往椅子背上一靠。还好，这样他们就查不出什么来。他心里承认，带小梅去混吃是个馊主意。她还没准备好，让她去应付那些又凶又多疑的人是很危险的。一阵不忍，董丹牵起小梅的手，把她拉过来，坐在他的膝头上，然后把脸贴在她刚洗过的头发上，轻声地问："最后你是怎么离开的？"

"他们不准我离开。"

"什么？！"

他们不让她走，除非她把身份证交出来。她则说，除非他们付她钱，否则她不会亮出任何证件。董丹以为自己听错了，他看过妻子耍横的样子。她这种乡下出来的女孩，一旦碰到有人想欺负她或者她的家人，那张嘴可不饶人，骂脏话都押韵。

小梅接着说，那帮人盘问不出什么来，只好让她走。董丹心事重重地拨着老婆的头发，把整件事又在心里想了一遍。该死，真不该带她去，更不该把她一个人留下，让一大盘凶光毕露的鱼眼珠子瞪了一回，又让那群凶神恶煞、专拣老实人欺负的家伙瞪了一回。

第二天下午，董丹又去了一个记者会，看不出任何异常，熟人仍然跟他打招呼。高兴过来要他给陈洋拨电话，安排访问时间。她自己拨过好多次，都是他的未婚妻接的，说艺术家现在身体不好，不方便接电话。

"我想给你看样东西。"董丹把她拉到一边，把他这些天"爬格子"的结果递给她。

她从头读到尾，又回去读开头。

"哪儿来的烂文章？"她皱着眉问。高兴向来会对拙劣、混乱的文笔发火。

"这是，这……"董丹立刻知道他这篇东西写得有多糟了，"这是一个农民写的。"

"难怪。"

董丹抓抓脸："真有那么差？"

她不理会他的问题，把文章塞给他，继续讲陈洋未婚妻的事。这未婚妻一听声音就知道是那种难缠的恶婆娘。显然她不希望老艺术家接另外一个女人的电话，更别指望去探望了。所以挖出大师更多的细节，现在全靠董丹。只有这样他们才可以写出一篇震惊世界的专访。

"你能不能帮这人把他的文章修改一下？"董丹仍不放弃，"我觉得还行。故事挺让人难受的。"

"写成这样，谁会相信这个故事？"

"我就相信。里头说的事，在我们老家的村里也发生过。"

"你看你，你的问题就在这儿。你没法冲破你那种农民的狭隘，你只关心跟你老家的田、鸡、牛、猪、庄稼有关的事，你看不到蕴藏在陈洋故事里的材料有多精彩，这是任何一个想要往上爬的记者都求之不得的。"

董丹望着那两片涂了深红色口红的嘴唇开开合合。高兴正自以为是地说着她那套农民与腐败根源的观点。文章里写的那些悲惨遭遇，能救得了吗？他们正被自己人剥削着。几朝几代的农民被统治阶级剥削得没够，现今又给腐败的村干部去剥削。有了点权力，这些腐败的村干部就开始同样剥削自己人。根源问题还不就是建立在这些农民上。想想，超过十亿的人口，贪污腐化让他们人数减少了吗？没有。贪污腐化不但没压垮他们，反而人口越来越壮大。莫不如去自相残杀，去优胜劣汰，看来想生存，他们还得靠——

"闭嘴。"董丹说。

她真的就闭上了嘴。破天荒地，她笑得很乖。

董丹看着花岗岩的大厅里的一株假棕榈树，胶布的树干、塑料的叶子，绿得跟邮电局似的。董丹盯着那树，脑子里净是白大叔与刘大叔布满风霜的脸、泛白的双唇，与永远湿红的眼皮子。那样一张脸也会有纯真无邪、笑开了的时候，那就是看见出生的小牛，或是麦苗遭遇一场不期的冰雹后仍然完好；或是看到小鸡破壳而出；或者是因为红辣椒卖得好，比预期多赚了几分钱。他的父母也像那样，挑着两担红辣椒到公路边叫卖，顶着夏日的烈阳，满怀希望地望着尘土飞扬的公路尽头，希望会有卡车出现。卖不掉的红辣椒，他们自己从来都舍不得吃，情愿啃无味的玉米饼、喝高粱稀粥，然后每天挑着烂了的或干了的辣椒，到路边碰运气。公路边红辣椒堆起的小丘，连绵不绝。每一个摊子后面都是同样怀抱希望、苍老的面孔，对着灰色斜坡上往来的卡车微笑。董丹忘不掉的是，当他的父母被儿子责骂，说他们"愚蠢、落后、吝啬"时，老两口的眼里都会有一种默默接受、带了歉疚的表情。他们朝董丹惭愧讪笑，答应没卖完的辣椒会自己留着吃，可是那时的红辣椒已经开始腐烂，气味熏得人眼睛都睁不开。

"你了解农民吗？"董丹说，他的双眼已经微微泛红。

高兴看见董丹眼里的泪水就要夺眶而出，大喉结激动得上上下下，她有点被吓住了。那一张挺精神的脸上从没有过这样痛苦的表情。

"要不是看你是个女的，我早就抽你了。"他说。

董丹走出会议厅时，眼睛都不敢眨，生怕那一触即落的眼泪滴下来。他真后悔认识这个女人。

当他再回到那间地下室的旅社时，白钢与那两位老人已经在几天前退房了。他们一定觉得董丹辜负了他们。大老远跑这一趟，以为他是他们最后的希望，结果他却辜负了他们。董丹靠在门口处那张柜台前，注视着屋外，房里的阴暗让外头的阳光显得格外刺目。董丹想象着两个希望落空的老人，拎着那种他父母也常用的尼龙大包离去的样子。每回出远门时，他们都把尼龙大包扛在肩上。

他把那篇文章重新写了一遍。写的时候，他就把文章中的主人公想象成自己的父母。写完之后，他把文章带去一个宴会上给高兴看。比上回进步了，不过还是太煽情。她问董丹是不是他帮他们修改的。他说是，还多亏了她的批评意见。那她是不是能帮忙发表呢？如果他把文章里头那些庸俗煽情的部分都拿掉，她可以帮他试试。绝不能这么夸张，感情必须克制，读起来越客观越容易通过审查制度。这个题目很敏感，曾经有一家报社就是因为登了关于这方面的一篇文章，结果被停刊了一段时间，撰文的记者也被报社开除了，以表示支持上级意见。

这一天中午，宴会邀请的媒体记者超过了一百人。东道主是一家刚刚与二十个国家签订了出口合约的啤酒商。他们找了书法家为他们重新设计商标，这位全国顶尖的书法家动笔写一个字就价值十万块。

冷盘上了桌。每一道菜都摆设成中国字的形状。最令人赞叹的一道菜摆成了篆字形，就像古代帝王玉玺上的刻字。材料是小牛肉与海蜇皮，肉的鲜红配上海蜇皮的透明，盛在纸一般薄的细白瓷盘上，手工之精巧简直可以送进画廊当作艺术品展出。董丹后悔他的照相机只是个道具，否则他真想拍下来，带回去给小梅瞧瞧。

"这可是三个师傅在冷冻室里待了十六个小时才完成的。"其中一个客人说。

董丹发现说话的人竟是小矮个儿，他总是喜欢卖弄自己。他的座位在邻桌，正好与董丹背对背。

"我看真正的帝王也吃不到这样的东西。"董丹这一桌的一位记者响应了小矮个儿的话。

"在馆子里吃这一道菜，大概一个月的薪水就没了。"一位女士说。才说完，她便举起筷子朝着同桌其他人做出一个恶狠狠的夸张表情，然后便将厨师们十六个小时的心血给"捣毁"了。只听见一声欢呼，众人也立刻举箸进攻。不消几分钟，瓷盘上只剩下几道生肉的血迹。

"有一阵子没看到你了。"小矮个儿对着董丹说，脑袋转了一百八十度。是呀，最近在忙别的，董丹说。他问董丹有没有听说，前几天有一个年轻女人被逮到了。什么年轻女人？小矮个儿把椅子朝董丹挪近了一些，继续说这个事情的来龙去脉。如果她乖乖吃完就走，不去讨要纪念品和车马费，也许根本没有人会发觉。车马费？对呀。她跑到报到处跟人家要钱，这不是胆大包天吗？可不是，董丹一边附和，一边避开他的目光。她的名片上写的是"自由撰稿作家"，小矮个儿说。有这事？董丹笑得很僵。她名片上是这么印的。工作人员发现她的照相机和笔记本全是道具。真的？还有呢，她整个笔记本上记的都是她自己的名字。那他们怎么处理她的？他们最后还是让她走了。可是负责安全的工作人员肯定不会就此罢休，一定会采取行动。什么行动？首先，他们能查出来她的名片是在哪家打印社印的。他们说甚至能查出她的破相机是从哪个旧货店里买来的。全北京的旧货店总共五十多家，一家家查他们最近的售货记录就得了。那天的鱼翅宴上，公安局肯定派了不少便衣警察埋伏在那儿，他们说那天的宴会虫绝不止这一个年轻女人。他们怀疑至少有十个以上。十个以上！

董丹盯着自己手中的筷子，怒不可遏，这十个家伙怎么可以窃取他一手创造出来的生活方式！

"她的模样，我还记得。"小矮个儿继续说，"娇小玲珑，挺可爱的一个女孩。一张娃娃脸，眼睛圆圆的。你绝对想象不到，她居然是个专门白吃白喝的。其实我在柜台报到的时候，就注意到她了。一路跟着她进了会议厅。我想起来了，她就坐在你的正后方。"

董丹觉得自己的胃一阵痉挛。看来他确实一直都在观察他们。那他也一定看见了董丹后来换到小梅旁边的座位上。

"保安为什么又放她走了呢？"董丹问。

"要把她抓起来？我也不知道，或许他们有他们的策略吧。"

那会是什么样的策略呢？拿她来做诱饵？放了她其实是为了把董丹这条更大的鱼给引出来？

高兴来找董丹的时候，他已经心思乱得无法跟她多说什么了。高兴告诉他，她已经为那篇农民的文章找到了发表的地方。

高兴自顾说她的，仿佛小矮个儿根本不存在。她硬生生挤进了两个男人中间，胳膊肘子往桌子上一放，跟董丹四目相对。

"对方欠我一个人情，"她说，"所以我要他登什么他都会登。你现在要做的，就是去告诉那个农民，把那些肉麻的部分都删掉，然后给我一个低调的、客观的新版本。"

董丹同意了，他故意提高音量好让已经转过身去的小矮个儿听见他们的谈话："我这几天就会把文章弄出来，最多三天。"他说。

"动作得快。那家伙欠我的人情指不定哪天就不认账了。这完全要看政治风向而定。目前一切还算平静，可能明天又变动了也说不定。"

董丹跟她道谢。

"谢谢值几个钱。"她说。

"明天我就会打电话给陈洋。"董丹现在已经学乖了，对这个女人而言，天下没有白吃的午餐。一切都是利益交换。

"你现在就给我打。"高兴拿出手机拨了号，立刻给董丹。

电话那一端出现的是一个女人的声音。董丹匆忙从位子上起身，走向最近的一扇窗子。他膝头上的餐巾掉到地上，差点儿绊倒他。高兴紧跟他之后，把餐巾捡起来，正巧有个女服务员端着盘子走过，高兴就丢给了她。

声音听起来甜中带酸的女人马上把电话挂了。董丹重新拨号，这一回没人接了。

"臭娘儿们！"高兴说，"她以为每一个打电话找陈洋的，都是想白拿大师的画。她把画廊里陈洋作品的价钱提高了，也不想想，本来就已经贵得离谱！"她掏出了香烟盒摇一摇，直接用嘴唇夹出其中的一根，就在禁烟标志的正下方，点上了火。

"董丹，我看你得亲自跑一趟。"她若有所思地抽了几口烟之后，对他说。

"你是说现在？"

"不行吗？"

"陈洋不会愿意我们突然就去……"

"未必不愿意。"

"他的未婚妻不愿意我们见他。"

"你到底认为是谁不愿意。"

"如果他的未婚妻不愿意，他也不会愿意。"

"我真搞不懂，陈洋为什么会对那个贱人言听计从。"

"我看今天不行……"

"我们一定得去。就跟那贱人说，你是画商，想来收购陈洋的作品。我敢打赌，她巴结你都来不及。"

"那不是说谎吗？"

"世上每件东西都包括着谎言。你不觉得陈洋的画是欺世盗名？难道你以为批评家对他的画所说的都是真心的？"

他定定地看着她。自从这个女人闯进他的生活，他被她搅和得整天心烦意乱，再也没只顾混吃混喝了。她说她开车送他去首都医院，让他在里头访问，她在外面等。

董丹在楼下的会客室见着了陈洋的未婚妻。她跟董丹问东问西将近二十分钟，倒还算平易近人。她告诉董丹，大师现在的身体状况恐怕不适合见客。

"他正在睡觉呢。"她说。

"是是，他的休息最重要。"董丹说。他的屁股在沙发边上点到为止，如果有人过来拉动沙发，他一定会跌个四脚朝天。

"他需要睡眠。"未婚妻说。

"没错，没错。"

"我的责任就是保证他的睡眠不受打扰。过去两个礼拜，他睡得不好，因为我回上海老家了。"

董丹注意到从头到尾，她只称老艺术家为"他"。董丹说不上来，可她说到艺术家的时候，那语气非常特别，感觉上既亲热又带了崇拜，就像他的父母提到老天爷、菩萨时才会有的语气。

她说他们可以另外安排时间。什么时候？这个嘛，得看他的身体状况，情绪激动对他不好，只要人一多，他难免会比较兴奋。有时候他还真像个孩子。

那女人的美丽像瓷器一般精致，无懈可击的五官配上白皙的皮肤。她叫李红。这个名字说来很普通，要是在学校里，大概每天可以听见这个名字被喊上百来遍。李红交叠着双腿坐在那儿，其中一只脚荡呀荡，脚趾摆弄着那只白色珠花拖鞋。拖鞋每坠落一回，董丹闻声就眨一次眼，那拖鞋掉了二十次不止。他就一遍一遍地看着她伸出长腿，脚趾钩住地上的拖鞋，再一点点钩回自己脚上。没多久，这个游戏又得重复上演一回。对老艺术家来说，她太年轻了。她的年纪恐怕比艺术家的大女儿还小。董丹移开眼神，避免自己去想象那个年老的身躯怎样与这个年轻的胴体拥抱、亲吻、纠缠。

董丹起身道别，同时问陈洋是否还需要他们西北的红辣椒，如果有必要，他可以找人再带一些来。

"那些辣椒是你送的？"她问，她拘谨的供人拍照的笑容，这时转成了真心的笑意。

"不是啥值钱的东西。"

"不会！他喜欢得不得了。你能够再拿些来吗？"

"没问题。"

董丹打算带两条烟，送给在铁路局工作的那个老乡，请他再回去跟他的父母要一些新收的红辣椒。不消三四天，陈洋又可以享用到新摘的辣椒了。那时他应该可以访问，把高兴的人情还了。不对，还人情的不是他，是他父母种的红辣椒。李红把董丹送到门口时，她的手机响了。这样精致如首饰一般的手机，董丹还是第一次见识到，铃声听起来跟鸟叫似的。她在电话里说好的，好的，已经谢过他的辣椒。

"他说他下一次会多带一些辣椒来，真是一个好人。"她侧过脸对董丹羞涩一笑，对他们当着董丹的面谈论他而表示歉意。

李红白皙的手臂上凸出淡蓝色的血管，令董丹忍不住想要多看几眼。他甚至开始遐想，在她白色的 T 恤衫下会是怎样冰洁的肌肤，淡蓝的血管蜿蜒地伸向那里，使她的皮肤看起来也泛着淡淡的蓝光。不知道用手去触碰会是什么样的感觉。陈洋的手——老迈、带着老年斑，因为曾经劳改而长出了茧，经年不断地雕塑与绘画，磨得粗糙，真能感觉得到如丝缎般的肌肤下，若隐若现的血管游丝吗？还是说，会损坏了它？董丹再度遏止自己去想象一老一少两具身体的缱绻。自己怎么会如此充满邪念？他觉得自己真不是个东西，居然如此充满邪念！可他真不是故意的，他对此毫无办法。只要一想到这两人在年纪上、容貌上的悬殊，还有人生经验的不同，自然在脑子里浮现他们俩亲热时的画面。

"喏，"她把手机交给董丹，"他想跟你说话。"

"老乡，"老艺术家说，"你不认识我的门儿了吗？"

董丹胡乱地说了几句请安的话。

"认了门儿，你怎么也不来看看我？"老艺术家扯开了嗓门。

"等您好点，我再来看您。"董丹说。

"让我跟李红说话。"陈洋说。

董丹又把手机交还给她。她跟陈洋抗议，都是为他好，才不让他有太多访客嘛。她一边说着话，一边扭动着身体，脖子、下巴、肩膀无一处不在动，却又都往不同的方向，浑身拧着妩媚的麻花。好吧，她说，她就破一回例，放董丹进去。她对陈洋是一副牢牢掌控着对方的口气。那迷人劲儿让董丹的心都酥了。

两人刚一走出电梯，就听到陈洋房间里有一大伙人谈笑喧哗。打开门，里面不是一个正在养病的老艺术家，而是一个饮酒作乐的小型聚会。董丹认出其中一个，就是那个领导的儿子。地板上都是铺展开的画作，只能小心翼翼地踮起脚尖在缝隙上通行。陈洋看起来有点人来疯，一会儿叫这人王八蛋，一会儿喊那家伙狗东西。他朝正不知何处安身的董丹一指，告诉客人，这个可爱的混账跟他是同乡。

一个年轻女人认为董丹一看就是跑新闻的人。没错吧？我眼力好得很，她说。别担心，他不会把咱们今天的放浪形骸写进他的报道，陈洋跟她保证。然后他跟董丹说，今天是不存在的，明白吗？明白，董丹说，连忙点头微笑。

李红朝董丹送来一杯酒。

"我一会儿就要走。今晚我还有事。"董丹说。看来是没指望好好做一场采访了。

"我有事想请你帮忙。"李红说，她把酒杯塞进了董丹手里，"你能不能帮他买一些无糖蛋糕回来？"她塞给董丹一张字条，上面写了地址和方向指示，"离这儿不远。本来可以让司机带你去，可我怕万一需要用车，所以还得把他留下来。你要是能帮我一下，就太谢谢了。我实在怕他吃太多甜的。"

董丹说他很乐意帮她跑趟腿。她马上又把一袋沉甸甸的桃子塞到他手里。

"你能不能再顺便跑一趟他女儿的寄宿学校？跟她老师说，别忘了她今天晚上有钢琴课。哦，他女儿的名字叫作陈雪鸽。"

董丹努力把这个名字记住。陈雪鸽。可是鸽子在雪里不就冻死了吗？

"顺便带点水果给她。"

"行。"记住，陈雪鸽。

"太谢谢了。你看我这儿一时走不开，都是一些重要的客人……"

她又在扭动她的身体了。她的下巴、脖子和肩膀动作是一个乞怜的小女孩和一个独裁者的混合体。

董丹走出病房大楼，就看见高兴在小草坪上来回踱步。天就要黑下来，她满怀期待地抬起头看着董丹向她走来。采访结束了？没有采访上。怎么回事儿？董丹犹豫是该说陈洋正跟重要的客人们开酒会呢，还是说他身体不舒服。但你上去快一个半小时了，都在干什么呢？高兴问。董丹注视着高兴，暮色中她深峭的五官线条显得柔和了许多。

　　"陈洋今天身体不舒服。"董丹决定为艺术家遮掩，"过两天我再来。"

　　高兴抬头朝艺术家三楼的窗口瞪了一眼。

　　"你不必帮他掩护了。"她平静地说。

　　董丹觉得有点过意不去。她为了等他，在外面被蚊子叮了一个半小时。

　　他向高兴保证，三天内一定会帮她完成这个采访。

　　"错了，不是帮我，是帮你自己，是帮你从我这儿得到你所需要的帮助。"

　　高兴开车把董丹送到那个寄宿学校门口后就走了。学校老师跟董丹说，他要把这些桃子留下的话，必须附上一张字条，证明这是陈雪鸽同学家里送来的，孩子们如果吃了有什么问题，学校不负任何责任。他只好照办。离开学校往糕饼店去的路上，他突然想到什么，又请出租车司机掉头回去。他想起那些桃子没有好好洗过。他拿着水果跑到一个男学生公共澡堂，找了一个小浴缸，把桃子在里面洗了又洗。刚踏出学校大门，他又冲了回去。回到了那个男生浴室，努力回想刚刚是在哪个浴缸里洗桃子的。他担心从桃子上刷下来的毛粘在浴缸里，会让来洗澡的男生浑身发痒。正当他刷浴缸的时候，一个三十岁左右的女老师出现在他身后。董丹挺起腰板，把两个袖子一卷，朝对方微笑。对方看着他，一点都不掩饰对董丹的怀疑，觉得他不是个神经病，就是个恋童癖。她语气严厉，问他究竟在干什么。他告诉她发生了什么事后，她满脸不可思议地说："我要把桃子扔掉。"董丹吓了一跳，问她为什么。为什么？难道他不觉得在浴缸里清洗食物是一件令人作呕的事吗？可是他洗水果之前把浴缸刷过了，应该跟煮饭用的锅一样干净，至少比他母亲烧菜的锅干净。可是，女老师说，浴缸就是浴缸。每天有上百个孩子在里头洗脚和屁股，难道他是疯了不成，把那当作洗食物的地方，光想想就够恶心了。

　　等董丹买了无糖蛋糕回到陈洋的病房，已经快到晚上十一点了。病房里仍然笑闹喧天。大师显然喝得太多了，正语无伦次地哀悼他三十年前死掉的一条狗。李红一边帮他接话，一边对客人做鬼脸。请各位多包涵，李红抱歉地说。每回他开始说起他的狗，就表示他醉了。等客人都离开以后，陈洋进了浴室，站在一面橱柜的镜子前瞪着自己。"你这个婊子。不，还不如婊子，你是个太监，让他们把你给阉了。你现在完全没有良心和尊严，变成了他们的弄臣。这是一帮无恶不作的家伙，就仗着他们的老子有权有势，吃国家，吃老百姓。一群败类，结果你还把他们当作上宾……"他撕扯着自己的头发，虽然他顶上的发丝所剩不多。董丹吓坏了，忙跑去抓住他那粗壮的膀子。李红则是立刻拨电话给夜里值班的大夫，但马上又挂了电话，跟董丹说陈洋的话千万不能让旁人听到，说不定又得让他坐牢。董丹终于把大师安顿到了床上。陈洋在印着红十字的白色被单下"游泳"，又哭又叫："你让那一群白痴的下三烂拿走你的画！吃人不吐骨头的东西，连孔雀都吃，让他们去吃屎、吃大粪……"

李红把电视机开到最大声，不让护士听到他对领导的抱怨。大约过了十分钟，他的手脚停止了乱舞，哭喊声也弱下去，渐渐地睡着了。董丹要离开，正准备让李红接手时，他发现大师的一只手还紧紧抓住他的衣角。他轻轻把衣角抽了出来。在董丹心里，大师其实像个孩子，没有安全感，很依赖人。可是，他能够把这个写进访问里吗？当然不能。

电梯到的时候，李红赶忙从病房追了出来。

"等等。"她说。

董丹让电梯下去了。

"你别理他。他就是这个样子，总喜欢找事情来发泄。一喝醉了就骂这个、骂那个的。所以，你今天晚上就当什么也没听到，啊？"

董丹点点头，李红也笑了。

"明天一大早，他要去看个中医，但是我九点钟要和一些收藏家见面……"

"那行，我陪他去看中医。"董丹说。

"没有你的帮忙，我还真不知该怎么办。"她说，并在他的肩膀上轻轻拍了拍。

一个礼拜之后，陈洋已经习惯叫董丹帮他做事了。小董，帮我把鱼缸的水换一换；小董，去把那一盆枯死的盆栽扔了，再去买盆新的来；小董，帮我去医院柜台结个账，然后回来帮我把东西搬到车上，把这些东西运回家里，至少要三辆车；小董，把窗帘全拆下来，让屋子跟医院病房一样亮堂；小董，去跟厨子说，让他立刻把录音机放的无聊歌曲给我停了。

出院之后，不到一周，陈洋已经非常习惯董丹待在他的画室里。不论是在画画、读书、打电话，甚至和李红拌嘴，他都并不介意董丹在场。董丹是一种不碍事的伴随，快乐而满足，放在任何背景里都协调。反倒是董丹缺席的时候，陈洋才发觉他的重要。有时候，董丹刚从外面办了事回来，看见老艺术家焦躁不悦地问他刚刚跑到哪儿去了。有时候，老艺术家画了一半，笔突然停在空中，一动不动好一会儿，仿佛是想抓住遗失了的一个念头。董丹在此刻也从不出声，他好像知道，有某种神圣而神秘的东西使陈洋成了陈洋，使其他艺术家成了其他艺术家。甚至有几次，老艺术家无助地放下画笔，喃喃说着他已经江郎才尽了，现在的他无异于一台造粪机器。这时他突然注意到，坐在画室角落里的董丹，不带任何批判，只是平和安静地看着他。

　　"你结婚了吗？"老艺术家一边问，一边用手扯着兔毫画笔的笔尖。

　　董丹笑说他结婚了。他心想，他已经告诉过他四次了。

　　"你们俩怎么认识的？"

　　董丹又笑了起来，他的恋爱故事也告诉他不止一次了。

　　董丹是五年前在老家遇见小梅的。那时他在厂里刚出师，回家探望父母。到家的第四天，他在自家的前院里瞧见一个漂亮的小姑娘在补衣服。那天他起晚了，父母早已下地。她坐在一堆柴上，头顶是摇曳的白杨树荫。他从窗子里喊了一声"喂！"问她在做什么。她回答她有名有姓，不叫"喂"。他走到屋外，发现她正在补他的工厂制服。

　　董丹问她："你咋随便给陌生男人补衣服？"

　　她指着停在屋檐下的那辆旧自行车，说："看到没？是我把它擦得亮晶晶的。"

董丹在她面前蹲了下来，看她偏过头去咬断线头。她后颈毛茸茸的，好年轻。他说她不可以帮一个男人做这些事，除非她喜欢他。

她抬起眼笑说："我是喜欢他呀。"

董丹立刻红了脸："这个男人你连认识都不认识，怎么知道喜欢他？"

"我在市场上和他擦身走过，看见他走去小酒馆的时候，我就知道我喜欢他了。他和村里人喝酒的时候，我一直在看他。他帮每个人付了酒钱，他还讲了好多故事，像个说书人似的。"

"一个男的这么容易就招你喜欢啊。"董丹哈哈地笑起来，"你知道一个姑娘家这样说话，是很危险的。"

"咋危险了？"

董丹不回答。莫名的紧张让他一直想笑。

过了一分钟他才说："反正你不能跟男人说这些。"他呵呵笑着，摸起她的手来。

她盯着他的脸，想不出什么事情这么好笑。

他知道自己不应该占人家便宜，但是还是忍不住："你让他摸你吗？要是喜欢他，就该让他摸你，不然他不知道你喜欢他。"

"他不正在摸我吗？"她说，一面看着他的手从手掌移到了手臂，然后到了肩膀。她异常平淡地看着他，任他的手掌钻进了她的衣衫领口，从肩膀往下移动。

"就摸一下，好不好？"他问。

她点点头，让他解开了她的衣领，接下来是胸前的纽扣。

他四下张望，确定旁边没人。他把她搂进自己怀里，抚摩起她刚发育的胸部。他发现她的眼睛一直盯着他手的动作。如果董丹着迷她的身体，同样地，她也着迷他的那双手。

之后他并没把她放在心上，直到有天晚上他去看露天电影，才又遇到她。她抱着个小板凳，静静地坐在董丹身边。趁着看电影，他偷偷又摸了她几次，还告诉她第二天带她出去玩。他们去了河边，河滩上尽是白色的鹅卵石。董丹将他从北京带来的橘子和饼干摆出来，她只吃了他从镇上面包店买来的面包。其他的食物，她碰都不碰。

"这个你不吃？"董丹拿起一个橘子问。

"不吃。"

"为什么？"

"没吃过，我不知道怎么吃。"

说不上来为什么，董丹对这女孩干的事突然让他一阵不忍。她这么年轻，什么事都不懂，包括不懂男人。对她这样善良纯朴的女孩，男人是不会放过的。这让他觉得没劲，似乎他盗窃了一个连盗窃的概念都浑然不知的人。

一周以后，董丹准备回北京。他到集市上，希望再碰见这个叫小梅的女孩子。除了市场，他不知道还能到哪里找到她。一连找了两天，她都没有出现。直到要动身的前一晚，他又去小酒馆喝酒时，看见她正站在酒馆门口。

他说他也喜欢她。实际上，他对她的喜欢已经让他想着将来带她去北京。她像往常一样淡淡地笑了笑，告诉他那得赶紧，因为再过几天，她就要去西伯利亚了。她去西伯利亚做什么？她的家人已经把她许配给一个在西伯利亚有田有地的农场主。那人雇了许多俄国籍的农工，现在需要一个老婆为大家做饭。董丹不相信有这种事。女孩说她来董丹的村里，是来跟自己的姑母告别的。

董丹将回北京的日期延后，来到女孩的家里。那是一户一贫如洗的人家。他只待了十分钟，就沮丧地离开了。女孩家里告诉董丹，农场主愿出三万块钱作为聘礼。当天夜里小梅便逃出家，跑到了董丹父母的住处。他带她到了邻县，等待下一班回北京的火车。

董丹以前跟陈洋说这个故事时，都没像这一次说得这样完整。这次他也不敢保证大师听完会记住。

有一天陈洋跟李红大吵了一架，突然说，他多么怀念像董丹和小梅这样的爱情故事。

"一个村姑和一个牛郎。"他凄然地笑了笑，"这种爱情故事在大都市里早就没了。"

董丹晚上回到家，看见小梅正在修补他们最心爱的那件纪念品，就是黑色的、镶了金边和金色商标的书卷状大理石。金色商标脱落了，小梅想把它粘回去。董丹在帮忙的时候发现，那东西太轻了，不像是真金。他拿到灯下细看，不过是一块塑料。就是说，打在上面的那家有名的金号印章也是假的。看来不能指望落魄的时候拿它换饭吃了。董丹帮着小梅，终于把那块仿冒金片粘回黑色大理石上。就算不是真金，也还是挺好看的。

两人重新把它挂回墙上时，小梅告诉董丹，今天有人找她的麻烦。那个人开着车，当时十字路口堵车严重，小梅正在路边卖她的糖炒栗子，对方问她是不是去过鱼翅宴。

"那人长什么样子？"董丹问。

她只看到那个人的头，反正是个大头。他戴眼镜吗，那种黑色宽边，二十年前就不流行了的眼镜？他问她。可她唯一看清的就是对方的脑袋。那时天色已暗了，那人又跟她隔了两辆车远。车子都在按喇叭，他得大喊大叫地跟小梅说话，他说他敢肯定，在鱼翅宴上见过的女孩就是她。她叫他滚蛋，可他不滚，还问她是不是住在这附近。她叫他回家照照镜子，也配打听她住哪儿，没镜子自己撒泡尿照照也成。车队开始移动了，他还想跟小梅说什么，可是她不给他机会了。她朝对方尖叫：滚！滚！滚！这回他总算滚了。

董丹握起小梅的手，叫她别慌别怕。不过他马上意识到慌的是他自己。他的脑袋现在一片混乱，各种猜测和自问自答同时朝不同的方向拉扯。小梅被监视了，有人在盯她的梢。可是那家伙为什么不一路跟踪她回家呢？想到他没把小梅训练好就带她去鱼翅宴，董丹恨不得把自己给杀了。到了床上的时候，他告诉自己，睡一个好觉醒来，不再这么惊慌的时候，他一定会想出一个让他们两人都解套的办法。

夜越来越深，董丹被想要睡个好觉的念头弄得筋疲力尽。他一双脚又冰又冷，额头上不停地冒汗。小梅背对着他睡在身边，屈起的一只脚搁在他的腿上，那脚掌的温度温暖健康，只有安心入睡的人才会有。董丹把自己的胳膊伸出，钻进她的脖子下，真好，这样他的前胸就抵着她的后背，两个人一前一后紧贴着。董丹的下腹与大腿与对方的臀部及大腿的线条紧紧贴合。或许可以说，他让她乘在身上，他乘着她的睡眠，乘着她均匀规律的呼吸，让她身体的起伏一波波载他起伏，任她带着他浮浮沉沉，温柔地摇摇晃晃。终于，他的呼吸与她合二为一。就在他进入梦乡前，董丹的最后一个念头是，宴会虫这勾当他不能再干了。

　　星期天的下午，董丹带着小梅去附近的一处建筑工地，这是小梅最喜欢的游乐场。他们爬上完全没有扶栏的阶梯，到了顶楼。小梅坐下来，环视四周所有未完工的住宅大楼，董丹则在一旁对着建筑的设计以及施工质量发表意见。他一边指指点点，一边告诉小梅，再一两年后，他们会搬进其中的哪一栋，以及他会选择什么样的室内装潢。如果他再坚持做一阵宴会虫，他们存的钱就够买一户了。或许，他应该继续冒险，赌这一把是值得的。他望着坐在初秋凉风中的小梅，让人奇怪的是，她永远是那么满足，从来不会跟他要任何东西。体会到小梅的快乐可以这么简单，他心头一震。他把小梅拉到身边来，她舒服地依偎在他的怀里。

　　他们就这样坐着，直到肚子开始咕咕叫。

　　晚餐就吃小梅亲手做的面条。自从董丹到处吃酒宴以来，他一直没机会享用最爱的家常菜。上次吃到小梅煮的热汤面都已经是一年多以前的事了。他感觉肚子里热乎乎、软绵绵的，感觉面条渗入了他的血液、肌肤，开始爱抚着他的五脏六腑。可突然间，一种恐惧笼罩住他：如果他再不停止混吃酒宴，他将要失去这一切，这工厂宿舍、自制的沙发、偷来的热水，甚至是小梅，还有她亲手做的热汤面。

小梅停下筷子，问他怎么了。

"你别再到街上卖东西了。"

"为什么不？"

"因为有人跟踪你。"

"我不在乎。"

"他们跟踪你是为了逮到我。"

"为什么要逮你？"

"我伪造身份混宴会啊。这阵儿，他们正在抓像我这样在酒宴上混吃的宴会虫。"

小梅看不出混吃有什么不好。食物那么多，反正吃不完，董丹不吃，还不都浪费了。多董丹一个人吃又怎么样，就算多一百个宴会虫来吃，恐怕也吃不完。你看到没有，即使每个人都吃饱了，还是有这么多东西剩下来。真是浪费。要不是有他们这些宴会虫，恐怕会有更多的食物被倒进泔水桶。说到犯罪，那才是真正的罪过。

董丹想着几个小时前他们看见的一间公寓，郊区楼盘的一个小居室，用不了多少钱。如果他再吃几个月的宴会，首付的款就攒得差不多了。接下来，他会去找一份山卖体力的活儿，来供月付。或许，他可以去开出租车，他们工厂里很多下岗职工都干这行。他不会介意以后天天都吃小梅煮的热汤面。他吃整个下半辈子也无所谓。

他们约好了在"绿林会所"的地下按摩院见面，可是高兴却失约了。董

106

丹是想要跟她商量那篇为农民写的文章。他把采访陈洋的磁带和录音机给高兴的时候，她乐得尖叫，可她却没有兑现承诺，帮他把这篇文章改出来。他一个人坐在房间里继续苦等。

有人敲门，接着听见一个怯怯的声音问：可以进来吗？董丹起身去开门，看到老十站在那儿。还来不及打招呼，她已经用肩膀推开门走了进来，手上还捧着一桶热水和一只脸盆。

董丹并没有约按摩服务啊。老十看懂了他的心思，笑着跟他说，别担心，今天的服务算她请客。自从上次他们见面后，她过得还好吗？嗯，还好。那她姐姐也好吗？

"水晶泥还是药草？"她一边帮他脱鞋子，一边问。

董丹说由她来决定，她请客嘛。他哈哈大笑。她微笑着开始按摩他的小腿。他说是她让他也开始喜欢上这种特殊"酷刑"的。她又笑了笑。人是怎么发现的——想要舒服，先得忍受一点疼痛？董丹一个人在那儿自说自笑。两人之间的气氛不太自然，他希望借着说说笑笑调和一下。

"水晶泥是唬人的，"老十说，"西藏根本没有什么水晶泥。"她一边帮他脱掉袜子，把他的脚搁在自己膝头上，一边试了试水温。

按摩开始，董丹这次感受不大相同。她把他的脚放在离她身体更近的地方，她每次前倾或伸手，他的脚指头便跟她的胸部碰个正着。她的乳房这时是松弛的，柔软得惊人。

"上次你说想换个工作。"他的脚趾正在她的乳沟中间。无端的，一个令他痛苦的念头出现了：任何人的脚丫都可以搁在他现在占据的位置，可能是一双布满老茧、长着脚气的脚丫。它们属于又老又秃、带着劳力士、专门向老十这样的女孩炫耀自己财富的男人。

"我说过吗？"她的手握住他的脚跟，疼痛中有一种不可言喻的快感抚慰着他。

董丹发现自己的嘴唇松开了。

"所以……所以你常常不记得自己说过的话？"

她回答的方式就是在他脚后跟上方的筋腱处用力一捏，他立刻痛得张口却叫不出声音。

"我没有姐姐。"

"你的意思是，上次你是骗我的。"

"不，那个时候我是有个姐姐，现在没了。"

董丹坐直了身体，定定地看着她。她只盯着他的脚。

"她死了。"

"发生什么意外了吗？"

"她把自己存的钱借给了一个男人……"

老十继续说，那是她姐姐所有的积蓄。她把钱借给了她的男朋友，之后要不回来。那是她姐姐从广州到上海、到北京，一路打工，辛辛苦苦存下来的。她工作了十年，可是她的男朋友就这样全拿走了。他穿最贵的衣服、戴最贵的翡翠戒指、参加最贵的俱乐部。他还有太太，也上最贵的美容院，每隔两天就做一次脸部保养。可是他不还钱。

"她是什么时候借他钱的？"董丹问。原本那股自他的脚向全身蔓延，抵达他小腹深部的快感慢慢停止了。

"大概六个月以前。"老十说。

那发生在他们第一次碰面以前。当时她怎么没跟他说？难道她觉得两个人还不够熟，不能谈这种事？

"你姐姐怎么死的？是她男朋友还是男朋友的太太杀的？"

她一直看着他的脚，两只手继续上下移动，快成一台按摩机了。

"不是。"

"那她是自杀的？"

"也不是。"

她木然的手在他木然的脚上继续着机械动作，上下、上下。董丹想不出来她姐姐还有什么其他死因。沉默了好几分钟，老十终于开了口。六个月前，她的姐姐企图把她的男朋友毒死，结果是那男人的儿子误吃下有毒的食物。她被判成谋杀罪而逮捕。上个礼拜，他们执行了她的死刑。她才二十九岁，高挑美丽，有一头长及大腿的秀发，她总是跟老十说，小妹，虽然只是帮人按摩，可是前途难料，也许会为你铺出一条路，通向一份好运。谁知道呢。

"你第一次来这儿的时候，我其实是想告诉你的。"老十说。

可是她并没有。她本想等他第二次出现的时候再跟他说。她当时认定董丹第二天一定还会来找她，找她做更贴身的服务。大多数的男人都会的。

"我本来是想要找你求救，你是记者。我听说有很多判决不公平的案子，就是因为你们这些人写了文章之后就翻案了。他们怕你们。"

"他们"是谁？政府吗？立法单位还是执法单位？可是董丹只问："那你当时怎么不说呢？"好像他真成了一个记者，以一支千钧之力的笔来捍卫真理。他从来没有像现在这样，感觉"记者"是这么神圣又遥不可及的一个头衔，从来没有像现在这一刻，希望自己是个货真价实的记者。

"你姐姐叫什么名字？"其实已经不重要了。

"小梅。"

"小梅！"

怎么回事？他注定要跟叫小梅的人纠缠不清吗？怎么这世界上有这么多漂亮、毫无戒心的、对男人不知道防范的女人都叫小梅？他不知道要向哪尊神祷告，别再让那些邪恶的手去采摘世上的小梅了。

"在她被处决前，我去看过她。"老十的手停在他的脚上。

那是初秋的一个美好的午后，是让你觉得既满怀希望同时又感到惆怅的天气。小梅并不知道她第二天就要行刑了，她只被告知将有一个公审大会，许多犯人都将接受审判。她被带进会客室与她的小妹见面，双方都不知道这就是她们最后一次相见。小梅话很多，叽咕叽咕笑个不停，脸上还化了一点淡淡的妆，一定是从牢房外面"走私"进来的。她问小妹，有没有跟她上次提到的那位记者碰面。妹妹撒谎说，她见了一个可能会帮她的人。妹妹并没有告诉姐姐，能够求助的人她都求过了，统统拒绝了她。她用她的身体，用她的服务做交换，那些人尝了她的甜头以后，就都不见了。探监后的第二天，老十在为客人做特别服务时，她姐姐被处决的新闻出现在电视上。那一刻之后发生的事情她都不记得了。她只记得那个瞬间，屏幕上小梅如槁木死灰般的一张脸，被两个男人的拳头揪扯住头发，以及被五花大绑弄得变形的乳房。之后整整两天，老十的记忆一片空白。

董丹没注意自己的手正在抚摸着她的头发，她的一张脸埋在他的膝头。

"哭，痛快哭，别憋着。"董丹说。

她却没有哭，这反倒可怕。

董丹的手在老十染烫过的头发间摩挲。他现在什么也不能做。即使是当时，他也什么都做不了。

"放开哭，哭了会好受些。"董丹说，轻抚着她的头。

她把他抱得更紧了。

他托起她的脸来端详着。她站起身，将她的嘴唇压在董丹嘴上。还来不及反应，一具年轻的肉体已在他怀里。她叫他别担心，没有人会来打扰他们。她早就跟经理说了，这个客人的服务会很久。

她让他在折叠床上躺下。她的服务可真叫服务，极尽招数，任何可以想象出的身体部位都派上用场，那些不可启齿的肉体快乐在董丹的体内被唤醒。他从来不知道自己的身体能够承受这样巨大的满足，每一寸肌肤都化成释放激情的器官。

她骑坐在他身上，柔滑微汗的身躯浪涌着，回应着他身体的每一次欲求。她对他的渴求了如指掌，她驾驭着他，顺着一条他在此前还无知的秘径通往极乐世界。快感从成熟，到溢满。

她瘫软在董丹身上。一阵痉挛，她突然决堤般放声大哭。

"哭得好，大声哭，随他们听去！哭出来就没事了。想发泄就拿我发泄。"董丹边说边抓起她的手，在自己的脸上、胸膛上捶打。他把自己的手指塞进她的牙齿间，让她去咬。他的手指被咬痛了，那也是刚刚摘了"小梅"的手。

一小时之后，老十翻身睡到一边。她平躺着，眼睛盯着天花板，时而有间断的啜泣，这时董丹便会摸摸她的肩膀。

"我……"她欲说还休。

"有用得着我的地方，尽管说。"董丹说。

"那你……能不能把我姐姐的故事写出来？就算不能让她活过来，也算给她讨回点公道。"

董丹对此完全没有心理准备。转而令他悲伤，老十刚才对他的千般好万般爱，不过是另一场利益交换，就像她同其他男人做的交换一样。她也以为那些男人可以救她姐姐。

"你应该多为自己想想。我想你姐姐在世上最后的心愿，应该是希望你能好好照顾自己。"董丹边说，边把衣服穿上。

"只要你肯帮我，我天天帮你免费服务。我喜欢你，我信任你。如果我想嫁人，就嫁你这样的。"

"你知道……"

"我知道。"

他看着她。

"你是有老婆的。"

"她的名字也叫小梅。"

她给他一个悲喜交集的微笑。

连续五天，董丹每个下午都跟老十待在一块。他知道了更多小梅生前的事。上中学的时候，她曾经是班上的第一名。可是她的父母决定，作为长女，她得放弃自己的学业，好让她的弟弟们继续升学。老十的两个哥哥，一个大她两岁，一个大她四岁，后来都上了大学，但是家里头没有办法负担他们的学费，所以先是小梅，然后是排行老幺的老十，陆续到城里来做按摩的工作，好资助哥哥们念书。

按摩院里的下午安静而漫长。他们总是做爱，说悄悄话。他发现她对他的热情并不只是"服务"，它随着他的每一次来访而加温。

每回董丹要离去时，他都在她制服的口袋里偷偷塞上几张钞票。究竟是作为小费，还是一种关心的表示，董丹并不去定义。到了下回两人再见面时，谁也没有提起钱的事。她明白那钱并不是她服务的酬劳。她对他的服务如果真的要收费，要比这高出太多。

有时在做爱中途，她会突然问董丹，他开始写她姐姐的故事没有。无意之中，董丹撒了谎。他与老十关系越深，越无法振作精神提起笔。他甚至看不出两件事有什么关联，这是一桩干柴烈火的爱情，源于彼此平等的欲望。董丹不希望这是另一种利益的交换，他已经看得太多，利益交换把他累坏了。

这天下午，董丹刚走出房间，留下穿着内裤、胸罩的老十坐在那儿补妆，忽然就听见一声：

"哈，总算找到你了！"

高兴站在董丹面前，双臂抱胸，一脸挖苦。

"我在到处找你。各个宴会上都没有你的人影。"

董丹支支吾吾地编了一个理由或借口，解释他为什么在这里。

"谁信你的屁话。"高兴说。她推开门，探进头："哈喽，"她对老十说，"早上好啊，美人！现在是红磨坊时间早晨八点。"

董丹用力把她推到旁边。

"来这儿当小贱人的救世主啊？"高兴问。

"干吗呢你？"

"不干吗，我就不能来这儿？"

董丹走在她前面，把她从老十的房门口带开。

"比我预想的还可怕。"高兴说，随着董丹走进了一间门上挂着"无人"标志的房间，"你爱上她了。"

"胡扯。"

她走过去坐在一张椅子上，又拍拍她旁边的空椅子。他犹豫着要不要过去。她更用力地拍了几下椅子。

"到底有什么事，有话快说，不然我要回家了。"董丹说。

"你那篇文章，今天晚上上版。"高兴说。

"就是农民写的那篇……"

"现在是你的文章了。把他们的名字换成了你的，别觉得过意不去。因为你从头到尾把它改写了。所以接下来会发生什么事，轰动还是倒霉，掌声还是批判，你自己全权负责。对了，它的标题是——'白家村寻常的一天'。"

董丹的心思却又跑回了老十身上。她现在跟谁在一起？今天晚上她是不是又要为某个吹牛的家伙做按摩？她也会张开她的腿，骑在那个恶心的男人身上，就像她同他做的那样？可是他现在跟那些恶心男人有什么不同，说不定更恶心。她也会跟其他男人说枕边细语吗？她也会用胸脯去按摩他们的脸吗？妈呀，都是些什么样的丑脸！胡吃海塞得眼泡虚肿、腮帮肥厚、满嘴油腻。他董丹长得不难看，这一点他还明白。至少小梅说他英俊健壮。小梅，他心爱的小梅，他怎么会做出这样对不起她的事。

"你不喜欢那个标题吗？"

他根本不在意，那是高兴的文章，是她把它重写了。她把它改成一篇彻头彻尾无味冷酷、无悲无喜、没有任何同情或是道德谴责的文章。如果是他的文章，他描写的对象是像他父母一样的人，他怎么会毫不激动？

"还行吧。"

"我就知道你会喜欢。想出这名字，还真得靠点天分。我把文章中原来那些陈词滥调全拿掉了，现在它读起来感觉像是一篇有趣的乡下传说，而且我并没有省略任何细节，也没有对任何一方偏心，我让受害者与加害者两方都有机会把他们的角色立场表达出来。"

董丹看着她整个人四仰八叉躺在椅子里，像一只海星。

"最后这个版本，你会喜欢的。它真的挺幽默的，是那种很冷的幽默。比较有程度的读者会读得出来，在这事件中的受害人，在其他事件中可能会做出相同加害于人的事，如果他们永远困在那种农民式的无知里。"

董丹担心她又要开始那一套农民是腐败源头的演说。她那一套真的会让人发疯。他得赶快走人。他举起腕子看了看表。她问他要上哪儿去，她可以载他一程。不用了，谢谢。交通高峰期就要到了，他最好坐地铁。他晚上还有事。

"把烟灰缸递给我，好吗？"高兴坐直了身子，点起了一根香烟。她从来不管你是不是在赶时间，就算你娘在病床上快临终了，还是说你老婆正在临盆，她照样对你发号施令，面不改色。

他走到对面假窗旁的小柜子前，拿起一个陶瓷烟灰缸递给她。

"他们逮到了一些'宴会虫'。"高兴说。

董丹原本要背在肩上的背包停在半道："什么宴会虫？"

"这是他们取的名字。指的是那些专门在宴会上冒充记者混吃混喝的罪犯。"高兴一边说，一边躺平了身子，拍拍身边的藤椅。

"过来到我这儿坐下，吸过'毒'没有？"

董丹在她身边坐下。原来宴会虫从来不止他一个，他们会怎么对付这些宴会虫呢？他们也会被装上卡车，拉到某个地下刑场去处决吗？

"吸完这样一躺，太美了。"

他望着她，高兴双眼紧闭，嘴唇微张。

"我敢打赌，你从来没吸过。"她说，"你这种人一辈子，一张白纸跟刚出生差不多。哪天想过把瘾，找我。"

"好啊。"逮捕的那天，如果他也在现场混吃，说不定也一块被逮走了。

"你得找对门道，才可以拿到好货。你想先来点温和的，还是直接就试真家伙？"

"好。"那小个子是不是也被抓起来了？要不然他本人就是便衣，为这场宴会虫的大扫荡做卧底……

他听见高兴又问了他一些问题，他照样回答"好"。接着他听见她大声笑了起来，两只脚在藤椅的边缘蹬踹着。

"怎么了？"他转身去问她。

"我刚刚说，咱俩干脆脱光了到街上遛弯吧，你也说好。"她笑得快背过气了。

"他们打算怎么处理那些宴会虫？"董丹尽量装作漫不经心，"把他们都关监狱里去？"

"应该是吧。算这些王八蛋运气好，打击犯罪运动刚结束，他们顶多被关个一两年，都是一群混混、无业游民，还有些是农民工，建筑工地上来的，老板不给他们发工资。"

董丹想到自己竟然是这个群体的一分子，感到很沮丧。老十对他这种人还当作神一般侍奉。

"他们抓人的时候，我也在场。便衣警察突然从每个地方冒了出来，每一张桌上几乎都有一两个。你想想看，便衣不也是一帮宴会虫吗？好几张脸我都认得。他们也游走在各大宴会好久了，跟着混吃混喝。整个大扫荡，五分钟就结束了，大伙接着吃的时候，聊起来更有滋味了。"高兴回忆起那天的情景。

真的就差一点，否则他现在也在监狱里啃馒头就咸菜。他可能睡在光秃秃的水泥地上，或许有一张破草席，那会是挤得像鱼市摊位一样的房间，他被挤在两个全身馊臭的男人中间，被他们长久没洗的"老二"的异味熏着。他也许会被打得鼻青脸肿。他也许就这样失踪了好几天，小梅都不知情。多亏老十，让他幸免于难。

"等那篇文章登出来之后，你说不定会走红。这是玩火型的文章，你不是换得名声，就是招来厄运。你觉得值吗？"

她在讲什么，董丹并没有真往心里去。他的心里仍在想象着，因为他的被捕而伤心欲绝的小梅，带着她自己做的热汤面来探监而遭拒。而老十发现他失踪后，一定以为董丹跟其他那些得了好处就拍拍屁股走的男人没有两样，玩过就不新鲜了。

"你最近见陈洋了吗？"高兴问。

"没有。"

"有时间快去看看他。"

"我不是把采访的录音带都给你了吗？"

"我看你真的是玩小姐都玩傻了，是吧？陈洋的前妻指控他逃税，现在是头号新闻。好几家报纸都拿它做头条，那个前妻接受了许多记者的专访。"高兴一边说一边把香烟的烟灰东弹西弹，就是不往烟灰缸里弹。这个女人很邋遢，因为她把邋遢当成一种潇洒。"我告诉你，这事不看好。如果陈洋被发现有罪的话，他可是要坐牢的。现在他拒绝接受媒体采访，连那些平日跟他走得近的人都见不到他。可是你不一样，他会见你的。"

董丹也相信艺术家会想要见到他。

高兴认为现在正是刊登老艺术家长篇专访的最好时机。不过得把这个新的事件加进去，然后会把它改成比较负面的文章。为什么？因为这是现在的读者想要读到的。董丹还得帮她一个忙，她说。再去跟陈洋见个面，想办法从他那儿多挖一些细节，了解一下他对这件事情有什么看法，对于自己被出卖，又有什么感觉。她相信这时候老头儿急需要一个可信任又有同情心的人，好听他倾吐。这个人就是董丹。董丹认为呢？是，他也这么认为，董丹说。尽可能给老头儿所需要的同情，越多越好。陈洋现在肯定迫切希望得到媒体的同情，可惜自从那次孔雀宴之后，他一直没有和媒体重修旧好。这也是他现在不能够跟他们接触的原因。高兴说她敢赌一万块钱：现在老头儿一定为那天在孔雀宴上得罪了媒体而后悔莫及。

"我还敢打赌，那个李红现在也一定走人了。真没劲，是不是？这帮人就是做不出点新鲜事来。"她说。

在陈洋住处的大门口，那个门房因为早已经认识了董丹而把秘密告诉了他。艺术家此时正待在乡下的别墅里，距离市区五十公里。现在是谁在照顾艺术家呢？他的司机和厨子。他的未婚妻没有跟他一道吗？没有。她得回老家去照顾生病的母亲，她母亲心脏不太好。有没有公交车可以抵达陈洋在乡下的住处？就他所知，没有。

无所事事的董丹又来到了"绿林会所"，此时正是生意冷清的时刻。"盲人"按摩师们正在休息室里打乒乓球，另一旁，年轻的男孩、女孩正在观看电视连续剧。老十正坐在电视机前的地板上涂脚指甲油。看见董丹，她立刻弹了起来，用一只脚跳着来到门边。当着其他人的面，她毫不隐藏她对董丹的情感。她其实是在向他们炫耀董丹。

十分钟后，两人来到了大街上。老十跟经理说她感冒了，董丹真应该看看她假装打喷嚏的样子，她说。他带她进了地铁站，她很惊讶董丹并没有开车。他没钱买车。她以为跑新闻的都赚很多钱。如果是老家还有老爹老妈，每个月等着他们的儿子寄钱回去，哪还会有钱？这样啊。等她嫁了有钱人，她就帮他买一辆。什么时候嫁？早晚呗。快了吗？希望是。你是喜欢宝马呢，还是奔驰？还是法拉利？奔驰敞篷型倒是挺舒服的，夏天把车顶放下来，冬天座位上还有暖气，只是它的造型没有法拉利那么出风头。她对车子的了解还真不少。当然啰，活在北京这种城市，人人都得赶紧长知识，是吧？没错。她微笑起来。他也跟着笑了，很想问老十她有没有坐过在北京大街上经常呼啸而过、乱闯红灯、把骑自行车的人吓得半死的豪车。他还想问，她是不是也坐过那种烧包儿开的车？就是那种专靠坑人发财、边开车边伸手摸她大腿的烧包儿。他没有问出口，却听她说她姐姐的男朋友经常换车，越换越炫，还邀请过她坐他的车。董丹问她会嫁一个那样的烧包儿吗？不会。为什么？因为他不是真有钱。他只是假装有钱。他望着她桃子形的脸蛋，左边的唇角一颗红痣，让她看起来十分撩人。他突然注意到她的眉毛跟以前不一样。他听说有些女人会把原来的眉毛剃掉，文上眉毛。文出来的眉毛都有着相同的弧度——好莱坞型的弧度——工整而完美。董丹的心中出现一幅画面，有着六亿五千万女性同胞的国家里，所有的女性都有一副相同弧度的工整眉毛，人多眉毛少。老十今天换上的衣服显得她有些老气：黑色蕾丝的内衣外加上一件白色外套，底下一条紧身白色短裙。她走起路来膝盖打弯，屁股往后，看起来像打算坐下又停止了。她还没学会怎么穿高跟鞋，可是她还算得上美女，知道怎样利用自己的条件。

这时是初秋时分，天空澄澈，有着微微凉风。他们一路慢慢溜达来到了北海公园，他们并没有像情人一样手牵手。一块走在外边的世界对他们来说是新经验，仿佛他们得从头建立亲密关系，以一种新的方式，不同于从前躲在阴暗的按摩室里的方式。他们的眼神交会时，心跳会加速。有好几次他的手或肩膀不经意就碰到了她，刹那的接触造成了一种紧张的偷情乐趣，让他们找回了少男少女的感觉。这样的碰触令他们战栗，渴望得到更多。

在北海公园，他问她想不想去划船。她说她当然想，她还没划过船呢。两人交换了微笑：北京现在的情侣们都喜欢去划划船。在小码头上，她坐下来把脚上的高跟鞋脱掉。隔着丝袜，董丹看见有两颗水泡都已经流血了。他把她的脚放在自己膝头上，查看伤口，责怪她脚痛成这样也不出声。他叫她等着，自己跑到附近的商店，回来的时候，手上多了药棉和消炎药膏。在为她伤口擦药时，他问她还痛吗？不疼，她没有什么感觉。她揉着他的头发跟他说，那头有个老太太看见他跑去店里帮她买药时，猛夸他呢。怎么夸的？她说她真是好福气，嫁了个疼爱老婆的男人。

"至少，她以为你是我的老公。"她说，"人家把你看成我老公，你愿不愿意？"

他不敢作声。

"老太太们觉得好男人都会早早成家。"

"这也能叫鞋？"他指着她那一双用蕾丝装饰的高跟鞋，"穿这玩意儿怎么走路啊？"

她说她没想到要走这么多路，她以为她会坐他的车。她说自己的脚又大又结实。他则说他不喜欢女人那种又小又肉的脚。她的脚看起来既健康又自由，是那种在田里很能干的一双脚。很会爬山，她说，还可以背着一堆柴爬在陡峭的羊肠小道上，有时候背的是砖头。她曾经挑砖上山？是呀。有人在山顶上盖那种观光客住的旅社。那种工作酬劳很好，村里的人都抢着要。难怪她有这么一双强健的脚。

他蹲在她的面前，她的脚在他的膝头上，正像她把他的脚放在她的膝头上让她按摩一样。

"我们俩的脚，"她突然大笑着说，"比我们俩先认得！"

他突然想起来，这还是第一次看她笑得这么开怀。老天，她真是漂亮。

舢板全部停开，因为下午要刮大风。他们很失望，改去附近的餐厅吃饭。一路上他搀着边走边笑的老十。她说他要开车就方便多了。没问题，车就来了——他一把将她抱起，背在背上。她挣扎着想要下来，但是他不让她下。就这样，一人骑在另一人的背上，走进了公园对面的一家馆子。

"人家都在看我们。"她说。

他笑着把她从背上放到座椅上，椅垫很脏。这是一家四川馆子。一个男孩拎着茶壶，那茶壶嘴足足有一米半长，以一个不可思议的角度把热茶喷射到小杯子里。从茶壶倾斜到热茶从茶嘴流出，中间有个短短的停顿，让人意识到，茶在壶嘴里奔走了多长的距离。她在桌子底下伸出脚去碰他。他则想象她那受伤的脚跟，贴着绷带，表皮脱落，露出了湿润的嫩肉以及底下纤细的神经。他从未尝试过这样的亲密动作。感觉有一点点色情，非常越轨。她的脚从他的小腿移到了膝盖。他眩晕了。

他让她点菜。她读着菜单，点了一道砂锅鱼翅和鱼香干贝。她同服务员开玩笑说，可别拿粉丝冒充鱼翅来骗他们。不会的，他们一向有诚信。老十又说，如果他们骗她，她吃得出来，因为粉丝跟鱼翅的区别她一清二楚。看来她常常上馆子了，董丹心想。那她都跟谁去呢？跟那些身体和脚都被她亲密伺候过的家伙吗？是多付一点钱就能得到额外服务的男人吗？

她继续点菜。他开始担心了。他身上只带了一百块钱。他从来不带太多现金在身上。他总是把钱交给小梅。小梅很会存钱。他记得今天出门的时候，小梅放了一张一百元钞票在他的皮夹里。另外还有点零钱已经花掉了，用来买了地铁车票和雪糕。其实雪糕根本不该买的，一个就要二十多块钱，因为是从美国来的一种叫哈根达斯的牌子。老十对舶来品了解得还真不少。

早知道让她一个人吃雪糕就好了。可以推说他不喜欢甜食，或是他要抽烟，或是编一个其他类似的借口省下二十块钱。

他又跟女服务员要了一份菜单，假装在欣赏菜单的设计。菜单设计得很糟糕，这家馆子的问题就在于他们费尽力气想要让一切看起来豪华。他的眼直接盯在了菜单右栏的价钱部分。以前在麦当劳，每当小梅盯着柜台上方菜单右栏的时候，他总会取笑她。单单那一道鱼翅砂锅就要七十块钱，四川师傅懂得怎么烧鱼翅？四川离海要多远有多远。如果是真的鱼翅，恐怕远不止七十块钱。七十块钱能把鲨鱼尾巴在汤里涮一涮就算不错了。付完鱼翅砂锅钱，他的皮夹里就只剩三十块钱。她告诉他，要知道四川馆子好不好，就要看他们端出来的冷盘地不地道。因此，她又加了几道冷盘：四川泡菜、夫妻肺片、熏鸭脖子，还有手撕鸡。她看菜单的时候，眼睛只顾盯着左栏。

他现在后悔不该把前几次的车马费全都交给小梅。他喜欢看妻子数钱的样子。数完她会宣布他们目前存款的总额。前天晚上，他不是才交给小梅五百块钱？加上皮夹里的一百块钱，他本来应该有六百块钱。六百块钱！只能在这儿吃一顿饭！小梅知道会心疼死。他希望老十不要再点了。他赚钱不容易。要撒谎、要假装、要时刻提高警惕，不是一件容易的事。它很消耗人，这也是为什么一年来他吃香的、喝辣的，体重却越来越轻。此刻，他听见老十问女服务员，他们有没有鸡尾酒。鸡尾巴做的酒？不是，老十笑了：就是一种饮料的名字，把酒和果汁混在一块。他们没有鸡尾酒。那有没有白兰地呢？大概有，她得去瞧瞧。

他希望那个服务员千万别抱着一瓶昂贵的白兰地出现。如果这样，他得跟老十撒谎，他不能喝酒，因为今天傍晚他有一个重要的会议。她继续看菜单，轻轻皱着眉头，问他想吃对虾吗？不，不想。那好，因为她也不想。他感觉松了一口气。她总共点了几道菜了？六道，不包括那些冷盘。他两趟酒宴存下来的钱全泡汤了。

"看来你是真饿了。"他说。心想，也不知道馆子附近能不能找到自动取款机。

她抬起眼对他微笑，合起了丝缎封面的菜单。他端起茶杯喝了口茶，滚烫的温度让他的喉咙一阵痉挛。她又开始谈她的姐姐了。他握起她的手，轻轻爱抚着。他原以为今天他们会放个假，不再谈论她姐姐。他握紧她的手，怕她眼中的泪水就这样滴下来，可是它们还是滴下来，落在餐桌的玻璃面上，一滴、两滴、三滴、四滴……

女服务员回来了，他们卖白兰地。董丹自己都很惊讶：知道他们卖酒，他居然很高兴。他待会儿得去找取款机，他会有足够的钱付这顿饭和酒。只要能让老十开心，不要一直谈论她的姐姐，花点钱也值。他愿意做任何事情，只要她别去想她姐姐，接下来别再想求他写那篇文章。这让他们的关系有点儿走味。

"什么白兰地？"她问女服务员。

"就是白兰地嘛。"

"我知道。但是白兰地有很多种，价格也不同。你们卖的是哪一种？"

"我们是论杯卖的。"

她无可奈何地朝董丹笑了笑。"你喜欢喝哪种白兰地？"她问他。

"随便。"他回答。

董丹不懂任何白兰地的牌子。老十决定以后，女服务员端来了两杯白兰地。老十懂得品酒，看那样子她一定常常出来喝酒，或者她只是从好莱坞电影里学来的。他希望她是从好莱坞电影里学来的。她端杯子的样子很性感，几乎有点懒洋洋的，就让酒杯的长柄夹在中指和无名指间晃荡。杯口有一圈金色，杯底也有一些金色的图案，可是看起来不干不净。很显然，洗杯子用的水就是他们洗了好几摞油腻脏盘子的洗碗水。不对，她喝酒的功夫不是从好莱坞电影里学来的。花钱买她服务的那些家伙，绝没有看好莱坞电影的品位，董丹如此分析着。肯定是那些脑满肠肥、带着铜臭的家伙，把她带到外面来，给她上了鸡尾酒和白兰地的高等教育。喝尽兴之后他们又做什么呢？第一杯酒下肚，董丹已经有一点醉意，可是老十仍然面不改色，好端端坐着。他观察着她灵巧的手指，端着混浊的杯子，猜想她到底是怎么培养出这些习惯的。她在他看不透的昏暗中养成的习惯，是从一些暧昧的关系之中累积的习惯，就像他们现在的关系。每天都有载满农村女孩的火车开进北京，像老十这些长得漂亮的女孩就在这座城市的地下发展出另一个城市，建立了一种与真实的人生对称的秘密生活。那是一种对妻子、孩子来说不可视的生活。对那些苦哈哈的工薪阶层、骑自行车去上班的人来说，也是不可视的。董丹原本就是这些人当中的一个。如果他没有冒充记者，他是永远不可能知道有这样的生活，有像老十这样美丽的女人，还有他对她炽热的欲望。如果他真的是一个有影响力、有钱又有名的记者，或许他能够拥有她，只是短暂的拥有也好。他望着她，意识到他嫉妒的对象竟是自己冒充的那个人。

"喂，"老十喊那服务员，"这白兰地是假货。"

"不可能！"服务员抗议道。

"你尝过吗？"

女服务员摇摇头，看来她尝过也没用，反正是尝不出区别的。

"要不我们喝大曲算了？"老十问董丹。

董丹笑着点点头。这样账单上又多了五十块钱。她到底会不会就此打住？否则，他对小梅要怎么解释？他一个人从来不曾花掉这么多钱。小梅对谎言有非常敏锐的直觉。老十终于挑到让她满意的酒，八十块钱一瓶的四川大曲。接着她又开始了，讲起她母亲一直在追问关于她姐姐的消息。她们的母亲是家里唯一蒙在鼓里的人。在董丹为她们伸张正义之前，她没办法告诉母亲实情。她在桌子下紧紧抓住董丹的手。在她的目光压力下，董丹觉得自己快要崩溃了，就算他是一个正牌的新闻记者，而不是一个会说点儿乡下传说的宴会虫，他也不愿意写关于她姐姐的报道。当他已经和其他男人一样，在肉体上剥削着老十，他还下得了笔吗？如果他也接受了老十的肉体贿赂，他凭什么来伸张正义？除非他们的关系彻底地改变，重新来过，否则他没有办法写。

那白兰地还真是冒牌货。他的头和胃已经开始作怪，他站起身往大门走去。

"你要上哪儿？"

"上洗手间。"

"餐厅里就有。"

"我还是去公园里的厕所。"

"为什么？"

"透口气。"

他朝她送了一个飞吻，跨出了门槛。他知道他这个动作很土很夸张，但也没办法。

到了公园门口，他找到了取款机。他把银行卡塞进去，却不断地被退出来。他问清洁女工，附近可有另外一台机器。没有，公园不是设置取款机的好地方，不安全。于是他朝反方向走，既没有看到任何银行，也没看见取款机。

风力开始增强，一个看上去一百岁的老人，有一张风干的木乃伊脸，推着一辆挂满棉花糖的手推车，摇摇晃晃地穿过马路。一张肮脏破旧的塑料纸飞过，正好落在一球棉花糖上，被紧紧粘住，呼啦作响地狂舞。老人把它从棉花糖上往下扯，一不小心绊在路上一块凸起的水泥上。手推车翻了过来。老人于是消失在色彩缤纷、软绵绵的一堆棉花糖下。董丹朝他跑去，中途却刹住了脚。那老人一面放声哀号，一面忙着把粘在糖上的落叶、糖纸、香烟头清理干净。天啊，真是人间惨剧。董丹走了过去，从他裤袋里掏出唯一的一张一百元钞票。如果这个价钱能让他停止号哭，那也没有什么好还价的了。他将钱塞进了老人枯瘦的手中，转身飞快逃去。

在一座办公大楼的大厅处，他看到了一个银行外头设有取款机。他赶紧跑过街，接近时却看见旋转大门入口处，被一排铁栏杆和绳子给圈了起来。他想也没想就一脚跨过拦绳。正当他往取款机走去时，听见一声叫喊："干吗呢你？！"

他停下步转身。一个精瘦的男人穿着一件不合身的制服，正站在拦绳外，手中拎着一个饭盒，另一只手上握着筷子。他用筷子点了点地上。董丹发现他身后有一排印在未干水泥上的湿脚印。那瘦子问长眼睛了吗？看看他干的好事。董丹说，他现在看见了。看见了也晚了。跨过拦绳之前就该好好看看啊。说得对，之前是该好好看看的。董丹陷在自己的脚印里，腿开始僵硬。因为要赶在暴风雨来之前把水泥铺完，五位工人弟兄累得半死。现在十秒就让你给毁了。是六秒。什么？！他只用了六秒就把它毁了——那十二个脚印，一秒两个就是证据。你以为花六秒就比花十秒赔得少吗？瘦子气疯了。不、不、不是，董丹纠正他，他的意思是他花了六秒钟就发现自己的错误了，而不是十秒。管他是十秒还是六秒，反正他得赔偿。赔多少？这不是由他来决定的。大楼经理会定价。

董丹被困在自己的脚印里，酒意越来越重。烈日当头，又急又干燥的强风阵阵吹来。过不了多久，他可能就会凝固在这水泥地上了。他跟瘦子说，他得先去取钱，才好赔偿损失。瘦子说，他绝对不会让他再有动作，接着损坏其他水泥地面。那他到底要他怎么做？简单，把钱交出来，给大楼的经理。让他取了款，他才能赔啊。那他的脚印又会多十二个，价钱就要翻倍。

瘦子朝他手中的对讲机咕哝着，一边对着电话另一头看不见的人比手画脚。有人群围拢过来。已经发展成暴雨的风势中，他们的裤子及衣裙被吹得啪啪响，彼此询问发生了什么事。

老十会怎么想？她八成以为他赖账溜掉了。突然闪过的念头让他冒出一头汗。他才要抬起脚跨向拦绳，瘦子就叫了起来："不许动！"

他紧急刹住，两只胳膊不停地画圈圈，好在风中维持平衡。

"你嫌赔得还不够，是不是？"瘦子问。

"不是。"他回答。

众人笑了起来。

也许老十这时正在看表，发现他已经去了半个钟头。她摇着头，脸上浮现不齿的冷笑。什么玩意儿？一顿饭的账单就把他给吓跑了。她接着会叫埋单，拿出她替人做按摩或者天知道其他什么服务赚来的一小沓钞票，从里头抽出了几张来。这不过是再一次证明，靠男人完全是妄想。

两个穿制服的男人走出了旋转门。他们绕过了拦绳围起来的区域，走到瘦子身边。

"给，这是我的名片。我是记者。"董丹拿出他最后的一招：他把名片交给了其中一人。

瘦子接过董丹的名片，嘴唇嚅动着，无声地念着名片上的字，读完之后又把它传给了同事。

"我们怎么知道这是真的还是假的？"瘦子问。

"你还想看我的身份证件吗？"董丹自己说。

瘦子说是。于是董丹把证件也交给他。

"这个我们得扣着。"瘦子说。

"为什么？"

"要不然经理回来定了赔款，我们上哪儿找你呀？"

如果他犹豫，一定会令对方起疑。所以董丹跟他们说，随他们便，想扣什么就扣什么。他干笑了几声，闻见自己呼吸中的白兰地气味。只要你们把拿去的东西给我列出一张收据。其中一人掏出了收据簿。

"你们就靠这个勒索人是吧？要不为什么不挂个警告标志啊。什么提醒都没有，就等人家掉进你的陷阱，你好跟他们要赔偿。捞这种外快够轻松的啊！"董丹恶狠狠地盯住三人中的一个，等对方避开他的目光后，他的眼光再转向下一个。

"扣我的证件是有后果的。"酒精开始发挥了很大的功效，他壮起胆继续表演。

三个人低声交头接耳起来。

"好吧，你出来吧。给我小心，别再踩出新脚印。"其中一人说道，把拦绳拉起来。

瘦子还在盯着董丹名片上的头衔——自由撰稿记者。

董丹没有动作。

"先把我的身份证还我，否则我就待在这儿。"

他们很快又商量了一会儿，答应了他。他得踩着自己原来的脚印退回到拦绳边，踮着脚，好让每一个步子正好落进反方向的脚印里。这样倒退着走，看来既狼狈又怪异。他这才发现自己的步子原来大脚趾撇向外，脚后跟靠得很近，像卓别林走路，也像鸭子。原来自己一直走的是鸭步，这个发现让他很沮丧。在回餐厅的路上，他尽量把自己的两只脚掰直。

老十还在，这真让他大喜过望。她正在跟餐厅的老板聊天。老板四十岁左右，穿黑西装，是个操着四川口音的"前农民"。董丹坐了下来，不知如何告诉她，他不但没取到款，而且连身上的最后一百块钱也拿出来给一个卖棉花糖的老头儿，去止哭了。他将杯里的白兰地一饮而尽，发出很大的咂嘴声，把他自己都吓了一跳。餐厅老板转过来望着他，笑了笑，然后走开了。

"真不错！"董丹对着老板的背影喊道。

老板转过身来望着他。

"你这儿的菜做得真好，快赶上国宴了。"董丹说。

"您被邀请吃过国宴？"老板问。

董丹看见老十的眼睛正朝他闪闪发光。

"我们跑新闻的很可怜，别人在吃，我们还得工作。"

"原来先生是记者！"

"专业的！"老十在一旁补充。

董丹递给老板一张名片，他的身上永远带着一大沓名片。有时候，它们比现金还好用。

"蓬荜生辉呀！"老板读完名片后朝董丹伸出手。

董丹说他这家餐厅需要宣传炒作。的确需要啊。这年头宣传炒作就是一切。一点都没错，老板附和。他们一直没有跟媒体打过交道。那句话是怎么说来着，董丹问。"酒好不怕巷子深？"好像听过。这是一句四川的名言，老十提醒他们，语气十分骄傲。是吗？董丹问。不信打赌，老十说，只有四川才有那些古老的酒窖，还有又深又长的巷子。反正那是句老话，董丹说，太老了，老得都算不上美德了。记者先生，您说得一点也没错，我们都得靠媒体。是不是能有这个面子，请记者先生报道一下我们这儿的菜？

董丹也搞不清楚接下来发生了什么事，总之他已经喝起了四川的百年陈酿。老板特别开了一瓶招待他。今天这一顿饭算是店里请客。老板请董丹务必把他刚刚对菜的称赞写下来，登在报纸上。那当然，这些菜本来就该得到赞赏，还不止他刚刚说的那些话呢。记者先生，您随时有空来小店用餐，只要老板活着，吃饭都免费。

董丹走出餐厅的时候已经跟跟跄跄。他左手握着老十的手，右手握着百年陈酿。狂风渐渐缓和了一些，餐厅老板一直把他们送到街上。董丹注意到，老板穿的黑西装在肘部有个破洞。他们上了出租车，老板替他们关上车门后仍在向他们鞠躬作揖。他那条皱巴巴的廉价领带不经意滑了出来，在风沙中飞扬。他的人生现在全指望着董丹的承诺，要为他的馆子和他们的菜写篇文章。他们的菜和董丹吃惯的宴会相比，只能算是粗茶淡饭，毫无新意。董丹闭起眼睛，老板那双闪动着希望的眼睛，和他那破西装、旧领带下卑躬屈膝的身影，令董丹的胃里一阵翻搅。

为什么当一个人垂死抱着希望的时候，看起来是这样可怜兮兮？每当你告诉别人你是记者的时候，他们的心里立刻燃起各种希望。其实做什么工作，董丹并不在乎。他可以去开出租车，可以去摆小吃摊，可以去扫大街，甚至可以去混黑道。可是现在他明白，他绝对不希望做的事，就是成为某人的希望。餐厅老板的希望，依偎在他身边的年轻貌美的脚底按摩师的希望。此时她正用她的一双唇在他的手指、臂膀上按摩，问他是不是可以快点把她姐姐的故事写出来。他告诉自己，不可以再去找老十了。她把他从一个活生生的人变成了她孤注一掷的希望。

"你知道吗？我狗屁都不会写。"他骄傲地说。

即使在黑暗中，他都能看见对方因为惊讶而睁大的眼睛。她松开他的手。他转过身与她面对面，他的嘴角扯起了灿烂的微笑，露出洁白整齐的牙齿。酒还真是个好东西，它让他变得诚实，同时还能勇敢面对诚实的后果。

"我从没上过大学，中学只读了一半。当兵的时候，我也不是个好军人。"

她继续盯着他瞧，露出害怕的表情。

"我每写完一篇文章，字典都被翻得乱七八糟，因为我有太多的字要查。还因为我翻页的时候老在手指头上抹口水，整个字典都被我搞得湿乎乎的。"他很高兴看到她的梦完全碎了。

她突然咯咯笑了起来："你喝醉了真好玩。"

"我没醉。"

"才怪。醉的人都说自己没醉。疯子也从来不承认自己疯。"她朝他身上靠得更紧了。虽然两人之间隔着层层衣物，他的身体仍能清楚地感受到她玲珑有致的线条。

第二天早晨，他在小梅身边醒来，情绪无比低迷，他怕自己熬不过对老十的渴求，因为他决定，永远不去见她了。

高兴正在等他。这是一个四周全是高大住宅楼的公园。大老远他就看见她在来回踱步，忙着讲电话，做出与人争辩的手势。待他走近了些，他看见她镶着珠珠的袖子挥得虎虎生风。她告诉电话那端的人先别挂断，然后转拨到另一条线。她问这人能否在二十分钟里做出决定。她说就照原稿登，不做任何修改或删减，这已经是最不会惹来不满的版本了。如果还要温和，这篇东西还有什么登的意义。登不登都行，随便，她二十分钟内就要知道结果。她轻轻做了个手势叫董丹别打断她。她又将电话转回第一个在线的人，却发现对方已经挂断了。她气得龇牙咧嘴，说是那家报社的社长最近刚结束了为期八个月的党校学习，他凑巧看到了董丹即将被刊出的文章，当下喊停，希望部分内容能够删去。

"所以我又找了另一家报社。"

她拨了一个号码开始等候。对方终于接了电话。她说她或许可以要求作者考虑将文章中部分遣词用句稍做更改，但是文章中所提到的人名和地名不可以动。毫无预警地，她将电话交给了董丹。

"你跟他说，这是一篇实地查访，不是小说。"她压低了声音说。

董丹不懂"实地查访"是什么意思。他记下了这个字眼，模仿高兴一分不差地复述了一遍。

"您是董丹？"

"是我。"

"我是王主编。"

"很荣幸能跟您说话，王主编，您好。"董丹说。他感觉高兴在一旁瞪了他一眼。

"我非常喜欢您的这篇文章。"

"您这么说，真是太客气……"

"不过我们社长对您的文章中有些部分不太满意。"

"是吗……"董丹朝正在盯着他的高兴望去。

"如果您坚持不修改文章，我完全理解。我们期望以后还能看到您的作品，毕竟这不是我们关系的结束，这只是一个开始……"

突然他的声音被高兴凑到手机旁的大喊声盖过："你甭想让他妥协！他这个人是有原则的！"

主编不理会高兴，继续跟董丹谈话。

"很遗憾这一次我们没能合作。我们很希望在不久的将来再看到您更多的杰作，再见。"

"再见，多谢……"董丹说。

主编早已经挂了电话。

"搞定了？"高兴拿回她的手机。

董丹看看她："他说他很遗憾这一次不能合作。"

"什么？"高兴尖叫起来，"他不打算今天晚上让你的文章上版？"

"我想不会了。"董丹说。

"那你还跟他说谢谢？你谢谢他取消了你的文章？"她转身就丢下董丹走开，走了几步之后又折回来，因为突然想起她的车子还停在这儿，"你怎么就这么容易让他把你甩了？你怎么可以让我为了登这篇文章花的精神、时间、口舌就这样被白白浪费？只要他答应过，就绝对不能放弃。用你的一口烂牙紧咬不放，用你那脏爪子抓住他不放，绝不放过他。"

"我不能强迫他。"

"你真是无药可救。当一个新闻记者，你得厚脸皮、顽强、冷血、难缠，而且还要给他们点恐吓。"高兴话还没有说完就已经开始拨另外一个。

她望着董丹，却仿佛视而不见，嘟起了嘴，在车上敲着手指头。她对于任何要她等候的人都极度不耐烦。她挂上电话，想了几秒钟，继续拨另外一个号码。"快一点，快点接电话，王八蛋，二十分钟早就过了。接电话呀！"她放弃了，又拨了一个新号码，"王主编虽然混账，至少他还能像个男人一样面对我们，"她边说边拨号，"这个家伙告诉我二十分钟内会有决定，结果吓得电话都不敢接了。"她把电话放在耳朵边，嘴里仍继续说着话，"王八蛋、狗屁……噢，喂！我是高兴！"

当她终于挂上了电话的时候，董丹明白她在拨了无数个恐吓电话后，终于找到一家杂志对他的文章有兴趣。然而即将刊出的这一期已经来不及了，因为从现在算起两天就要出刊了。这一类文章的版面早已经满了。

才刚挂了电话，高兴立刻拨下一个："我是高兴，也不问问我吃过晚饭没有……当然没有，因为我已经吃狗屁吃饱了。你是不是有一篇文章投到了《农民月刊》？太好了。我一听就知道那篇文章是你写的。哼，会替稿费那么低的地方写稿的，大概没有十个人。帮我一个忙，好不好？……把你那一篇文章抽回去，就告诉他们你要做重大的修改。我会想办法让你的那本书出版，怎么样？我有一篇东西，必须立刻登出来，不能等。你那一篇东西可以等。一言为定？"

她深呼了一口气，挂上电话。现在董丹终于明了"顽强""难缠"是什么意思。她把刚刚打电话时卷到胳膊上的袖子放了下来，朝董丹微笑。

"你想学开车吗？"她问，把钥匙丢给董丹，"我可以教你。"她望着董丹，彻底恢复了她的女人味，"为什么不是现在？当然是现在。等到了明天，我也许又会变成一个泼妇，才没时间为我未来潜在的男朋友当驾驶教练。"

看见董丹的目光迅速弹开，她大笑起来。

在上车前，董丹问起为什么这篇文章不能等。因为风向马上就要变了。她怎么会知道？报社的社长跟她说的。所以你跟那个社长有交情？没有，不是这样，是他对董丹那篇文章的反应流露出新的政策风向。那个社长最近才参加了党校的学习，那是思考中枢，他一定感觉到政治气候要变。近来媒体太自由了，想要对某些长舌记者约束一下。这些记者把党内干部腐败的闲事管个没完，人心惶惶，正像白家村的农村干部的这档子事。

"如果这篇文章这个月不上，它永远难上。"高兴说。

她握住董丹的手，把它放到了紧急刹车杆上，车子突然朝后移动。

"以前开过车吗？"

"以前在家里头开过拖拉机。"

她笑起来，把董丹的手紧紧握了几下。她的手很骨感。当她前倾时，董丹闻到一股奇特的味道，那是熏鸭或熏猪肉的气味。整个晚上她忙着打电话找地方登文章的时候，一直烟不离手。董丹对她突然感到一种怜惜。高兴的善良温柔似乎令她自己窘迫，所以董丹怀疑，她的内心比表面要温柔得多。

"好吧，现在就来开拖拉机。车开快，猛按喇叭，谁挡你道你就骂。"高兴说，"开始……很好……换挡……嘿，不赖嘛。再快一点。你看，我可没有系安全带哦。如果出了车祸，我跟你死在一块。你怕什么？开快一点。按喇叭，再按。"她摇下窗子，"各位，看看这个共产党同志：拖拉机手与他的爱人同志。"

高兴没耍性子的时候，看起来不差。董丹记得那天在陈洋医院门口的草坪上看到她那副无助的模样时，曾感觉自己喜欢她。

"嘿，你会开了。我俩可以是最佳搭档。你采访，我写稿。你开拖拉机，我打恐吓电话。你那张金毛犬的脸让谁都信任你。他们信任你，不就对我有利了吗？"

到了一个十字路口，一辆车不按规则停下，突然冲了出去。

"有病呀你！"高兴大喊，用手紧压住董丹膝头，要他快踩刹车。一副金属边的太阳眼镜原本给她推到了头顶，这时打到董丹的脸颊，掉落下来。

董丹下意识地伸手想保护自己的眼睛，车子一打滑就冲向了人行道，一个急刹车，前轮已经开上了道边石。一根路旁的树枝插进车窗。高兴扑在董丹的肩膀上，笑得前仰后合。

"能看看你的驾照吗？"一个声音说。

一个骑坐在摩托车上的交警冒出来，警帽拉得很低，完全看不见脸。

"警察大哥，你该去追那孙子，他害我们差点送了命。"

"我一路跟在你们后面，你们是在开车还是在耍大龙啊？"那警察说，"驾照。"

董丹不知道该怎么说或怎么做，只听见高兴在一旁小声地说："收起你那一副傻笑。"她打开车门，婀娜地踏出车外，仪态撩人地走向那位警察。

"我们没有喝酒，警察先生。"

"我说过你们喝酒了吗？"

"我们只是太累了，工作了一整天。"

"驾照。"

"这年头，当记者不容易。这你知道。"

交警弯身朝向董丹，完全不理会站成水蛇一样性感的高兴。

"你是自己把驾照交出来呢，还是想跟我走一趟？"他问。在警盔的阴影下，那张脸露出了下半部分，那是一张很年轻的脸。

"他的驾照忘了带。我的在这里。"高兴把自己的驾照交出去时，手指头和对方的手做了接触。

年轻警察感觉到两个人手之间的钞票，他人一缩，像吞了只苍蝇，嘴角一紧。

"我们很抱歉。"高兴说，戏剧化地垂下她的头。

"开车要小心。别让我再逮到你们！"年轻警察狠狠地说，内心的自我厌恶感转换成了一种仇恨，恨这两个让他产生自我厌恶感的人。

"谢谢你，警察先生。"

年轻警察都懒得转头再看他们一眼，不耐烦地挥了挥手。

"你给了他多少钱？"董丹问。他坐回副驾的座位。

"我身上所有的。我想，大概五百块钱吧。"她说。她把一张CD装进了车上的音响中，她的身体随着音乐开始扭动。"乖乖，瞧你吓得！"

"我没有……"

"还没呢！像你刚才那样傻笑，就证明害怕得要死。那种笑法就像一只羊见到了朝它砍下的刀。你看过屠宰场里的羊傻笑吗？我的曾叔父是个屠夫。我刚刚也被吓到了。因为我有一些东西是不可以让警察看见的。万一被看见，我可就麻烦大了。"

他想问究竟是什么东西，但是他什么话也没说。他被高兴一身的烟味搞得不知所措。老十的身上也有一股特殊的体味，却是像甜甜的牛奶就要开始发酵变酸的味道。光是闻到那气味就让他要发狂。他纳闷为什么小梅在他们初次见面时，没有那样的气味，她闻上去像是野花小草混合了家酿的米酒，很醉人，可味道现在已经变得越来越淡，比记忆中的还淡。

"随便列两样：我有两家大学的文凭证书。没一张是真的。另外，还有五张不同的名片。"她说。她将原来的CD取出来，放上了一张新的。她总是不停地换音乐。"嘿，对了，你需不需要一张文凭？有了它，很方便。特别是想要找工作的时候，如果对方完全不看才华与能力，只懂得看那一张愚蠢的文凭。我有个朋友专门做假文凭，身份证件他也做。哪天你把那个足底按摩师的肚子搞大了，想要做人工流产，他可以帮你们弄张假的结婚证书。"

"真的？"

"哦，你还真想把她的肚子搞大呀？"

董丹一时没有作答，心里斟酌着，究竟她值不值得信任。最后，他决定跟她说实话，把老十姐姐的故事告诉她。

"她要我帮她写一篇报道，关于上个月被处死刑的姐姐。"董丹说。

"应该是本小说。听起来像是哈代写的《德伯家的苔丝》……"

董丹不知道她在说些什么。董丹没办法真正喜欢高兴，一部分的原因就是，他总得听她说些他不懂的话，并且不懂也得装懂。他怀疑她就是喜欢讲些别人听不懂的话。或许，她的乐子就在于说些连她自己都不懂的话。

"需要假结婚证书去做手术就说一声。我朋友可以给你打折。"她说，拍了拍他的大腿。

董丹立刻挪开了他的腿。

"害什么臊。这年头谁爱跟自己老婆上床？除了那些缺胳膊缺腿的，要不就是身无分文的穷光蛋。"

董丹看见了一个地铁站，于是让高兴停车。

"那个酒店，"她用手指了指，"叫作五洲饭店，有一个很不错的酒吧。你知道吗？那儿的小姐都特漂亮。她们还会告诉你她们是大学生。"高兴说。"你难道都没收过她们发的短信吗？她们会告诉你，她们是最好的谈心对象，也是一流的旅行伴侣。如果你打算出远门去美国或加拿大，或者香港，反正任何地方，只要你老婆没跟着。"

她又开过了下一个地铁站。她要是想帮你的忙，你除了对她感恩戴德，别无选择。她对于自己安排你的生活、代你做决定的能力深感自得。董丹决定，万一她载他一路到家，要让她把车停在他们工厂附近的一个小区门口，假装他住在那儿。他会跟高兴说，很抱歉，时间不早了，否则的话，他会邀请她上去喝杯茶。

按照他给的指示，高兴把车开上了出四环的公路。四环以外，车辆少了许多，而且多半是不准进市区、跑起来像破铜烂铁作响一样的老旧卡车或小货车，车身灰头土脸，发着脾气地鸣笛，开着刺眼的大灯，排气也黑乎乎、油腻腻的。一些还没有被都市扩建给侵占的菜园或果园，在黑色的夜幕下静静出现在公路两边。

车子突然就刹住了。

"董丹，对不起，我没法送你回家。"高兴说。看见董丹一脸迷糊的样子，她又说："我忽然想起还有事。"她转身从后座抓起董丹的上衣以及背包，把它们放在董丹的膝头。

董丹四下张望，想看看这附近有没有可能叫得到出租车。一辆也没有。地铁也不经过这儿，从大道那一头就叉开了，一直到大道尽头才又会合。

"我早说要乘地铁。"董丹说。他为了即将白花的出租车钱而对她怀恨。

"关门小心点。"她说，"再给你打电话，别忘了明天采访陈洋。"

董丹的手机响了。他觑着眼看了看床头柜上的时钟，才早上五点钟。小梅转过身去，用棉被蒙起了头。天色还暗着，董丹认不出来电显示是谁的号码。

"喂？"他说。

"董丹！"一个并不熟悉的声音，"我是李红。"

妈的，李红是谁？"哦，你好！"

"把你吵醒了吗？要不就是你还没睡？我知道记者们都喜欢晚上赶稿。他也喜欢熬夜画画。"

这会儿董丹全醒了。李红，是她。李红在跟他叙述她母亲的病情时，他的手在床头柜上一阵摸索。

"你找眼镜干吗？"小梅说，咯咯地笑了起来。

他才发觉他是在找眼镜。眼镜就好像是一副面具。李红的声音让他不由自主地想把面具戴上。那些只认得记者董丹的人，都会让他想立刻穿戴上服装和道具。

"你能不能陪他一两个礼拜？我没办法丢下我妈。"李红说。

董丹又看见她开始婀娜多姿地扭动身体了。他说可以，如果陈大师需要他，他陪多久都成。

"别的人我都不放心。可是我第一次看见你，我就知道，万一陈洋发生了什么事，我可以拜托你。"

被这样抬举，董丹感觉血液全冲上了他的脸。她信任他，用她全部的心——在透着淡蓝色血管的白皙肌肤下的那颗心。她跟董丹说，千万别让厨子和司机偷了他的画。那两个人，她一个都不信任。可是她信任董丹。"信任"这两个字，发自她那两片朱唇，在她的贝齿间轻轻振动，顷刻间变成了另外的意思。如果她不能够给他情爱，就凑合给点儿信任吧。想到李红，董丹无法克制自己多情的遐想，她是一个来自完全不同世界的女人。她继续往下说，司机和厨子如果不好好看着，一定会手脚不干净。而陈洋平常总是心不在焉，如果有什么人来拜访他，也别让他把他的画像糖果一样随便送出去。

小梅坐起了身，定定地看着他。

他挂上了电话，小梅一语不发。她知道她的丈夫近来变得越来越重要。董丹匆忙穿上衣服，看见小梅对他崇拜地微笑，捏了捏她的鼻子。下一秒两人就翻滚成一团，搔对方的痒，笑得岔了气。这世上只有跟小梅，他才可以这么犯傻。跟老十在一起，他是一个记者、一个救星，一个可以平反冤情、伸张正义的人，不能嬉嬉闹闹。高兴待他是同行，即使是低她一等的同行。他常常冲动地想要逃离他扮演的这些角色，回去做那个嘻嘻哈哈、吊儿郎当的自己。

吃过早餐，他拨了陈洋的手机，却没有人接。打第五次的时候，接电话的人是司机，告诉他大师昨晚工作了一夜，现在正在睡觉。大师现在还在作画？他一天可以画上十四个钟头，只睡两个钟头而已。他不跟任何人说话，在野地里一走就是好几里。所以他一切都好？他好得很，比李红小姐在这儿的时候还要好。

司机谢谢董丹要来帮忙的提议，可是他不认为老艺术家现在需要任何人的陪伴。他现在完全沉浸在创作的情绪里。每回他碰到麻烦，就在作画中避难。司机对董丹谢了又谢，却拒绝董丹来探望老艺术家。董丹说他时间很自由，任何时候只要老艺术家需要他或是需要他的红辣椒，随时都可以打电话给他。他可以和红辣椒一起出现。

中午高兴来电话。

"你跟他在一块儿吗？"

"跟谁？"

"陈洋啊！"她的语气带了指责。

"……是啊。"少用那种上司的口气跟我说话。

"能不能跟他说你有事，然后走开，找个没人的地方跟我说话。"

"嗯……"又来了，对我指手画脚。

这时候他不想跟高兴说话，她会侵犯到他与小梅仅有的这一点空间。

"走到外面去，就跟老家伙说，房里信号不好。"

"我……没法走开。"

"好吧，我知道了。不过你听好，别出声，脸上也别露出任何表情。"

董丹又含糊地"嗯"了一声。

"现在外面的传言说，调查的结果对陈洋很不利。税务官员已经查到了一些画廊做假账和他获利对分的事实。很有可能他们将会举行一个公听会。"

"什么时候？"

"不要出声。老头儿正在看你吗？……没有？那就好。他正在干吗？"她问，完全忘了刚刚她还叫他别做任何回应。

"没干吗……"他在小梅的屁股上拧了一把，谢谢她为他端来的茶。小梅做了一个假装生气的鬼脸，让他轻笑了起来，"他就是一直在画画呀。"

"别说话呀。"她说。

"我现在到外头来了。"

"那好。他的别墅什么样？"

"挺大的，特大……树挺多的……柳树，还有池塘，鸭子什么的。"那是董丹梦想居住的地方。"还有很多荷花，"他补充道。说完他才想到，荷花的季节早就过了，"全谢了，焦黄的。"

"什么焦黄的？"

"荷花。"

"听着，你得让他告诉你，他究竟为什么跟前三个老婆都离婚了。这对我的文章来说是很重要的。这样才能真正投射出他的本性。他第三个前妻为什么这么恨他，也许就有了解释。那几个女人都贪心，包括现在跟他在一起的那个年轻女人。如果你向他暗示，他的这些女人都在贪图什么，也许就会引他开口。这样一来，大家也会明白漏税的事情也许根本只是夫妻间的报复。我听说，打击犯罪这一波过后，接下来就是打击逃税漏税了。你得跟老家伙说，保持冷静，一定要挺过去，只要撑过了这一波风潮。一定要跟他说，这年头没什么是非，一切看你怎么办事、谁来办事。你就这么告诉他。"

董丹说好的。他看着小梅踮起脚尖，想从窗户的一根钉子上取下一个大纸袋，他冲过去帮她拿了下来。

"他得使点钱，施点小恩小惠，买一些便宜的轿车或者摩托车什么的，当礼物送。"高兴说。董丹一面哼哼哈哈地回答着，一面看小梅从纸袋里取出了五顶完工的假发。他想起来她曾经跟他说，假发上用的胶水闻起来甜甜的，她怕老鼠啃。难怪她要把它们挂在这么高的地方。"因为那些人素质太低，不懂他的画的价值，送画给那些人，就是让他们玷污他的艺术。你可得看好他，绝对不能让他用现金去贿赂，那样只会让他罪加一等。"

董丹说，好啦，他一定会看好他。现在她连陈洋的人生都想要控制。

"现在你进屋去，把老家伙最不为人知的秘密都给我挖出来。"她说。

董丹听到忙音才知道高兴已经挂了电话。高兴刚刚要他做的事，让他感觉非常不堪。最不为人知的秘密？难道他真得靠这样出卖秘密为生？难道他们所有人都得靠出卖别人的秘密为生？话又说回来，这不正是记者的工作？他们揭露没被揭露的，无所不用其极，不管是高尚还是低下，他们能够让某人一夜之间臭名远扬。这真是一个不堪的工作。至少，这工作有很多不堪的地方。

董丹把手机关了，他早就计划好了今天要带小梅去看一座新楼盘的建筑工地，在离他们工厂更远的郊区地带。进了售楼处，至少有十位销售人员等在那儿，一见董丹和小梅，立刻扑上来。其中一名售房小姐请他们观赏一座沙盘上的建筑模型，告诉他们，价格刚刚降下来，他们真是幸运。她是王小姐，她自我介绍，手里握着根可伸缩折叠的长棍，她在模型上指指点点，说这块地方一年以后将有一座森林公园，那块地方两年之后会有一座小人工湖。董丹心想，原来他们跟大多数的售楼处都一样，卖的都是些眼下还没影的东西，可是他不忍心这样拆穿，因为对方正像一个一本正经的演员，念着好不容易背熟的台词。

"每平方米只要一千九。"王小姐说。

这是唯一吸引人的地方了。董丹喜欢逛这些预售楼，只逛不买。走在大街上，到处都可以拿到像这一类的郊区公寓的促销传单，他把它们带回家之

146

后做了一番研究，只要那地方不算太远，他一定会亲自去逛逛。反正小梅最喜欢这些巨大的建筑工地。他们跟着王小姐上了"电梯"，不过就是一片木板，四周毫无安全围栏。他们和一堆工具一块乘着"电梯"扶摇直上，王小姐给他们一人一顶工地安全帽，直朝他们说抱歉，真的电梯还没有装好，所以他们得跟工具一起搭乘这种施工电梯。

一走进四堵水泥墙围起来的"室内"，王小姐就变得更加雄辩。她指着地板上的一个大洞告诉他们，将来这儿就是主卧室里按摩浴缸的位置，墙上凹进去的那一块则是一个大得可以走进去的橱柜。地板都是实心木，厨房用的全是意大利进口瓷砖。

"您有什么问题，我都乐于回答。"她说，脸上是充满期待的微笑。

董丹看看小梅，她又是那一贯事不关己的快乐表情。

"她现在正在看的地方，"王小姐边说边指向小梅望向的方向，"是一座网球场，再过去一些是一座室内高尔夫球场。两位请跟我来。"

她走路的时候得十分小心，免得高跟鞋的细跟会卡进地板上的水泥缝隙。

"请看这边，就在您的窗户底下有一条小溪，是从大门口的喷泉一路流过来的。它会流过每一栋建筑，过滤之后再流回喷泉。小溪的两岸种的是玫瑰和百合花。往北边将会有一座超级卖场，卖一些当地蔬菜，比起城里头的要更新鲜，而且便宜得多。"

他们随着她走过屋子的每一面墙，用想象力看见小区未来提供的设施。

"我知道北边有一座养鸡场，空气污染很严重，常常朝着这里刮臭风，是吧？"董丹问她，并没有意识到他现在用的是"记者"的口吻。

"这就是为什么我们的价钱这么低廉。不过我们正在交涉这件事，要求他们搬迁。如果交涉成功，我们会买下整座养鸡场，把它拆了之后，在那儿盖更多的公寓。到时候您买的这户就要升值一倍了。"

"如果交涉不成呢？"董丹问。

"二〇〇八年奥运会之前，一定会解决污染问题，我可以向您保证。污染问题是政府现在首要的工作重点，到那时候，养鸡场一定会不见的，臭味也一定会有大幅改善。"

她指近指远，手的动作看来也是经过练习的。对于董丹提出的每一个问题，她的答案一点都不含糊，她跟他保证，在五年之内，这里会有小区医院，还会有专放外国电影的有线电视频道。董丹心想，她对自己说出的每一个字都深信不疑，可不见得真正知道自己在说些什么。

"很好，我喜欢。"董丹说。只有一样他喜欢，那就是价钱。

王小姐喜形于色，请他们跟她回办公室，他们可以拿到银行贷款以及政府抵押规定的材料。

他们又搭上那座四边空无一物的电梯，挤在一堆空饭盒以及空水桶之间，从顶楼慢慢降下。董丹一直看着小梅。工地上夜间的作业灯突然打开，小梅张着充满梦幻的眼睛，在银河般的灯火中自顾自地微笑。她或许是唯一面对不能兑现的承诺也不会抗议的人。她从来不想知道她的人生中缺少什么，不管是鱼翅、海螺、蟹爪、外国片有线电视台，还是一个有着自来水和抽水马桶的基本生存空间。她也并不知道她在两周前失去了丈夫，至少是失去了部分的他——失去的部分是跟另一个女人在一起的。董丹伸出胳膊，把她轻轻拉到身边，在空中四面无墙的特技电梯中，仿佛围起了一个护栏。等他们回到了售楼处，一群人围在门口，大声喊着抗议口号。他们是一群向开发商示威的买主。口号内容说他们被开发商欺骗了，楼盘并没有获得合法地租，因为他们跟养鸡场签的合约是不合法的。养鸡场现在正在告他们，如果养鸡场赢了官司，那他们已经付的头期款全要泡汤了。

王小姐用力从人群中杀出一条路，让董丹和小梅跟上她。

"别听他们的。"她说，"他们在这儿闹事，就是想把价钱再杀低。"

示威的人抓住董丹和小梅，不让他们进去。

他们告诉董丹，这开发商雇用的所有人都是骗子。他跟养鸡场之前的主人只有一页纸的协议书，对方最近因心脏病死了，新的养鸡场主人对那协议书不买账。

"对方现在不承认这份协议，说原来的主人收了贿赂，才跟开发商有这个私下的买卖。"

"开发商说他们会把整个养鸡场买下来，事实上养鸡场现在还在扩建，而且进口了许多新的设备。"

"就算养鸡场的新主人收贿赂，将来也能搞定租约，可是这样的话就有上百万只鸡到处跑来跑去，这里的每一平方米的空气都要臭死了，你想想看吧！"

"一旦他们收了你的头期款，无论如何也不会退给你，即使他们承诺也没用。"

"别跟我们一样被耍了。"

"别又中了他们的圈套！"

王小姐企图把董丹拉走，却没有成功。

"我们可要叫警察了。"她威胁道。

"他们还要叫警察呢！最好把记者也叫来，趁着你们都还在这儿。"有人喊道。

董丹拉着小梅终于穿过人群进了办公室。其他的销售人员都下班了，他们在沙盘模型旁边坐下，又好好端详了一阵这些小模型所代表的美丽愿景。

"请用茶。"王小姐说，拿来两个装了茶的纸杯放在沙盘的边缘，"我知道听起来很混乱，不过政府的政策也一直摇摆不定。对于土地租约从来没有一个明确的法条，百分之九十的郊区住宅承建商都遇到了这样的问题。"

董丹目不转睛地盯着模型。

"我再给你们打两折。"她说。

"什么两折？"董丹问，皱起眉头，在宽边眼镜后的眼睛眯了起来，他不知道自己在王小姐眼中，看起来挺有威严。

"折扣。"

"你说我们什么时候可以搬进来呢？"

"如果你们自己装修的话，可以随时搬。"

"我以为这个价钱还包括装修。"

"是包括，不过那得等到明年夏天。"

她的手指在计算器上敏捷地敲打，然后告诉他们这是比蜜还甜的好买卖，一下子又省了几万块钱。

"你们每个月的按揭不过一千三百块钱。"她说，"如果您有稳定的工作，所有的银行都会来争取您。您是做什么工作的？"她的眼光在董丹和小梅之间穿梭。

突然一块砖头打破了窗玻璃，落进办公室的地板上。王小姐把沙盘拖到了角落里。外头的天色渐暗，群众叫嚷的声音更响了。

"不用担心。再过十分钟，他们就会走的。"王小姐说，"到时候他们就肚子饿了。有的时候，连续剧不好看的话，他们饭后还会再来闹一会儿。您是在大学教书吗？"

"我的工作不固定。"

"不固定？"她说，眼睛直直地看着他，"您能不能找个开公司的朋友，什么公司都行，无论多小的一家公司，只要他能帮您开一个在职证明，列出您的月薪，比方说他能证明您在那儿挣五千块钱一个月，其他的事情我会帮您处理。"

"一个证明就行了？"

"还要公司的执照。您有这样的朋友吗？"

董丹想到了那个专门伪造文件与证书的家伙。他可以给高兴打个电话，请她帮他拉个线。

"我有，两天之内我就可以拿到。"董丹说。

当他们要走的时候，地上已经有五块砖头了。抗议叫嚣活动已经结束，正如同售楼小姐所言。董丹掏出一张名片放在桌上，一口把杯里的茶喝干净。

"哦，原来您是一位自由撰稿的记者啊！"王小姐喜悦地嚷着，"您都为报纸、杂志写文章？"

董丹点了点头。小梅看看他，一脸骄傲。

"我也认识一个自由撰稿的记者！他忒有钱。一有人请他写东西，都得付他不少钱，有时候还会送他飞机票，请他住酒店。他姓邓，你们认识吗？"

这位小姐大概以为同行的人不是同学就是同一个办公室的。董丹笑了笑，说也许在一两个场合碰到过他。他发现他说不了两句话就得撒谎。

"既然是这样，您也不必找什么人来证明您的工资了。银行贷款我会帮您搞定。"

她跟他要身份证件，跑进了办公室的另一头影印了好几份。她回到了自己的桌子，找出了表格，请董丹填好明天带过来。她向他保证，一个月之内就会把房间的钥匙交给他。

"不是只要两周吗？"董丹问。

"两周的话，恐怕得给银行的家伙一点礼物——也许是一台电视，还是什么金首饰之类的，包括一条有鸡心坠子的项链和一副耳环。我觉得没有这个必要。"

董丹也认为没有必要。

在回家的路上，董丹心想他可以把陈洋的画卖了来交头期款。一到家，他的手机就响了。是那个王小姐。她说他们老板想要请董丹明天中午吃便饭。董丹接受了邀请，并让她谢谢他们的老板。她说他们明天就在餐厅的大厅碰头。

董丹早到了二十分钟。这是个好天，万里无云，不冷不热。每年只有三四天，北京会有这么好的天气。那家餐厅一点都不像是吃便饭的地方，大门两边各站了一排穿着十八世纪欧洲宫廷服的少女恭迎。她们的深紫色丝裙如气球般蓬起，复杂的花边长长地拖在地上，身上斜挎着金色和红色的佩戴，缀着"宾至如归"的金色字样。大太阳下，她们看起来与这个地方完全不搭调。近日里，无论你走到哪儿，只要是高档的饭店、餐厅和百货公司，都可以看见这类女孩子。她们站在大门口、柜台旁、电梯门口、扶梯前、洗手间里、洗手间外、用餐座椅后边、走廊前边，清一色穿成戏台子上的角色模样，既僵硬又羞涩，眼睛还偷偷盯着你瞧，一旦被发现立刻避开目光，带着刚进城的乡下人特有的强烈好奇。大部分时间，董丹被这些女孩子烦死了。她们让他感觉受到的是监视而不是服侍，让他没有一点自己的空间。那自己的空间对于他太重要了，在那儿他可以放下伪装喘口气，或者把自己打点好再继续伪装，抑或赶紧修理一下他那台闪光灯报废的照相机。甚至只需要一点点隐私，让他发一会儿呆。发呆可以让他缓解宴会虫带来的压力。一旦知道这些女孩总在某处观察你，想要找个安静的地方让自己完全放松、发发呆，就太难了。此刻，她们正成群站在阶梯顶端看着他慢慢拾阶而上。董丹感觉她们的目光交织成一张蜘蛛网，把他网了个正着。

他笑着问站在进门处的两个清秀的女孩（事实上，她们的打扮惨不忍睹），问她们是不是姐妹。她们先是互看了一眼，然后一起转向董丹，觉得他简直瞎了眼，自己与旁边的丑女孩怎么会有一点相似之处。董丹转身又走下楼梯。这些女孩是用来增进顾客的食欲吗？要么就是一种高档次的象征？或者是热情款待的表示？没人知道答案，也没有人提出疑问。也许就是为了大批涌进城的女孩而创造的饭碗。如果他今天是自己掏腰包吃饭，消费里包括这些女孩的微笑，董丹非抗议不可。

董丹在大厅外头的小庭园里逛了起来。从雕琢的窗框往里看，在高雅的大厅里一个年轻健壮的男人坐在一张方方正正、一尘不染的白色大沙发上，跷着二郎腿，一份报纸摊在膝头，同时正挖着鼻孔。董丹心想，要么是挖鼻孔有助于他集中注意力读报，要么就是读报可以让他更专心地挖鼻孔。

到了约定的时间，董丹走进了餐厅，报了自己的姓名，然后被领进了包间的桌子旁，被介绍给座上的八位客人。他发现刚刚那个挖鼻孔的人竟是这家房地产开发商的董事长。

"这位是吴董事长，也是总裁。"王小姐说，"这位是记者董先生。"

吴董伸出了手（董丹可是知道那只手刚刚干了什么），一阵亲热的握手后，拉着董丹在他身边坐下。董丹注意到他的左手中指戴了一枚"肥大"的翡翠戒指。

"我就喜欢把房子卖给你这样的人。我才不想让那些没档次的人搬进我的小区。"吴董呵呵笑着说。

其他的人跟着大笑以示忠心。董丹也跟着笑。他发现自己现在随时可以笑出来，不需要任何理由。吴董手上的翡翠戒指绿得像一滴菠菜汁。

"你有没有告诉董先生，他将来的邻居里有电视明星和流行歌手？"他转向王小姐，还不等对方回答，又转回面向董丹，"就在几天前，一个明星来找我，要买一套公寓。我没理他。他对我的态度不好，而且他跟另外一个女演员刚传出了绯闻。我可不希望我的业主里有这种乱搞男女关系的。"

董丹说，吴董真是一位有社会道德感的人。其实在他脑中浮现的是老十曾经告诉他的话：她姐姐的男朋友有一枚名贵的翡翠戒指。那家伙也是搞房地产生意的吗？

"我对你有一个要求，我希望你写一篇报道，说你多么喜欢我们的楼盘，头一眼看见就想搬进来。你得告诉大伙儿，你是怎么千挑万选才选中我们的。写一大篇，把它登在大报上。"

他盯着董丹，董丹的任何反应都逃不出他的审视。如果一个人知道自己被锁定在枪支瞄准仪的十字交叉点上，就会知道现在的这种感觉。董丹现在想不惜一切代价逃离他枪口般的眼睛。

"房价倒是挺合理的……"董丹说。

"我在乎你这样上流人士的意见。那些来扔砖头的不过是一群下三烂。"吴董说。他是那种经常会打断别人说话的人，只顾顺着自己的思路走，自己讲个不停，完全不是在交谈。"王小姐跟我说，你很想尽早地搬进去，连装修都等不了。把这个也写进去。让大众相信你的话，而不是那群来闹事的人。"

董丹一边点头，一边想起老十那个曾在学校里成绩名列前茅的姐姐。她让一个像吴董这样戴着翡翠戒指的男人的手给摘走了，如同摘掉一颗鲜艳欲滴的果子。

"……听起来怎么样？"

董丹这才回过神来，发现吴董刚刚问了他什么，他却一个字也没听见。在座所有的人都面露惊讶。吴董想必是说了什么令人兴奋的建议。

"如果你没有完成约定，我就会把公寓收回。"吴董说。

原来是这么回事。董事长让董丹住进他们的公寓，条件是他得完成一个大篇幅的报道，登在报纸上。董丹马上想到，这样一来他就不必继续宴会虫那样的危险生涯了。他可以让小梅得到她这辈子一直缺少的东西——一个真正的房子，带真正的厨房、浴室，还有壁柜。她再也不必站在凳子上，握着水管帮他冲澡，再也不用蹲在下水道的出口解手。这个吴董原来是一个十分慷慨的人。

"吴董，您太慷慨了。"董丹说，"什么时候方便采访您呢？"他不想露出急迫的样子。他取出自己的小笔记本，假装检查着行程表。"明天下午，我倒是有空……"

"我城里还有好几个楼盘，全都是十几亿的投资。有时候我老婆唠叨我，说我是娶了住宅工地而不是她。"他完全没理会董丹的问题。

冷盘撤下时，吴董叫来女服务员，要换掉原先点好的菜。这些菜都太普通了，有的也太油腻。这家餐厅有没有什么独特的招牌菜，可以让人吃起来过瘾，又不会马上撑饱肚子？

女服务员笑着说她会请大厨想办法。

"在全中国，我已经找不出哪家餐厅还能做出让我惊喜的菜了，全都缺乏想象力。"吴董说。

这顿席总共上了十六道菜。吴董在手机上说话的时间比吃东西的时间多。当他看见电话显示是他认识的号码，立刻冲到一边，背过脸，一只手遮住嘴，脊梁上都是调情的热切表示。上了最后一道菜，女服务员故作神秘地微笑，众人忙猜这道菜是什么。吴董仍然背转着身，继续在手机上说话。客人们等着他说完好来试吃这道菜。充满好奇的静默当中，吴董的悄悄话清晰可闻。

"乖乖等着我，啊？……"他说，手捂着手机和嘴巴，在窗子透进的阳光中，他的翡翠戒指剔透晶莹。那是一只粗贱的手，屠夫或是皮条客才会有的一只手。

他一回到饭桌便盯着这一道新菜。

"这是什么？"

"给您的惊喜呀。"女服务员道。她知道绝大部分时间，她可爱的笑脸可以让她不受刁难，特别是用来对付像吴董这样的男人。

"你就告诉我吧。"

"鸽子舌头。"

"这算什么稀奇美味？"他的脸色一沉，"它们一点也不稀奇。可是贵得要命！你们这里是什么黑店？来你们这儿的客人难道都是钱多得发霉了吗？"

女服务员不由得朝门口退了几步。她望着每一位客人，企图找到目击者为她做证。董丹将眼睛转向别处。

"可是先生，您不是叫我事先不告诉您……"小姑娘的眼里充满急迫的哀求。

"我不喜欢服务员跟我回嘴。"吴董说。

"对不起，先生……"

"这还差不多。"

"谢谢……"

"你得学会什么时候该说话，什么时候不该说话。"

"谢谢您的指正，先生。"

这个站在门边，全身紧绷、眼里噙着泪水还试图挤出一个颤抖微笑的女孩，也可能是老十。董丹收回眼神，盯着盘子里的几百只小舌头，不知是清炒还是酱爆，配上鲜红的辣椒丝，还有白色野菊花的碎花瓣撒在这些小小的器官上。这一些三角形的小肉屑在水晶碟子上组成了一朵巨大的菊花。很费事的一道菜。

"我倒是从来没尝过鸽子舌头。"董丹说完，便感觉到小个子女服务员眼泪汪汪地转向他。

"是呀，对记者来说是很稀有的菜肴。"客人当中有人说道。

"鸽子舌头！这下我能跟我老婆炫耀，说我今天吃到了鸽子舌头，全是托董事长您的福。"

女服务员知道她得救了。她充满了感激地朝董丹深深望了一眼，让人心疼，然后安静地退下。

董丹发现董事长吃起鸽舌头来一点也不比别人少，尽管还是一脸不高兴。

饭后，董事长的心情又恢复了。他说他希望一个礼拜后能读到董丹的文章，然后董丹就可以拿到公寓的钥匙。

这地方看起来一点不像是吴董最新的楼盘工地，倒更像是一片废墟。董丹握着小梅的手走在四散的木材、破碎的水泥袋，以及干了的石灰块当中。离竣工还早得很，可是有些墙壁已经出现裂痕。到处都是一次性餐盒。一楼有许多房间墙壁已经被熏黑，还挂了晒衣绳。它们已经成为流浪汉或是建筑工人的收容所。

这是吴董在郊区的三处楼盘工地之一。吴董的庞大计划给董丹留下深刻印象。这个楼盘如同其他的两个，总共有十栋高楼，每一栋都有二十八层。

董丹不明白吴董为什么让这些大楼都半途停工。售楼处在一栋临时搭建的房里，门已经上了锁，百叶窗也放了下来。董丹用力推开门走了进去。沙盘上的建筑模型已经垮了，模型楼撒了一地，混在砖头中。饮水机里只剩下一些脏水，一堆用过的纸杯上沾着一圈圈暗褐色的茶渍，还有两台老旧的电脑屏幕留在这儿。董丹和小梅从屋子的这头走到那头，每走一步都扬起小沙尘暴。从破碎的窗户透进来一缕光线照着疯狂飞舞的灰尘。这地方简直像鬼屋。他们刚走出屋子，小梅便叫起来。

"董丹，快看！"她边说边用手指着高处。

董丹看到楼顶上有二三十个戴着工地安全帽的脑袋从窗户里冒了出来。不一会儿，从其他高楼的窗子里冒出了更多戴了安全帽的脑袋。

"先别走！"有一个男人喊了起来。

那人从其中一座楼里冲出，朝董丹跑过来，他身后一群戴着头盔的男人跟着追上来。

"跟我们说实话，到底什么时候发钱？"

"发什么钱？"董丹问。他和小梅不明白怎么会一下被这么多头盔包围。

"你们上礼拜答应发工钱。你们说礼拜一一定会付，今天已经礼拜五了。我们不想闹事，可我们还有老婆、孩子等着我们寄钱回家。"

完全摸不着头脑的董丹看着头盔下一张张的脸，他们的面孔看起来都十分相似，有着相同的表情。被太阳晒得黝黑的皮肤，让他们看起来不像一般的汉族人。他们看来像是南洋的原住民。这是一群在城里谋生的农民工，撇下老婆、孩子，为的是找一份活儿，就是这种城里人都不愿干的活儿。

"我不是开发商的人。我是来这儿买房的。"

"求求你们，我们已经等了一年了。去年八月，你们就说中秋节前会把拖欠的工钱发给我们，现在你们已经拖欠了两年的工钱。我们就睡在这里的水泥地板上，每天只能喝稀粥，已经这样过了好几个月，就是在等你们付钱。"

"我说的是真话，我什么都不知道。"董丹说。

"我看到你在办公室里面弄电脑，"另外一个男人说，"是不是老板派你来看看我们离开了没有？"

"听我说，我和你们的老板一点关系都没有。"

"你们都这么说！"

董丹用胳膊环绕住小梅的肩膀，企图从人群中冲过去，却被包围得更紧。

"我听说大老板特有钱。他的钱足够盖两座天安门广场、三座白宫。为什么他一直不肯付我们工钱？我们才拿几个钱？这点工钱对他来说不就是九牛一毛吗？"

"你说大老板去年八月就答应要发你们工钱？"董丹问。

"每一个礼拜他都说会付。"

"可是他到现在都还没发？"

"没有。"

"那你们是怎么活的？"

"你都看到了。我们吃得很少，反正现在也不用干活。"

董丹看到一个年轻的男孩子撑着支架拐杖。另外一个老人穿着一件用水泥口袋做成的上衣。现在看清楚了，他们长得各有各的样子。

"如果大老板最后还是不发钱呢？"董丹问。

农民工一阵哗然。

"他是这么说的吗？"

"他跟你这么说？"

"最怕的就是他跟我们来这招。"

"求他发发善心吧！我们家里头还有饿肚子的孩子。"

"我母亲要开刀！"

"我媳妇快生孩子了！"

董丹的上衣被人来回拉扯，小梅动手掰开想要抓董丹领带的手指头。那是他仅有的两条领带之一。

"你们听我说！"董丹喊道，汗水在他的背上渗下来。

他告诉大家再耐心一点，要讲道理。你们老板还是想把房子盖好，不是吗？要把楼盖好，他就得雇你们。

"老板可以重新招工啊！"一个男人说。看来他是这群农民工的头头儿。

"北京有不少老板都这么干。"架着拐杖的男孩说。

"他们一直答应要付，结果一直拖延。"那头头儿说。

他告诉董丹，那些老板都是骗子，等到民工们实在耗不下去，用光了身上最后一分钱，有的还生了病，只好回家。然后老板再招新的民工，用同样的手段，再骗一次。

董丹说他一定负责把这些没良心的欺骗伎俩揭发出来。他一心只想立刻摆脱这一群民工，否则他就必须闭起眼睛、捂住耳朵。被这么多无助的人包围，他觉得恐怖，觉得自己变成了这么多可怜虫朝里头吐苦水的罐子。他们中某人的母亲正等着钱好在肚子上开一刀，董丹需要知道这个吗？那些大着肚子还在田里头干活的农村妇女，她们的丈夫去城里工作却一直没寄钱回来，他见得还不够多吗？今天和小梅出门时，他还是高高兴兴的，现在他的情绪完全被他们毁了。

"你看那栋楼，"小梅大声地说，"它不是直的，它朝西边歪。"她说得更大声了。举起她的手掌水平地摆在她的鼻梁前面，然后慢慢从自己的脸移向那座建筑物。

所有人都转头去看。

"不歪啊。"穿着水泥袋装的老人说。

"如果你一直看着它，看十分钟，你会发现它朝这边歪。"她说，放在鼻梁前面的手跟着斜下去一点点，"我常常这么看，盯着这些又新又高的大楼看上好一会儿，结果我发现它们没有一栋是直的。"

最后他们总算从那群民工的包围圈里突围出来。在回家的路上，小梅跟董丹说，她发现没有一栋建筑物是百分之百笔直的，也没有一个人的鼻梁是笔直的。她刚才仔细端详了包围他们的那些民工的脸，发现他们的鼻子都有点歪。她说她从小就一直在做这种测量，从来没遇到过哪个人长着百分之百垂直的鼻梁，就像是你不会发现哪一棵树、哪一面墙、哪一个桌子腿，或是哪一根电线杆是百分之百笔直的。

"那我的鼻子呢？"董丹开玩笑地问她。

"当然也不直。你走路也走不直。每一个人走路的时候，不是往左就是往右，多少有点歪。"

她的话里有些什么道理，不过董丹一时还不能破译。

一周之后，董丹就将那篇关于吴董事长的经济适用住房的文章写好了。他约高兴在亚运村附近的小公园碰面。高兴穿着一件薄羽绒大衣来了。董丹注意到，羽绒大衣下露出镶着蕾丝的皱巴巴的睡裙。她的作息从来不顾社会一般的规范。董丹在她坐着的公园板凳后面来回踱步，观察高兴就着一盏路灯冷漠的白光读文章时的反应。附近有人正用一台破录音机放着邓丽君的老歌，听起来像是噎着了的柔情蜜语，雷声般响彻整个公园。董丹从树丛之间望出去，看见一对对婆娑起舞的身影，都是一些五六十岁的男女。每晚他们来到公园，随着情歌起舞之时，他们都重拾了青春。搂着的是对方的粗腰、肥肩，望着的是舞伴正在秃的头顶，还有稀疏鬓发下梦幻的双眼。他们穿着高跟鞋以及擦亮的皮鞋，转圈搅动起夜晚的空气。董丹很感动。音乐停止时，舞者仍然停留在对方的臂弯中，一下子又老了，他们露出哀伤的神情。董丹走回高兴身边。

不知道是因为刚刚的那一首情歌，还是她读到的文章，她皱起眉头。

董丹在写这篇文章的时候，极力闭起眼睛，用力想象喷泉与小溪、池塘以及一片翠绿，还有那铺满小花的起伏丘陵。丘陵上有白衣男孩与红衣少女，正在采着野菇。他还特地跑去各大百货公司以及地铁入口，收集了一堆房地产广告，每一篇读来都像是童话故事。然后他将它们拆开，重新将句子以及段落拼凑，用王小姐做展示时说过的话将它们串联在一起，最后把原来的第三人称改成了第一人称。他对自己的剪接工作十分满意。

"这是什么垃圾玩意儿？"高兴将文章丢到一旁，像是丢掉一张脏卫生纸，"流行歌的歌词？还是什么臭大粪？"

文章的一页被风吹在地上跑。董丹赶紧跳过去，他的高个子弯得很低。

"你能帮我润色一下吗？"董丹边把它捡起来边问。

"已经润色得过了头。加的全是糖浆、奶油。好在我还没吃晚饭，否则我一定吐得满地都是。"她说，她的情绪正恶劣。

"'润色得过了头'是什么意思？"

"他们付你多少钱写这玩意儿？"她进一步逼问。

"这样好不好？我会跟你对分。"

"除非是一百万。"

董丹考虑了一下。没有高兴的帮忙，他没办法发表这篇文章。

"如果说是一百万的十分之一呢？"他问。

"你是说十万？"她说，"太少了。"

"那是我稿费的一半。"

高兴看着他，露出诡异的微笑。

"他们还让你免费住公寓，对吧？"她往后靠向板凳，"他们手上有太多房子，给你一套住住，他们又没有损失。"

"你怎么知道？"

"不过，他们不会让你出售的。"她说。

"可是，那是他们给的礼物……"

"你他妈还当真。"

董丹瞪着她。

"所以你想要跟我平分这份'礼物'？"她看着他，笑得更欢，"你知道要润色你的谎言，我得牺牲多少品德与自尊？"

"我们可以把房子租出去，然后平分房租。"董丹说，他知道自己现在看起来走投无路。

"好孩子，你骗不了这群人的。"她关爱地拍了拍他的肩膀。

"你是帮还是不帮？"董丹说。

高兴把手伸进包里掏香烟，可是立刻就抽了手。

"上个礼拜发生了许多事。我戒了烟。我谈了恋爱，又失恋了。"她从板凳上站起来，边说边舒展筋骨。

"这么说好了，你想写这样的文章就应该写得尽量平实。"她终于又开了口，"你从前有这样的风格。我第一次读到你那篇孔雀宴的文章时，很感动。还有就是，你也行行好，写的时候查查字典，别写错别字。这篇烂文章里，至少有一百个错字。我只能帮你帮到这儿。你要从陈洋那儿问出更多的私密细节作为对我的答谢。你在陈洋乡下的房子里待了几天？"

"我待了五天。那地方太漂亮了，特安静。"当时要不是陈大师的司机拦阻了他，他一定会去的，"可是大师没跟我说过一句话。他像个疯子一样，不停地作画。"现在他说谎比说实话要流利得多，而且也不像以前一样会脸红。

"再跑一趟，再待五天看看他会不会开口。去找他的厨子和司机，给他们点钱，看他们会不会提供什么消息。"

她往公园出口处走去的同时又把手伸进了包里，又一次空着手抽出来。她总是忘记她已经戒烟了。

董丹带着文章来到吴董事长的办公室。秘书告诉他，董事长在他自己的酒店，离这儿不远。董丹在一张真皮沙发上坐下，把文章又过了一遍。秘书问他，是否打算在这儿等董事长。是的，他是在等。可是董事长今天不会来办公室。不来吗？不来。他在酒店里跟人开会呢。

那是一家不大的酒店。门口放了一对金色的狮子，局促的大厅里放满了塑料花，室内的气味让董丹想起了白大叔、刘大叔住过的地下旅店。所不同的是，为了掩饰那气味，空气里还有空气清新剂那种刺鼻的人工香味。服务柜台里头搁了一尊观音像，与之整齐并列的是十字架上的耶稣基督。墙上挂的照片都蒙着灰尘，用金色的金属框裱着，多处都已经褪色。照片中是吴董与副市长在他的某个楼盘的合影，头顶的招牌写着："钱少没问题，购屋最经济。"另外几张照片中则是吴董与一些体育明星和知名连续剧演员剪彩时的合影。

一个穿着制服的女孩领着董丹上了楼，沿着楼梯两旁的墙上挖出了一个个小格子，里头放了东西方各式女神的裸体像。到了三楼，董丹看见一扇门上写着"总统套房"。

一阵麻将洗牌的声音从走廊的尽头传来。董丹对那女孩说，吴董打牌的时间很不寻常，一般人都喜欢在夜里搓麻将，他一大清早就已经玩起来了。不，他都是午夜时分开始打，女孩回答。他已经从昨天晚上打到现在？哦，不，他是从前天夜里打到现在。

房门是半掩的，董丹可以闻到里头充满了酒精与油腻食物的味道。除了光洁的骨制麻将牌碰撞摩擦的声音外，屋内没有其他声音。他可以感觉得出方城大战的紧张。女孩告诉董丹，现在他可以进去了，但是在一局牌结束前，千万不要出声。董事长最恨有人打扰了他的牌局。他一打起麻将来，可以不吃、不喝、不说话，也不睡觉，除了补充水分与喝酒。

一个化着浓妆的女人走到门口来迎接董丹。有什么可以效劳的吗？她轻声问道。他和吴董约好了。她迟疑了一秒，接着告诉董丹，要等董事长把这一圈打完。她约莫四十岁，穿着紧身长裤，连里头三角裤的形状都看得见，正好将她的臀部勒成了两截，让她看起来有四块屁股蛋。

走过了玄关则是一间大客厅，摆设了金边丝绒的沙发。一个长茶几上盖着带金色流苏的绒桌布。两个家伙躺在沙发上，正盖着毯子呼呼大睡。巨大的电视机前，一个女孩正趴在那儿看着关了声音的连续剧。董丹看见吴董左手摸起了一张牌，而同时右手则不停地弹出一根根的火柴棒。他将火柴棒放在拇指与中指间，食指则对火柴棒用力推，火柴棒深深嵌进了指头的肉里，紧绷到不能再紧，似乎在测试火柴棒能承受多少压力，或是手指头能承受多少折磨。然后，当火柴棒快要折断的时候，他用中指一弹就把火柴棒射到了地上。偶尔他会不小心折断了火柴棒，让他猛然一惊。董丹暗自祷告他在快折断火柴棒时住手。

这一圈结束了。吴董起身走进了洗手间。出来的时候，他的手还在拉裤裆拉链。他问正满地帮他捡起火柴棒的女人，是谁要找他。董丹从刚才被人安顿坐下的椅子上站起来，面露微笑。吴董盯着他瞧了一会儿，他的双眼充满血丝、双唇干裂、满脸胡茬儿。

他并不是在装傻，而是真的忘记了董丹是谁。董丹只好尴尬地又自我介绍了一遍，重新递上了名片。吴董扬了扬眉毛，朝他伸出了手。

吴董说，他现在没法看他的文章，他让董丹把文章留下，一有空他就看。董丹提醒他，是他要求一个礼拜内写好的。可是董丹明白对方有太多比这篇文章更重要的事要操心。那么吴董什么时候有空，他可以随时过来听吴董对文章的意见。吴董说，过了今天都有空。

吴董叫那个屁股有四块的女人送董丹到大门口，然后连"再见"也没说一声就又回到了麻将桌旁。

整整一个礼拜，董丹都没有吴董的消息。他穿了西装、打上领带跑去那家酒店，希望可以撞见吴董在那儿打麻将。没有，董事长已经好几天没来了，和上次不同的一个女孩这样告诉他。离开了酒店之后，董丹来到了"绿林会所"，正巧今天老十休假。有没有人知道她上哪儿去了？他问一个名叫"老一"的女孩。不知道，老十有很多秘密，老一这么告诉他。

在回家的路上，董丹看见马路边挂满了海报、彩带，足足有一公里长。有一家制药公司正在五洲饭店举行记者会，宣传他们对抗致命流感的新药物。这种所谓 New Age 的药品，用的全是纯天然配方，连用的水都是特别采集的。

几分钟之后，董丹已经在五洲饭店的宴会厅里了。他四下打量，对熟识以及不熟识的面孔都报以微笑。这地方看不出有任何便衣警戒的征兆。似乎扫荡宴会虫的风潮已经结束。人群中，他也没有感觉到任何紧张的气氛。著名大医院的医师穿着西装、打着领带穿梭在轻松自若的记者之间。正当董丹想找位子坐下时，一个额头上长满紫色粉刺的男人朝他走来，他紧贴着董丹站着，不停地清着喉咙，准备要与他长谈的样子。董丹装作若无其事地走向出口，他不想冒任何风险撞上捕捉宴会虫的人。

"您好。"长着紫色粉刺的男人朝他喊道。

董丹头也不回继续往大厅走。

"干吗这么急着走啊？"

董丹继续装作没听见。

"是不是您不喜欢我们的产品？还是对我们没有信心？"对方问道，现在他离董丹只有两步远。

"对不起，"董丹说，"我不知道你是在跟我说话。"

"其实我们可以挑一家更好的酒店。这儿的宴会厅看起来有点寒碜，是不是？"他问，掏出了名片，上面写着他是这一家药品公司的公关部主任，"我姓杨。请问您是哪家医院的？"

"干吗？"一定是今天他为了见吴董而穿西装、打领带的缘故，引起了杨主任的美好误会。

"干吗？"对方笑了起来，"因为像今天的场合，你如果不是新闻记者就一定是医疗单位的专业人士。如果是记者，即使他没有带任何器材，我也一眼能认出来。"

虽然长着紫色粉刺，这一位杨主任倒是个讨人喜欢的家伙。他说服董丹今天酒宴的菜色有许多独特之处，每一道菜都有治疗某种疾病的功效。

董丹随着他又回到了宴会厅，看到客人们都已经开始用开胃菜了。

"这道肉冻用的是牛鞭与海马，还有数种药草调味，它可以增加性能力。"

董丹用筷子夹起了那滑溜溜的玩意儿，尝了一口。吃在嘴里的口感十分细腻，药草的味道非常呛人。

"不错吧？"

董丹点点头，很不错。杨主任告诉他，这道菜需要花七十个小时来烹调。董丹细细咀嚼，仔细品味食物在舌头上的触感。他发现隐藏在第一口的滋味之后，还有一百种说不出的神秘滋味。每一种滋味都是那么特别。那味道真是复杂得难以形容。

"来，尝尝这个。"杨主任说。

这是一道漂着淡黄色半透明花瓣的汤。

"这些是蛤蟆卵巢。对女性有滋阴催情效果。如果你有带女伴来，你今晚就享福了。"他边说边挤了挤眼。

这滚烫黏稠的玩意儿让董丹吃出了一身汗。有点油，尝不出什么味道，他用牙齿慢慢咬，那感觉十分微妙，难以捉摸。人类的卵巢吃起来也像这样吗？董丹感觉一阵反胃。

"药膳料理不见得就要难以下咽，对吧？虽然它是药，可也不必像我们传统观念里的药。"

董丹只管点头与微笑，这样他就不必停下筷子加入谈话。他已经好久没有吃到宴会上的好菜了。缺席了这么久，他总惦记着这样的美食，可一想到它们会因为自己少吃了一份而被倒进泔水桶，董丹简直要发狂。扫荡宴会虫的运动以逮捕了十六只"虫子"而胜利落幕，看来一切都已恢复原样。

"……考虑考虑吧，啊？"杨主任问道。

董丹完全没注意杨主任在他耳朵边嘟囔些什么。他若有所思地慢慢点着头，好掩饰自己吃得乐不可支。为什么这些人总爱用一顿好酒好菜做幌子去谈生意？面对着一桌子美味佳肴——费了好几天人工与创意完成的作品，不专心地吃，却借它谈判交涉、讨价还价、串通勾结、各怀鬼胎。董丹听见杨主任在说什么"公平利润"。他咽下食物，用餐巾抹了抹嘴。看来又有一桩买卖了，拿品尝佳肴作为借口。

"你自己不必开处方。你只要跟你的病人推荐就行了。只要大力推荐，就这么简单。然后你告诉他们哪儿可以买得到。你看，"他拿出一张卡片放在桌上，"这是我们的网址，他们可以在网上订购，我们第二天就送货到家。"

董丹错过了他提议的重要部分。

"我知道你们不能开处方，因为所谓用天然食材制造的药品，如果有添加化学物，那就得经过药检。我只是要你做推荐。用你的专业权威做强力推荐。如果你对这种分账利润不满意，你告诉我，我们还可以再谈。"

董丹这才明白杨主任提出的交易是什么。这家制药公司的总裁这时正站在讲台上，对着所有医生以及新闻媒体做演说，感谢他们的支持。

"媒体是我们最好的朋友。因为你们的协助，你们在各大重要媒体刊出的文章，我们的药才得以为老百姓创造奇迹。"总裁如此说。

董丹问杨主任，那媒体知不知道原本应当是纯中药的药品里头掺了化学物质？长着紫色粉刺的男人笑了笑，朝董丹靠得更近些。

"你以为现在媒体真的在乎？现在连西方的媒体都不在乎了。在美国，他们让各种骗子在电视上卖任何东西，只要他们肯付钱买时段。他们只会打出声明，自己购买物品要自己负责。这样说吧，宴会上的这些客人，不过是大型宣传机器里的螺丝钉和小齿轮。你要他们说什么，他们就会说什么。只要你招待他们一顿好吃的，然后在他们口袋里塞够了车马费。"

董丹故作惊讶状。

他觉得百分之二十合理吗？董丹这才会意过来，他刚刚埋头苦吃的时候，一定已经表示同意了。他看着那位主任跟他讲解这笔生意，他额头上的粉刺散发出不安的能量。每当董丹推荐的病人在他们的网站订购这药，百分之二十的利润会自动汇进董丹的户头。他们会为他开一个账户——当然是秘密的——如果这样的条件双方都同意的话。那公司又怎么会晓得谁谁谁是哪个大夫的病人？这很简单，公司会给每一个医生一个"医师密码"，病人在订药的时候必须输入医师的特别密码，医师就可以从每次订购中得到利润。

"如果你的病人在服用药物后有改善，我们就会让媒体把它报道出来。就用患者来信的方式。"

原来如此。董丹每天都会在报上看到类似的信件，还一直纳闷这些病人文笔不错，把他们的经验描述得有声有色。

董丹望着餐桌上的大转盘，看着最后一道汤分进了每一位客人的碗里。除了董丹，其他人都吃不下了。大家都已经开始了他们的口腔卫生行动。他们用手掌盖住了自己的嘴，一边拿牙签挑出了酒宴的残渣，一边从齿缝间吸入清凉的空气，最后发出满足的轻叹。

有人开始离席，董丹一眼就看见靠出口的那一桌，那小矮个儿站了起来。一如往常，小矮个儿总是先确定逃生路线，才决定自己要坐在哪儿。

"喂！"董丹说。

"哦，嗨。"对方回答，挥舞着他粗短的五指，"好久没看到你了，在忙什么？"

"我到外地去了。"所以你不在那十六个被活捉的宴会虫里。"我到农村做了一些调查访问。"董丹解释道。

"我也出城了，"小矮个儿说，"去调查一件非常有趣的丑闻。人可以有多聪明，让你叹为观止。"

"是吗？"我倒想知道你是不是还在用我一手炮制的假公司名片。

"你要走？"他问。

"嗯。"董丹说。

他们一起步出了宴会厅，朝后门走去。

"有一家公司生产的酱油味道不错。他们的产品甚至销往海外二十多个国家。不过你想象得到他们的产品是用什么做的吗？"

董丹看着他。对方故意抿起嘴唇制造悬疑。突然间，董丹注意到，他的眼镜也和他一样是平光没有度数的。原来也是伪装面具。

"他们的酱油是假冒的，是用人的头发做的酱油。用动物的毛发也是可以的，但那是次等货。他们发现毛发里有一种和黄豆非常相似的化学物质，有酱油的口味。经过了发酵以及萃取之后，那味道会变得更浓烈。他们自我辩护说，人类头发是有机物质，从身体来最后回到身体里去，所以对人类健康无害。"

"是吗？"董丹问。

"我跟他们说，是不是对人类健康有害还不能确定。他们说，在一个有十三亿人口的国家里，永远有潜在的粮食匮乏危机，能够找到新的食物来源，应该被鼓励的。然后我就说，他们应该告诉大众他们的'酱油'是从人类毛发中提炼出来的，应该让消费者有他们自己的选择权。"

他又停了下来。这人说起话来就像他小时候见过的二流说书人，让董丹很讨厌，故意制造悬疑让孩子们跟着他一个村子一个村子地跑。

"这家酱油厂面临了巨额罚款以及公司倒闭。他们在法庭里招认头发是从理发店、发廊、剃头挑子、医院收集的。听起来挺恐怖，是吧？面条里搁的酱油是用医院手术室扔出来的毛发做成的。这年头，什么事都经不住细琢磨。你说是不是？什么事情都可能是假的。挂羊头卖狗肉。"

"你打算把这事写出来吗？"董丹问。

"已经被报道得很多了。"小个子说，"让我感兴趣的，倒不是他们用什么法子蒙骗了大家这么多年……"

有人在董丹肩膀上拍了拍。是杨主任。他把董丹拉到一边，拿出了一个装得鼓鼓的牛皮纸信封。

"所以我们一言为定了，啊？"他说。

"没问题。"这里头是什么？一沓崭新的钞票？总共有多少？

"一点小小的意思，不成敬意。"他把口袋塞进了董丹手里，同时还有一张纸，上面签满了许多名字，"帮我个忙，签一下收据。你的名字签这儿，医院名字写在这儿。"

董丹签了一个只有他自己认得的名字，又匆匆写下了一个医院的名字。之后，杨主任问道："我给过你名片没有？"

"你给了。"董丹说。掂着信封的分量，有一千？两千？

"我再给你一张。"他把名片塞进了董丹的拇指和牛皮纸信封之间，"免得你把刚才那张弄丢了。"

"多谢。"董丹说，心想他待会儿就把这张名片丢进身后的垃圾桶。

"你可别把我的名片丢进垃圾桶，啊？"说这话时，主任脸上露出揶揄的微笑。

"那哪儿能呢？"董丹笑着说。

他大笑几声后便走开了。

"那人是不是做假药的？"当董丹走回来后，小矮个儿问道，"他们这场酒宴可真够挥霍的。"

两人走到了外面，小矮个儿说他真正感兴趣的是，酱油厂怎么会有这方面的原料知识，是什么让他们想到，头发做出的东西会和黄豆蛋白发酵之后的滋味相仿。这跟爱因斯坦的相对论一样天才。

董丹同意地点点头。看这重量，这沓钞票应该有三千块钱，足够用来买一套他和小梅在市场上看到的沙发。他今天晚上就带她去。他要借一辆小货车把沙发运回来，然后请邻居帮他们把家具搬上楼。

"人类的头发竟然有这么好的滋味，这是伟大的发现。"小矮个儿说，"这是真正让我感兴趣的地方。"

"没错，有意思。"然后他们要把自己拼凑起来的沙发丢掉，他们的屁股可受够了那些坏弹簧的刑罚。

"需要我送你一段吗？"小矮个儿说。

"谢谢，我想走走。"接下来他会赶紧走进厕所，关上马桶间的门，细数信封里的钞票。

"我还要赶下一场，我可以把你载到附近的地铁站。"

还有一场。意思是说，另外一场酒宴外加一份两百元的车马费。董丹还是谢谢他，婉言谢绝了。

不一会儿工夫，董丹就坐上一辆跟踪小矮个儿的出租车。他也不明白自己为什么要展开追车行动。或许是，他想知道小矮个儿下一站是哪里，他也好分一杯羹。或者是，他想从这场并非他所愿的二人角逐中，从被动转主动。在一个红灯路口，小矮个儿从车上跳下来冲到了引擎盖前，把它打开。红灯绿了，被他挡住的车辆纷纷按起喇叭。他的车抛锚了。他又冲回了车上，再下来的时候，拿了一本杂志，他把它卷成了一个漏斗形。在董丹乘坐的出租车开过他大约一百米后，董丹丢给司机十块钱，然后下了车。小矮个儿又站在他的车子前面，用杂志卷成的漏斗朝油箱里加油。车流分成两股从他身边开过。其中一位驾驶员对他吼："嘿，哥们儿，我在废铁厂都看不到你这样的破烂！"

无情汹涌的车潮中，小矮个儿站在他抛锚的车旁，看起来像是某出喜剧里的悲剧角色。董丹坐到一家小吃店的靠窗座位，点了一瓶冰啤酒。他看着小矮个儿冲上车又冲下车，拿出不同的工具修理不同的零件，不时举起手用西装袖子擦掉头上的汗。董丹喝完啤酒的时候，一辆拖吊车到了。看着自己的车被拖走，小矮个儿跟在后面跑了一段路，就像是自己心爱的人正被送进

176

手术室接受性命攸关的手术。

半个小时之后，董丹尾随着小矮个儿爬上了地铁站的楼梯，跟他离了约二十步远。出了地铁站是一个观光景点，有许多外国人以及卖假古董的小店面。董丹紧跟在小矮个儿身后，在挤满了人的街上穿梭，最后来到一座带着古代风味的建筑前。这是一座修建得像中国楼台的豪华公厕。在标示男厕与女厕指示牌的中间，有一个男人坐在一张桌子后头，作为厕所看守和手纸销售员。董丹走进厕所对面一家店铺，爬到了二楼，窗口有两张桌子和一张椅子，好让顾客坐下来端详他们的赝品。董丹看见小矮个儿在跟公厕看守员交谈，从他激动的表情中，董丹猜想他正在告诉对方，他的车子抛锚了。店家向董丹展示了一些唐代的陶俑，董丹假装欣赏，借着窗外的光线，一件一件仔细端详。他看到小矮个儿和公厕看守员调换了位置，一个站了起来换另一个坐下。那看守员懒洋洋的样子让董丹感到眼熟，就是几个月前跟小矮个儿搭档的摄影师。董丹手里握着一件陶艺品，眼睛从旁边偷看出去，小矮个儿正在数一个小盒子里的钱——卖卫生纸的收入。那个摄影师进了厕所，再出来的时候，穿上了那件有许多口袋的背心，肩上挂着摄影器材的包包。董丹明白了，这对采访搭档也是公厕生意的合伙人。

两个外国人过来，拿了一张百元钞票。小矮个儿给他们看盒子，用手比画着告诉他们，他没有零钱找。摄影师在他的照相机袋子里东掏西掏，掏出了一些零钱。外国人走了之后，一对中国夫妻匆匆忙忙出现，但是看到了卫生纸价钱以及公厕的收费后，立刻停下脚步。他们掉头就走，嘴里还愤怒地骂着。

这没有道理啊。他们为什么要看守厕所、卖手纸？就算这个公厕非常豪华。可是干记者的收入不是不错吗？唯一的答案，他们也是冒牌货，跟董丹一样。他们跟董丹一样没钱，或许更穷。

"看到什么中意的吗？"店家已经对董丹不耐烦了。

董丹装出十分赞叹的表情注视着一座陶马。

"真的是唐代文物。"那店家说。

鬼才相信。"怪不得，一下就吸引了我。"

"大概有八百多年了。"

真的咧。搞不好你昨天才埋下去，今天早上挖出来的。"是啊，看得出来。"

"我可以给你打折。"

"多少折。"

"原价给您打对折。"

"我再想想吧。你知道，我前两天就被骗了。"董丹指着对街的厕所，"那个小矮个儿卖给我一件假货。中国人不是常说，矮子矮，一肚子拐。"

"您大概搞错了吧？"店家说，从窗口望了出去，"我认识他好多年了，他从来没卖过古董。他以前在这儿有个小摊儿，专卖书法字画什么的，没多久就关张了，因为他付不起摊位的租金，竞争太激烈了。如果你在这街上随便放一枪，打着的一定是个水墨画家或者书法家。这是咱们北京最有文化的一条街。这儿的文化人多得不值钱，所以等公厕一盖好，他就在那儿看厕所去了。"

董丹看见小矮个儿正在与一群中国观光客说话。显然是上厕所的价格让那群人生气，他们开始讨价还价。董丹走出了店门，走进人群中。董丹得承认，这两个宴会虫比自己厉害多了。他们知道两人搭档的好处，一个可以掩护另一个。就像那天，当那个冒牌摄影师感觉董丹正在跟踪小矮个儿的时候，他立刻过来为小矮个儿解围。这也是为什么董丹和小矮个儿会这么频繁地碰面，而每一次小矮个儿都会跟董丹热情招呼，他们这是在对董丹表达一种同行间的敬意。他们对董丹这一套打心底佩服，所以他们抄袭了董丹的名片，模仿了他的形象，为此他们想要跟他道谢。或者是，他们希望得到董丹的建议，也可能他们想要给他什么建议。吃宴会还有改进的空间，也可能是他们想邀请董丹入伙。或许他们的组织还不止这两人，所以他们才能够逃过这一波打击宴会虫的行动。没逃过的人，想必都是孤军奋斗的虫子。万一他们只是想把他带到什么地方去干掉他？他们已经偷走了董丹的一切，或许他们现在打算绑架他，把他带到一个郊区建筑工地——像吴董的楼盘工地——然后把他除掉。毕竟在北京，工作机会难得，谁都不愿意多一个竞争对手。好在董丹从没搭他们的车去太远的地方。

董丹蹲下身子假装在系鞋带。现在他能看见身后那双白色的运动鞋，步履蹒跚。他轻声地告诉小梅让她先走，他待会儿就会跟上来。他们到这个露天市场来，原本是想买一个小茶几来配他们的新沙发，结果发现被人跟踪了。董丹来到了专卖男人内衣的摊位，一个箭步就躲进了用布帘围起来的试衣间。他从布帘的破洞中看出去，一个人正伸长了脖子四下张望。他看起来不像是一般人印象中的便衣警察。他身材笨重，动作迟缓，身上那件橘红色的防雨夹克也像是借来的道具服装。他走路的姿势很不利落，半驼着背，

179

脚上那双仿冒耐克鞋在地上拖着步子。董丹瞧见小梅停下来正在跟卖家具的小贩说话，一边用手摸着家具，检查是否完好。她摇了摇头后，转身离开。那个人便尾随其后。莫非宴会虫扫荡行动跟他有关？整个事件不是以十六个人的被捕告终了吗？这个奇怪的家伙为什么还会鬼鬼祟祟地出现在这里？

董丹从试衣间里走了出来，小梅和那个奇怪的家伙早已在人群中不见了踪影。董丹朝市场的出口处走去。

他一眼就在靠出口的地方看到他们俩。那家伙挡住了小梅的去路。他问了一个什么问题，小梅摇摇头，想绕开他继续前进。可那个人加快了步子，现在跟小梅并肩而行。原来他的身手还挺敏捷，刚才拖着蹒跚迟缓的步伐只是他的伪装。他不放过小梅，继续打听什么。小梅再次绕开想摆脱他，她朝身后市场里一片黑压压的人头焦急地望了一眼，看不到董丹的人影，她松了一口气，便沿着市场墙边的一排小吃摊走着。那家伙又打算盘问她什么，她开始绕着对方走半圆形，好让附近的人看见，她正极力摆脱这个在骚扰她的男人。

他们移到了小吃摊对面的糕饼店门口，这时小梅动怒了。她对着街上的人大喊，这个流氓已经缠了她一个小时。董丹知道，她要存心撒泼，可以泼得吓人。他隔了约五十米观察动静。小梅比手画脚，意思是这家伙刚才碰了她的手臂和肩膀。她的呼天抢地引来了一圈观众，围在了糕饼店的玻璃门前。董丹的视线被挡住了。

推挤开重重看热闹的人群，董丹只见那人已经将小梅逮捕，正准备要离去。男人手中亮出一枚警徽，示意群众让出路来。群众不甘愿地让出一条小路，随后跟在他们后面，看好戏的兴趣越来越高。一伙人就像一个热闹的戏班子浩浩荡荡前进。

董丹大受惊吓，当场傻了。他机械性地跟着人群一起走，努力想从人头和肩膀的空隙中瞄见小梅。这个便衣警察会对她做什么？会把她带去拘留所吗？他们会把她送进监狱，跟小偷和杀人犯关在一起吗？他们将要给她冠上什么罪名？在鱼翅宴上白吃了一顿？不知道她的脑筋够不够快，她可以辩称她是要去参加另外一个宴会，去吃婚礼喜酒，结果她没弄清楚，吃错了酒宴，有什么大不了的？本来走错宴会就常会发生，谁叫他们有这么多宴席。他们一定是从那次鱼翅宴后就一直在跟踪她。可是他们为什么不在打击扫荡运动期间，在逮捕其他十六个宴会虫的同时也把她抓起来？

"我才不怕跟你走咧。"小梅大声地说。她似乎不明白事情有多么严重。她还是用她乡下姑娘抬杠吵嘴的那一套。他们家乡里小伙子和姑娘都喜欢玩斗嘴游戏。"不过放我回来的时候，你得用大奔驰送我。"

"没问题。大奔驰有。"那男人朝周围人看了一眼，意思是别跟她一般见识，因为他们都是脑筋正常的人。

"没错！"小梅说。

"劳斯莱斯好不好？"人群里一个男人问道，同时对着围观的人装出一个逗笑的表情。

"不行，比奔驰便宜的车都不行。"小梅说。

群众全都爆笑起来。

"劳斯莱斯要贵多了！"另外一个男人高声说。

"你领导还得给写封道歉信，说他冤枉了我，给我赔不是。"小梅说。

"行。"那便衣警察应道。

"要是他的领导是文盲呢？"一个女人问。

众人又笑了。这种场合，大家一逗就乐，笑话的点子层出不穷。

他们会对她施刑吗？她会不会不够聪明，不打就招？天知道其他什么虐待？董丹很后悔把她牵连进来。她过去的人生多么单纯，又那么开心。假如她并不知道她的生命存在着什么样的空白，那她就无须去填补，她的满足就是真正的满足。

"你领导要是不写道歉信，就得给我摆一桌压惊酒。土匪冤枉了人也不会白冤枉，也得请客赔罪。"小梅说。

"在北京没这事儿。"有人说。

董丹推挤过人群，想在他们上车前，把他们挡下。便衣的车子停在一个被拆了的小铺后面，挡风玻璃在阴影里不时闪动一下，看起来十分险恶。

"喂，你上哪儿去了？"董丹向前一步，一把抓住小梅的肩膀问道，"我到处找你！"

小梅看他的表情，仿佛他也是刚刚围观群众中的一个。

"手拿开！"她说。他从她的眼睛读出她的意思："你怎么还跟着呢？"

"咱们回家了。"他轻轻把她拉近身边。

"你是谁呀？"她嚷嚷道。她要说的是："没看出来我正在引开他们好掩护你？我就快办到了，结果你让我的努力全泡汤了。"她不再是那一个饶舌、爱抬杠的姑娘。她现在是一头小母虎，不顾自己未知的下场，也要尽全力保护小虎。

"走吧。"董丹没放手。他希望她也能读懂他的意思："我不会让他带走你的。"

便衣警察站在他们俩中间，脸上毫无表情，一会儿转向他一会儿转向她，就像是在看乒乓球赛。

"你是她亲戚？"警察问。

"我是她爱人。"董丹说。

"她不认你啊。"警察说。

"她在跟我闹别扭呢，我们在家里吵了一架。"

群众慢慢安静了下来，一张张聚精会神的脸都成了看乒乓球赛的观众。

"你们吵了一架？"他问小梅。

"不关你的事。"小梅说。

便衣警察想把这个情形理出个头绪。

"她叫什么名字？"他问董丹。

"李小梅。"

那便衣警察看着小梅："是吗？十分钟前，她告诉我的是另外一个名字。"

"我爱叫什么名儿就叫什么名儿，我高兴。"她说，"我只骗笨蛋！"

大伙儿笑起来，喜剧又开始上演。每天这些人都在寻找可以取笑的对象，如果找不着，他们就拿领导和警察开刀，讲脏笑话。

"你带身份证了吗？"那便衣警察问。他朝四周的人严肃地看了一眼，希望他们不要再闹了。

董丹掏出了他的名片，那便衣警察一把就抄了过去。

"自由撰稿记者？"

"没错。"

他盯着那名片一直看。

"自由撰稿记者。"他又念了一遍。

"那意思是，我……"

"我知道那是什么意思，"他打断他，"跟我走一趟吧？你俩得一块来。"

"我们怎么了？"董丹抗议道。

"你心里明白你们怎么了。"那便衣警察说。如果没见过那警察的脸，就不算真正体验过什么叫受到胁迫。

"夫妻吵架也犯法吗？"董丹说。

便衣警察笑了笑——他在公共场合还给他们留情面，已经对他们够开恩了。

"你不能没有理由就在街上随便抓人。"董丹一边说一边转过脸朝向群众。

"有没有理，待会儿就知道了。"便衣警察说。

"他不喜欢记者同志！"群众里有人说，"那就是理由。"

"是哪个说的？"那便衣警察吼了一声，"给我站出来！"

群众稍微退缩了。

董丹和小梅坐在警车后座，开往警察局。半路上董丹的手机响了。是陈洋打来的，气喘吁吁地叫喊着他屋子里发生了可怕的事情。董丹还来不及说些什么，那便衣警察告诉他不允许接电话。董丹把这话转述给老艺术家。

"刚才是谁？"陈洋问，"叫他听电话。"

"陈洋想跟你说话。"董丹说，把手机交给了正在开车的便衣警察。

"把电话挂了。"

他说得很大声，好让电话那头的人听见。

"那是什么人？"老艺术家喊着。

"是警察。"董丹说。

那便衣警察一把从董丹手上抢过了手机。

"你不可以跟他说话！"警察对着陈洋大吼。

"你敢这么无礼！你知道我是——"老艺术家喊道。他尖锐的声音，董丹都听见了。

那警察把手机关了，丢进自己的口袋里。

"老实点啊。坐上了这辆车，就是进去了。"他说。"进去"是对监狱的一种暗语，就像是"走了"表示过世，"方便"表示排泄。

对方说话的时候，小梅一直从后视镜中偷看那便衣警察的脸。现在是董丹出场担任主角的时候，所以她已经退居一旁，恢复她一向淡然的神色，静观事情的发展。她满心崇拜地望着两个鼻孔喷出冷笑、不屈服的董丹。董丹叹了口气又低声笑着，想让那警察看见，对这整件事情的荒谬，他已经惊讶得无话可说。

分局位于二环路上。即使一路警笛作响，他们穿过混乱的交通到达那里还是花了一个小时。走进审讯室时，董丹问警察，可不可以给画家陈洋打个电话。不行，绝对不行。老画家又老又病，现在一个人独居，说不定刚才的电话是从急诊室打来的，行个好吧？不行。替他打个电话呢？也不行，他既不会让他自己打电话，也不会替他打电话。帮个忙吧？不行。如果警察跟你说"不"，那就是"不"，这个"不"这么难懂？

一个穿着制服的警察一边读着卷宗，一边匆匆走过他们身边。

"喂，你有没有听过一个叫陈洋的？"那个便衣警察问。

穿制服的警察抬起头来。

"哦，陆警官。"穿制服的警察跟便衣打了招呼。

"他是个画家。"便衣警察说，转向董丹，"是不是？"

"是的。"董丹回道，"也做雕塑。"

"你们在讲的是那位大师陈洋吗？"穿制服的警官问。

"正是他。"董丹说。他激动了起来，眼珠子在两个警察之间转来转去。他恨自己竟会这么可怜巴巴地充满希望。但是他不能控制。

"他都叫我老乡！"

那位叫陆警官的便衣看了董丹一眼，让他别那么得意。有什么了不起？不过就是做些一无所用的东西，把它们称作艺术的家伙罢了。

他们把董丹押进了走廊中间的一个房间，小梅则被押到走廊尽头的一间屋内。陆警官吩咐将门锁上，他并没有说他会不会打电话给陈洋，可是董丹心想他会的，就是为了满足一下好奇心也会打的。

天色渐渐暗了，楼梯上来来去去有脚步声，夹杂着笑声与打诨。警察们准备要下班了。董丹和小梅被关进来至少三个小时，有好几次，董丹心里出现走到门口求救的冲动：请哪位去看看我老婆需不需要上个洗手间，或者她渴不渴？

走廊上偶尔有脚步声经过。它们敲在花岗岩地板上，响起的回音，听上去有些慑人，如同在一部悬疑电影里。董丹屏住气，支棱着耳朵，直到回音慢慢消失。他心中划过一阵恐惧：他居然已经能分辨出这些脚步声的不同了。作为一个犯人，一定要有分辨脚步声的本领：有些是和善的，有些是粗暴的；是把犯人带去审讯，或是秘密转移；或者带你去某个地下刑场，把你给毙了。有的脚步声是来送吃的喝的，或者臭骂，或者安慰，比如说老婆或者父母的来信。对于自己这么快已经学会听脚步声，令他感觉害怕——他已经可以分辨什么脚步声跟他有关，什么无关。晚上十点十五分左右，他又听见脚步声爬上了楼梯，带着稳健而又威严的节奏，回声响在空旷的楼里，一圈圈声波扩散，就像在梦里。董丹知道那是某个警官，穿着黑皮胶底皮鞋带来了对他和小梅的处治。

门被打开了。陆警官一身制服，带着两页纸走了进来。

"你给陈洋打电话了吗？"董丹问。

"什么？"陆警官似乎想不起来他去了这么久是干了什么。

"你给陈洋打电话了，对吧？"董丹问。

"没有。"

"你没打？"

"在这儿签个字，我们都可以回家了。"陆警官把纸放在了桌上。

压抑住惊讶，董丹慢吞吞地走到桌旁，拿起了笔。他很快地瞄了那简单的表格一眼。那是一份私人财务的验收单，上面的意思是说，刚刚没收的东西你已经检查过了，每一项都已经归还给你。董丹签了自己的名字。

看见小梅的时候，她样子消沉，垂着肩膀，低着头，似乎刚刚过去沉默时间耗掉了她所有的能量。她穿过混着消毒水味的长廊向他走来。廊上灯光惨白得近乎带一点点紫。小梅朝他笑笑。她的微笑、她的脸庞，还有她的肌肤都像是被那光线给漂白了。她的人生不需要装载这样的遭遇。

陈洋告诉董丹，他再也不相信他的秘书了。他要董丹到他乡下别墅来一趟，监督一些他要运出去的画作。他有一个朋友将移民国外了，他想把这些画运到朋友的别墅。陈洋发现有人偷偷从他垃圾桶里偷走了废弃的草稿，因此他希望董丹能协助这一次的运画行动。他们将在午夜时分运送，这一切都得暗中进行。董丹要守住所有的垃圾以及字纸篓，把那个顺手牵羊的贼给抓出来。

陈洋站在通往他乡村别墅的路口迎接董丹。他戴了一顶红色棒球帽，身上一件白色工作罩袍，东一点西一点全沾染了水墨及颜料。他打从派车去接董丹开始，就一直在这儿等候。他呵呵笑着，用他墨迹斑斑的手掌拍着董丹的背及肩膀。他的开心很具感染力，在陪着陈洋往别墅去的路上，董丹自己的烦恼也暂时搁下了。

"很抱歉，昨儿那个警察对您很不礼貌。"董丹说。

"什么警察？"

"就是您昨天跟他讲电话的那一个。"

"我打电话了吗？"他问。

"他对您大吼，还挂了您的电话。"董丹说。

"我吼回去没有？"大师似乎难以相信。

老头儿对昨天跟警察的简短对话一点印象都没有。他早就被自己的事给搅得头昏脑涨，所以陆警官对他的羞辱完全没被放在心上。这也就是为什么他总是看起来和蔼又宽宏大量。

"陈大师，那么昨晚您是否接到一个警察打来的电话？"董丹问。

"没有。"他回答。

"肯定没有？"

两人走在路上，他一双眼睛盯着董丹，目光慢慢地变得专注，然后露出了害怕的样子。

"他们找我干什么？哪个警察？"

"这么说，您接到过电话。"

"他们想在电话上审问我？"

"他们问了吗？"董丹说。他想用排除法找出自己和小梅被释放的原因。如果是因为警察给艺术家打了电话，那一切就有了解释。

"他们敢！给我试试看！"陈洋大吼一声，对着秋天的午后，伸出一只手指，"反了你了！"

董丹看着他。

"你他妈的想对我干吗？！你们这些警察！我有律师，看你们敢越雷池一步！"

董丹这才搞清楚，大师担心的全是他自己的问题。他想陆警官昨晚并没有打电话。可是他把他们丢在拘留室之后，这么长时间都上哪儿去了？在这一场与警察看不见的角力中，他到底是怎么被摆布的？这个疑问令他心烦意乱。

"怎么了？"他的沉默让艺术家不耐。

"没什么。"

"你有话就跟我说说吧。"

"哦，是我媳妇儿。她昨天跟一个便衣警察吵了一架，就是这么回事。"董丹说。他对大师接下来的询问已做好心理准备。"我媳妇儿有时候……"

"我也弄不懂是怎么回事。"大师打断他的话，"她们开始都很乖很诚实，没多久就明目张胆地干些偷鸡摸狗的事。"老头儿又回头去想自己的。董丹回答他的问题时，他并没有真的在听，他就是那一种只要事情跟他无关就立刻关上耳朵的艺术家。老头儿走在粗石子铺的路上，半途突然唱起歌，打断了自己刚才的话，那是一首他学生时代的情歌。接着，歌没唱完，他又立刻回到刚刚的话题。

"没有女人，啥都干不了，就是干不了。她们是我的灵感，可是到头来她们都变成了一个样儿。真搞不懂，开始的时候她们一个个都新鲜独特，到后来全成了一路货。一个个到后来全都这么乏味！我最没法忍受的就是乏味的东西。"

董丹现在明白了，第三个陈太太对他的恨和背叛是什么原因。

"是呀，一开始李红也是我的缪斯。"

董丹感觉一阵鸡皮疙瘩从他的手腕上冒起，朝肩膀和脖子方向扩散，连整个背和屁股上都是。虽然"灵感""缪斯"对他来讲已经不是陌生的词汇，可是听起来让他很不舒服，事实上是令他感到难堪。怎么这些搞艺术的家伙就不能承认男人赤裸裸的欲望？为什么要用"灵感"这种话自欺欺人？

在宽敞的大客厅中，董丹刚在一张原木椅上坐下，陈大师就端来一盒甜品，是一个在巴黎的收藏家寄来的中东地区的异国点心。董丹还没来得及吃，陈洋又从厨房端来了一盘鹿肉干，说是他学生送来的礼物。接着，他又从一个大柜子中抱出了一堆画，在地板上一张一张铺开。他蹑手蹑脚走去把门关上，一边叫董丹不要出声。

"来！瞧瞧我的新作品。看看你能不能发现什么新东西。"正当董丹估量着应该在每件作品前停留多久、开始他那很有深度的沉默时，大师却说，"还真好吃耶！中东蜂蜜和枣子做成的。我留着没吃完，就为等你来。"一边拉了拉董丹的手臂。

"你怎么不尝尝鹿肉干呢？好香呢！"他说。

嘴里塞满了食物，董丹只能点头做手势，表示他一次只能吃一样。可是艺术家又去拿了一块，走回来把它塞进董丹手里。

"你瞧出它们有什么改变没有？看看我的用色和我的运笔。"老头儿问。

董丹点了点头。

"这里，看到没？这跟我以前的作品有多大的差别！还有那里，看到没？下笔的时候像单弦上的小调，最后惊天动地地只剩下节奏——旋律都没有了。这是反旋律的，这是一场色彩的运动，将节奏和旋律搅拌在一起，让它成为一种纯粹又丰富的和谐，几乎已经是无声的……"

他停下来，上气不接下气。董丹从画作之间抬起眼，看见老头儿瘦弱又苍白，对着自己的作品倾慕得目瞪口呆。这真吓人，非常吓人，董丹心想。

"他们全滚开反倒帮了我一个大忙。他们的邪恶反倒是帮助我找到这么多年来，我一直在寻找的一种运笔。他们尽管送我进监狱吧，或是把我的财产夺走，可是我已经找到我要找的，死也无憾了。"

"你不会死的……"

他指着其中一张画，上面有一块接近褐色的红："我敢打赌你绝对猜不到那颜色是怎么调出来的。从来没有看过有这样丰富、深沉的颜色。对不对？直到上礼拜我也从来没见过。这是红茶发酵以后的颜色。我一不小心把画笔插进了茶杯里，那已经臭掉的茶水像闪电一样给了我这个灵感。"

董丹点点头，想起那家从手术室收集毛发而制造出美味酱油的公司。

"你喜欢这鹿肉干？我这几天什么都没吃，我工作的时候就只吃这个。因为我不想在屋子里看见那些人的脸。那些居心叵测的脸。你喜不喜欢这肉干？"他又问了一遍。

董丹说他喜欢。他把它撕开，津津有味地嚼着。他不敢跟陈洋说，肉干已经放太久了，其中有几块上头已经长了淡淡的绿霉。

"李红小姐回来了吗？"

"她母亲病得很重。"老头儿说，接着他笑了起来，"不过我知道她为什么到现在还不想回来。"

董丹不出声。

"她现在还在等，看接下来还会发生什么。如果我从这次的诉讼中全身而退，她母亲的病就会好了，然后她就会回到我身边；如果情况相反，她就会说，对不起，我的母亲病得太重了，我必须陪着她，或者等她康复，或者等到她死。也许她会这么说，嘿，离开你又不是我的错，我并不知道你漏税。至于我到底犯法没有，她是不在乎的。她只在乎我是不是会被逮住，还有我会为这件事付出什么代价。"

"不过一个人也挺好。"他耸耸肩说，流露出一个非常寂寞的人才会有的笑容。

等屋子里的员工都睡了，熄了灯，他们开始将画打包。每当董丹不小心让画纸发出了声响，或是搬东西时撞到了家具，或者说话声音不够轻，陈大师就会用食指按在嘴唇上，发出严厉的"嘘……"董丹比着手势辩解：屋里其他人早就睡死了。老艺术家立刻闭紧眼睛，立起两只手指架在耳朵上，那意思是，他们虽然在睡觉，可是耳朵仍像天线一样伸得直直的。等他们把画全都装上车，已经是深夜两点。他们出发了，不久转进一条没有路灯的道路，往陈洋那个老朋友的别墅开去。

开进了那座山坡上的度假地，天色已微露曙光。约莫又一个钟头，他们才在散落的住宅区间找到那座房舍。董丹开始卸货时，村里的公鸡已经开始啼叫。大师的心情好转了不少，走进厨房开始找吃的。出来的时候，他一身都是灰尘，手里头握着一个布满灰垢的东西。

"厨房里有只熏鸭！"他高声喊着，快乐得像个孩子，"这附近一定能找到酒。"

"李红说你不能喝酒。"董丹说。

"狗屁。这是只鸭，对吧？看起来像是。把它洗一洗，但愿它没哈掉。它给挂在屋顶上，所以才没让老鼠给吃了。"

董丹正在把画放进一个衣橱，这时只好停下工作，去洗那只看起来像是鸭子的东西。老艺术家在一旁看着他把灰拍掉，将鸭子放在水槽里冲洗。他跟进跟出就像个孩子，不停问着这肉会不会太干？要煮多长时间？对他的大部分问题，董丹都没有作答。

早上八点，大师说他想回他自己的别墅了。一夜没睡，董丹开车的时候，整个人昏昏沉沉的，老头儿则在后座打盹儿。到了陈洋别墅的大门口，大师的司机冷眼瞪着董丹，把老先生半扶半抱地弄下车。秘书跑出来迎接他们，立刻就猜出昨晚这两个人跑出去干了什么。

陈洋直接上床睡觉了。董丹虽然筋疲力尽，可是睡不着。他走到厨房，急需要一杯热茶。那个秘书跟在他身后，像是急需找人聊天。当董丹问他有什么需要效劳的，秘书只管轻笑着说没事。那他又为什么要跟出跟进？这是因为他必须这么做。董丹用玩笑的口气问对方，是不是怕他会从厨房里偷走味精还是香肠什么的。这个嘛，他跟踪的不只是董丹，他得监视每一个来拜访大师的人，所以请不要介意。每一个访客吗？是的，没有人是例外。这不是针对董丹。他只是在做分内的工作。董丹以为他的工作就是接电话和处理文件。没错。但是现在，除了那些，他还被指派了另一项工作。被谁指派？这个嘛……李红小姐不相信任何人，除了我们这些在这儿工作多年的人。李红小姐是这样告诉他的？她确实是这么说的。所以他现在是在执行李红小姐的吩咐。如果董丹觉得被冒犯了，他觉得很抱歉。

茶壶嘴开始鸣笛。董丹盯着它，随它去叫，心想李红把他和屋里的员工全卷进了一场彼此监控的间谍游戏。好个诡计多端的女人。在她美丽皮肤上蜿蜒的淡蓝血管里，流的竟是这样的冷血。

过了午饭时间老艺术家才起床，把董丹叫进了他的画室。一进门，他就把门给锁上，脸上面露惊惶，他指了指抱在手上的空字纸篓。

"你看，全不见了。我所有的草稿。"

"那上面不就是几个点、几道杠？"

"我的画也就是画些点儿啊、杠儿啊。"

他的恐惧正在加剧。他厚重的眼皮之下，那双不太清澈的眼珠子瞪得又圆又大。

董丹觉得他很可怜。老头儿现在已经有严重的妄想偏执。

"每天我都得防着这些小偷。就在我自己家里，一边是偷，一边是守，两边天天都在智斗，两边都变得越来越鬼，但是他们总比我快一步，想出更多偷鸡摸狗的伎俩。"

他无助地注视着董丹。现在他把自己完全交在董丹的手里。他等待董丹替他拿个主意，任何主意都好。董丹想给他忠告，别这样相信他，把自己所有的信任搁在一个人身上是不对的。可也不能完全不信任别人。然而，他知道对这个六十五岁的老孩子来讲，这个观念太复杂了。

"你能想象吗？我一睡着，他们就在我身边蹑手蹑脚地行动。"老头儿说，"隔壁房里的垃圾桶我也检查过了，全部是空的。他们把东西都偷走了。他们把那些草稿铺平，把扯破的地方修补好，再偷了我的印章去盖，证明那是我的真迹。等哪天我死了，他们就会卖给画廊。"

董丹则说，那些东西也可能都倒进公共大垃圾箱了。

"那你快到街上去翻翻看，看看那些大垃圾箱里有没有。"陈大师说，"他们一个礼拜只来收两次垃圾，你去街角就会看到两个大蓝桶，仔细检查一下，看看画稿还在不在里面。"

大垃圾箱里什么都没有。也许垃圾公司提前了一天来清过了。可是老艺术家不这么认为。

"一定是他们把东西藏起来了，等着以后出售。任何人看到那运笔，都会知道是我的作品。等我死了以后，他们都会愿意出高价买走。这些人正在等着我死。"

老艺术家现在成了一个很难相处的人。有些时候，他会把他身边的人支使得团团转，令人发狂。他使董丹恨不得当下就杀了他，即便他明白，陈洋的内心里住着一个任何人都可以伤害的小孩。

整个晚上，陈洋都不停地在他的画室里来回踱步。他时不时被一种恐惧吓得发抖，会突然停下脚步："你等着看吧，我死了以后，就会有人开始研究我那些废弃的草稿，好看出我是怎么运笔的。他们也会看到，我完成一幅画之前，有多少次失败的尝试，他们一定想知道我的画都是怎么构思的，又为什么没法完成，想看看一幅真正的艺术品得经过多少次的流产才能诞生。我真的无法忍受。我恨透了。我只允许我的作品在完整成熟的时候才公开展示。"

这让董丹想到，会不会又是李红搞的鬼，故意要让老先生疑神疑鬼。她一定跟老艺术家提过她对工作人员的不信任，可同时又跟这些员工说不可相信任何拜访者。于是，她让所有人成了她的耳目，彼此监视，以确保她不在的时候，没有一幅画能够出得了这屋子。那一张有着酒窝的甜美脸庞后面，竟然藏着一座秘密警察总部。

第三天，董丹走出屋子给小梅打了个电话，告诉她他还要在老艺术家这儿待一个礼拜。小梅说，昨天有一个漂亮的小姐来找他。是叫老十吗？不，她说她叫高兴。董丹一方面松了一口气，一方面觉得不可思议。高兴在小梅的眼中竟然算得上漂亮。她对高兴的欣赏类似于她对其他那些蛮横的摩登事物，从四通八达的立体高速公路到巨型的汽车展示中心，从超级大超市到麦当劳。

他拨打高兴的手机，但马上又把它挂断。高兴怎么会知道他住哪儿？他从来没有告诉过她。他再拨了一次号码，盘算着用什么方法旁敲侧击，猜出她是怎么拿到他的地址的。

"喂，别跟我兜圈子，啊，想知道我怎么找到你家，就直接问。"高兴说。

"……你是怎么找到的？"

"你一直瞒着我，你以为我就查不出来了吗？"她说。

董丹可以想象到她吊起脸颊的样子，她的冷笑向来简洁，只用一个嘴角牵动半边脸颊。

她告诉他，想要找到他的住址一点也不难。他的身份证号码已经标示出他的户籍区域。她需要做的只不过就是找到他那一区的派出所，然后就可以查到他的住址。

如果她办得到，那警察一定也可以。董丹心想。

"你怎么不问问我是怎么弄到你的身份证号码的？"高兴说。

"你怎么弄到的？"他知道他听起来十分愚蠢。

"我问了宴会上的一个接待人员。"高兴说，"现在的系统都是联网的，全都数字化了。"

数字化联网系统的新知识让董丹觉得沮丧。他和小梅被警察拘留的那晚，整个系统一定忙得不可开交。

"你住哪儿才不关我的事。"她说，"我要找你是因为我要你跟我合作。"

"为什么是我？"

"你一定会喜欢这次的合作。"

"好吧。"为什么系统没有查出来重要的数据，反而把他们释放了？

"你不想问问合作什么？"

"合作什么？"

高兴把声音压低，不带什么情绪：色情行业在中国。这可是官方禁忌，让他们俩来一个爆炸性报道。根据她的线索，一些高档夜总会的后台老板就是高干子弟。她已经追踪了好一段时间了，跑遍了发廊、按摩院、夜总会，三陪酒吧。但是身为女人，她有不便之处，所以需要一位像董丹这样的帅哥。她的意思是要他去假扮嫖客？她说，这么说吧，这将是一篇对于人类社会有重大价值的报道，所以每个人都得做点牺牲。话说回来，对男人来讲，说不定根本不是牺牲呢。高兴嘎嘎的笑声就像一个常在乡下公路旁的低级酒馆里买春的货运司机。

他听见高兴那头一阵乱响。

"你在干什么？"他问。

"你说我在干什么？我刚才笑得打滚，把一个保温咖啡杯给踢翻了。"高兴说。

董丹可以听见她移动茶几和打扫碎玻璃片的声音。他希望她不是穿着睡衣、光着脚才好，否则地上的玻璃碎片一定会割伤她。

"你别以为你可以趁机享齐人之福，"她说，"我们的钱大概只够亲一亲、抱一抱，顶多再让你吃吃豆腐而已。"

他听见她长嘘一口气，似乎看到她又回到沙发上，摊开长胳膊长腿，让瘦骨嶙峋的身体汲取最大限度的舒适。

"你到底合不合作？"高兴问。

去这些地方的钱是她出吗？

"我就知道你会想到钱的事儿。我会出一部分——我出六，你出四。"说完，她等待对方反应，"算啦，我七，你三。"听见董丹这一头还不作声，她又说，"如果你不想合作，我就去找别人搭档。"

他需要再想一想。这有什么好想的？她追问。他需要做的只不过就是跟那些小姐混熟。他连跟她们上床都不必——如果他不想上的话。他先让这些小姐信任他，然后就会跟他说掏心掏肺的话，他就付给她们坐台的钱。如果没有肉体接触，费用会低很多，如果她们爱上了他，像那个在脚底按摩店的傻瓜一样，也许她们连钱都不会收。让她们喜欢上你，得到她们的信任，这个他应该很拿手。接下来，就看事情怎么发展。

"你可以从那个小按摩师的故事开始。她不是跟你说过她姐姐的事吗？我们可以用她姐姐被判死刑这件事情作为我们报道的主轴，其他小姐的故事可以环绕着它发展。你觉得怎么样？"

"行。"

"她失踪之后，你们还有联络吧？"

"她什么？"

"别跟我装蒜。"

"她失踪了？"

"你把她给包了……"

"我发誓，我什么也不知道……"

"我昨天上她们那儿去，说她已经离开了。"

"她有没有留下什么东西……"

"什么也没留，就留了一罐泡菜。"

老十曾经告诉董丹,她做四川泡菜很拿手。她说过要做给他吃。

"我以为你肯定知道她去哪儿了。"高兴说。

挂了电话之后,董丹进屋子告诉陈洋,他必须离开,他有一篇非常重要的访问稿还没有写完。老艺术家不知所措,就像被人遗弃在街上的孩子。

凌晨一点钟,董丹从一间脚底按摩院走了出来,精疲力竭。从他离开陈洋的乡村别墅,就在北京城里搜寻,几乎跑遍了每一家脚底按摩店。也许四川餐馆一别,他不该一去不返。至少,不该断得那么突然。董丹跟她揭露了自己真实的身份,这让她很失望吗?她一定以为董丹的自我揭露是对他求助的拒绝。

此刻他站在大马路的天桥上俯视这座城市,有正当职业的人群都已离去,现在城市被乞丐与游民接管。她这一失踪,他欠她的就再也无法偿还。放眼四周,灯光霓虹交错如一条银河,搏跳闪动,吞没了一个叫老十的女孩。

拥有几百万订户的《消费者周报》刊出了一篇文章,在最近的一期中,他们专题报道了吴董房地产建设的样品屋。经过了计算机的魔术,文章掩盖了实际工程的所有缺点以及粗糙,它的大标题写的是"一个为大众阶层盖房的人"。

"你读一下。"高兴边说边指着她画了线的那些句子,"听起来是不是有点耳熟?不同的是,不过更恶心就是了。"

董丹大吃一惊。这篇文章的"作者"从董丹的文章里偷了将近七成内容，改头换面成了自己的东西拿去发表。就算那篇文章并不能完全算是董丹的创作，他也花了两个晚上，从几百份的售屋传单中剪出了文句段落，又花了两个晚上才把它们拼贴在一块儿。

"你的原稿还在不在？"高兴问。

"还在。"董丹说。

"我们去找那个王八蛋算账。"

跟着高兴走了一段路，他停下步子。他的心情从来没这么低落过。对于自己成了吴董的帮凶，写东西拐骗人们去买墙壁有裂缝、地板有坑洼、土地产权不清的房子，他觉得十分不安。设这个圈套他也有份，还把一个拖欠民工两年工资的罪犯"化装"成了一个大圣人。

"我不想去了。"他说。

"那他答应给你的公寓怎么办？你也需要换一个像样的公寓了。你住的地方，我看就是个狗窝。我们去逼他履行诺言。"

"我不想见到他。"

"为什么？"

"不知道。"

"你听着，董丹，一切由我来交涉。我会让他哑口无言，付出代价。你就站在旁边看好戏吧。"她走到她的车旁边，帮董丹开了门，"我知道他的要害是什么。"

首先高兴带董丹去了一家百货公司。她走到男士服饰部，帮他挑了一件真皮夹克，还有一条 Esprit 的羊毛西裤。把衣服往董丹肩膀上一搭，高兴便将他推进了试衣间。

"你这是干吗？"董丹在抗拒。

"试穿一下。"

"为什么？"

"不要把设计师的标签给撕了，知道吗？那家伙别的本事没有，对名牌衣服上的标签可是很在意。他就是靠这一套到处唬人的。我们今天也来唬唬他。"

他们隔着试衣间的门交谈。董丹还没来得及扣上皮带，她已经拉开门把他拽了出来。她绕着董丹走了几圈，帮他这儿拉拉，那儿整整，涂着深红颜色的嘴唇紧紧抿着，一本正经地端详着董丹。

"哟，派头不错。"她说。

他们回到了车上，董丹已经开始流汗。她让董丹开车，自己开始忙着拨电话。

"我不能让你花钱给我买衣服。"他说。

"你也可以给我买啊。"

"能不能退货？"

"闭嘴好好臭美一下吧。"

"可是……"

"喂！"她已经在电话上了，"是我。你知道《消费者周报》的总编是谁吗？……太好了，给我他的电话……我这就记下来。他叫什么名字？……李？有个姓就够了。"

挂上电话，她又拨另外一个号码，"是李总编吗？"她装出活泼的声音，"你还好吗？自从我们上次见面之后。不记得了吗？就是那个那个……

纺织出口商的餐会……听不出我的声音了？我是高兴！你不是还要我帮你们写稿吗？怎么全都忘了？"她嘟着嘴，对着话筒做出风情万种又俏皮的微笑。

"事情是这样的，我发现你们这一期房地产信息的主题文章，全是一派胡言。你们被那个姓吴的开发商给骗了。他应该被抓起来关二十年。他的所作所为，关二十年都嫌太少。那家伙是个罪犯，结果你们让他一夜之间成了英雄。我认识一个人，对他有非常深入的调查。"

"我没有做深入调查……"董丹说。

她把一根手指头放在自己的嘴上。

"是吗？……您在哪儿吃午饭？"她问，"哦，没问题。我可以到您办公室等。您慢慢吃。我会自己打发时间。"连电话都还没来得及挂上，她便对董丹大吼，"嘿，下回我恐吓谁的时候，别插嘴，懂吗？"

"他们会发现你讲得不实。"

"实不实的，对那些王八蛋来说没什么不同。"

差十分一点，他们已经来到了《消费者周报》总部。那是一座气派辉煌的大楼。接待人员告诉他们，总编被吴董请去吃饭了。在哪家餐馆？那地方叫作"三月四月五月"，以高价位闻名。总编是什么时候离开的？大概半个小时前。

高兴扬扬下巴，意思是叫董丹跟着她。出了办公室，她说她有一个绝佳的新点子。她自己先去那个餐馆，与此同时，董丹去把那些建筑民工组织起来，带到餐馆。如果不能全弄来，找几个代表也成。要告诉那些工人，他们的老板现在正在聘新的工人，这是他们讨回工资最后的机会。她会在餐桌上假装对吴董进行采访,直到董丹把工人找来,集中到餐馆门口。在用过了昂贵的午餐后,李总编和吴董事长接下来可以享受一场小小的示威抗议。

满心兴奋的高兴轻快地穿过走廊,往电梯口走去。

董丹刚下出租车便听到了音乐声。那是从工地电线杆上挂着的喇叭中传出来的一首喜气洋洋的民歌。电梯出了故障,所以董丹得一路爬到二十八楼。好在每一层楼都建得很低,只需要十二阶就能够爬一层。吴董把屋顶建得比法定高度要低,那些劳动人民的房主站在这样低矮的屋顶下,会觉得自己像是顶天立地的巨人。董丹记得对他这个阶级的人有这种比喻。他循着笑闹声的出处而去,看到一群工人正在睡铺上赌钱。没有门的厨房里传出了阵阵炖羊肉的香味。

"你找谁?"其中一个工人问。

董丹认出来他就是那一群民工的工头。"嘿!"董丹招呼道。

"是你呀!"民工工头满脸微笑站了起来,"大记者。"

"怎么样?"董丹问。身上穿着皮夹克,让他觉得很别扭。

"凑合。"工头伸手进口袋里掏香烟。

董丹比了个手势表示他不抽烟。

"我看见你们现在的伙食不错。"董丹嗅了嗅,笑了起来。

"这个嘛,老板前天刚送来一卡车的羊肉,还有一些钱。"

"拖欠你们的工钱,他都付了?"

"没有全部付清。先付了两个月的工资。可是他说只要我们完成整个工程,他会立刻把其余的付给我们。"

老板送来羊肉和两个月的工资表示抱歉,希望取得大伙儿的原谅。他没有准时付他们钱是因为他在财务上有一点小小的麻烦。银行把他的贷款给取消了。当他听到这些民工没钱寄回家里的老娘、媳妇儿、孩子时，他心痛不已。他答应一定会尽力解决现在的财务困难，只要他们能原谅他，再多给他一些时间。没有他们的体谅，他只好宣布破产，这样一来，他就永远没办法付他们工钱了。这些工人如果要自救，唯一的方法就是完成这个工程。等到他把房子卖出去，就会有钱来付他们了。待会儿傍晚会有一顿烧羊肉和红薯烧酒的会餐，象征雇主与员工的同心协力。

"他说的你相信？"董丹问。

"没有别的办法。"工头说。

董丹从口袋里抽出那一份《消费者周报》交给了那个工头。对方吃力地慢慢读着。

"他的口气好像他是世界最有钱的人，他说要在北京专为低收入户盖十个小区。"董丹说，"现在他正邀了周报的总编在吃中饭。光这一顿饭就值你们两年工钱。"

原本在赌钱的那些工人纷纷开始交头接耳问发生了什么事。董丹把报纸拿给他们传阅。

"那你觉得我们现在该怎么做？"工头问。

"我可以带你们去那家餐厅。"董丹说，"你当面问他哪一个才是真的：报纸上说的，还是他告诉你们的。"

"我们都去？"一个民工问。

"那不成暴动了？警察会把我们关起来。"

住在别的屋子里的民工这时也来了。他们把窗子、门口都堵得满满的。

"如果没有超过二十个人在示威，警察是不会管的。"董丹说，"你就挑二十个人做代表。"

"我可不要做什么代表。"一个中年工人说，朝后退了一步。

"你们谁想做代表？"工头问大家。

没有人回答。

"别看我，我不是代表。"一个年轻民工说。

"我们这样跑去，老板一定很生气，干脆就不付钱了。"一个上了年纪的民工说。

"如果他说是我们撕毁协议，不给钱了，那怎么办？"

"那就找一个律师，上法院解决。"董丹说。

"找律师？那得花多少钱啊？"

"多了去了。"其中有一个人说。

"我有个亲戚就是因为打官司打穷了。"

"你们要找律师可别把我算进去。我连孩子的学费都交不出来！"

"让别人把老板送上法院，我的钱还要留着当回家的路费。"

"如果我们不得罪老板，还是有机会把钱讨回来的，对不对？"工头问董丹。

"我可不这么乐观。"董丹说。

"就是说怎么着钱都要不回来了？"

"如果你们不抗议就难了。"

"可是我们不想抗议。"

"为什么不？那是你们自己的钱啊！妈的！"董丹说。他也不明白为什

206

么一下子他会变得这么愤怒。

"出了事你负责吗？"工头问。

"能出什么事？"董丹瞪着他。

"谁知道？"他说，"什么事都可能发生。如果老板被我们的抗议惹火了，他可以去雇新的人来，事情如果变成那样，你能负责吗？"

"为什么要我负责？"董丹指着自己问，"我是在为你们擦屁股！我要负什么责？"

"喂，我们跑去跟老板闹，对你有什么好处？"另外一个工人问，接着他向其他的人喊话，"一个陌生人跑来说要帮我们，他会没好处？"

"你瞧他穿的这一身——真皮和毛料！"一个工人用他长了茧的手指在董丹的皮夹克上摸来摸去。

"手拿开！"董丹嫌恶地避开，"你们无药可救，一锅红烧羊肉就把你们给打发了！你们就继续让他吸你们的血、榨你们的骨头，把你们的骨髓都吸干，只剩下一个臭皮囊！"

有个家伙推了他一把。董丹站不稳朝前一倾，两只手在空中抓了几下，又被一只伸出来的脚给绊倒。接着是一阵笑声。

坐在出租车上，董丹试着回想他最后是怎么从那间满是羊膻味的建筑物出来的。他被那些民工给气坏了，在没有扶手的阶梯上摔了一跤，差点一路滚了下去。他记得到了中庭时听见工头在背后喊，说他很抱歉，他知道董丹是出于好意。他戴着工地安全帽，从窗子伸出头来，对着董丹愤怒的背影，大声喊着"谢谢"，他说他很感谢董丹专程来协助他们。

董丹给高兴拨手机时手指还在抖。他企图控制住自己气愤的声音，简单几句向她交代发生了什么事。

"你被轰出来了？"高兴压低声音说道。

"不是……"

"随便你怎么说。我不是早讲过，中国腐败的根源不就是这些农民吗？"

"拉倒吧。"董丹说。

"我现在不能跟你讲话。我刚刚在吃饭的时候访问了那个王八蛋，现在我得回包厢。你到了饭店就直接进来，你还赶得上吃最后几道菜。"

然后她告诉了他包厢的名字叫作"牡丹亭"。

十分钟后董丹到了饭店，被领进了牡丹亭。吴董抬起眼朝董丹挥挥手，可是嘴里头仍滔滔不绝地继续说他的，就像是一个宽容的主人在向迟到的客人招呼。

"我的目标是把房价压到三千每平方米以下。如果你建的房子都只是为那些月薪上万的人，你就不能算是一个真正的建筑家。"

"这些您刚刚都说过了，吴董。"高兴回应道。

"说过了吗？"

"已经说了三次了。"

吴董大笑起来："好话多说几遍没关系，对吧？"

"可是你重复的都是谎言。"高兴不客气地回他一句。

吴董没有理会，反而转向董丹，仿佛好不容易找到机会喘口气，对董丹正式地问好："嗨，老朋友，来我旁边坐！服务员！再帮我的客人拿个茅台酒杯来，还有菜单，我还要再点几道菜。"

高兴在桌子底下踢了董丹一脚。现在该换董丹出击了。董丹注视着正在为他斟酒、为他夹了满满一盘子菜的吴董，真像是为见到老朋友而喜出望外。

"你今天看起来很帅呀，老兄。"吴董说。他举起酒杯向董丹敬酒，然后就一口先干为敬。他朝董丹亮亮杯底，满脸堆着笑。

董丹发现自己竟然也对着吴董微笑起来，虽然并非他的本意。接着他看到了那一只巨大的翡翠戒指。他想不去看它都不行。他情不自禁地看到一个画面：一只肥胖、戴着浓痰色翡翠戒指的手指，拨弄着某个女孩的粉红嘴唇，那女孩有可能是老十的姐姐。他想着这画面，愤怒随之升温。

"王小姐有没有把我的礼物给你看？"吴董问。

董丹从跑神的状态回到现实。

"我让她给你去看之前答应给你的礼物。"他说，一抹狼狈为奸的微笑出现在他堆满横肉的肥脸上。

那意思是，他真的要送他一间公寓？跟董丹在工厂顶楼的宿舍比起来，一间公寓简直就是皇宫，即使它的墙上有裂缝，地上有豁口。可是他能信任吴董吗？当然不能。这家伙多少次也跟民工这么承诺过？凭他那股真诚样，他甚至可以承诺你一个完美世界。

"礼物？这么好啊？"高兴边说边瞪了董丹一眼，"恭喜呀！"好啊，你已经收下一套公寓没有告诉我！怪不得你不愿意跟他对质。

董丹把脸转开，只用三分之一的侧脸面对她。她又在桌子底下踢了他一脚。他的腮帮子一阵抽搐，对方看得出那一脚踢得真疼。

"能不能让我知道是什么礼物？"她边问边对吴董摆出一个迷人但不友善的微笑。

"那是我跟他之间的秘密。"吴董说。

"董丹和我之间从来没有秘密。"高兴说，转向董丹，"对吧，董丹？"

李总编明显地有些坐立不安。他看了看手表。

"失陪了。"李总编站起身，把椅子往后一推，"我三点钟还有一个会。"

"别走啊！"高兴说，朝他笑了笑，"你今天下午的行程都在接待人员的桌子上，我已经查过了。你是想开溜吧？"

仿佛真的想要为李总编解围，吴董也站起身，伸出了他的手："那您就去忙吧。"

高兴从位子上弹起来，一口把杯里的酒喝个干净："好好享受你那份见不得人的礼物吧，董丹。"

当她吩咐女服务员把她的风衣送来的时候，董丹叫她等一下，他跟她一块儿走。

"谢谢你的礼物，吴董，可是我不能收。"他说，一面朝面前的餐盘眨着眼睛，好像随时准备接受吴董一拳。他厌恶自己这么没种。本想一拍桌子走人，却因为错估了椅子和桌子之间的距离，他一下又栽回了位子上。他十分尴尬地又爬起来，一双腿被厚重的椅子卡着，无法完全站直。"我什么都不会要你的，绝对不要。"他还想说两句漂亮话，可是一个字也说不出来。

他跟高兴走出了餐厅，在门口停下脚，看着高兴与正要上车的李总编道别，一个戴着白手套的司机候在一旁。那司机把一只手放在车门顶端处，像是一个护垫以防总编撞到头。车还没开走，高兴又走回董丹身边。

"嘿，哥们儿，我为你自豪。"高兴说。

"拉倒吧。"董丹说。

"真的，你这叫作富贵不能淫，没有多少人可以抵抗人家送他一套公寓。那个小子就办不到，即便他已经有很多的房产了。"她说，一面朝已经淹没在车海中那辆总编辑的轿车翘了翘大拇指。

"你怎么会知道的？"

"你没看到当你们谈起礼物的时候他脸上的表情？一副好像跟别人的老婆上床，被逮个正着似的。"她把她的风衣往董丹的手腕上一搁，便跑去街边的香烟摊，"为了庆祝你今天高风亮节，我决定破个戒。"

董丹在开车的时候，高兴把她的座椅靠背放平。她说刚才她一直在等董丹当着李总编的面，揭穿吴董吃了工人薪水的事，那真的就有看头了。他本来是想这么做的。是什么让他改主意了呢？他在往"牡丹亭"走的途中，已经在心里头想好了可以修理吴董的一番话。可是，他没说出口。他差点就要说的，他几乎就要像戏台上大人物指控白脸反派那样，伸出两个手指头指着那个浑蛋，嘴里振振有词：如果你真他妈那么有钱，你就不应该欠民工两年薪水，如果你真的对付不出高房价的低收入户那么有同情心，那你就该先同情自己的建筑工人。董丹自己都没发现，他又变得愤愤不平了，驾着车的手也离开了方向盘，伸出一根手指用力点向挡风玻璃。那后来怎么又怯场了？他本来真的就要当着李总编的面揭发那家伙，让大家看看这个王八蛋的真面目，一方面扮演普通大众救星，另一方面让民工饥寒交迫。要不是已经憎恶到说不出话，他就说了。对于像吴董那样的王八蛋，憎恨到这种地步是很正常的，不是吗？连他都对自己非常憎恶。为什么憎恨自己？她问。董丹没有回答。

高兴扭开音乐，平躺了下来。一个女人的声音正哀怨地唱着一首外国曲子。

"你喜欢这音乐吗？"她问。

董丹直觉回答说喜欢。

"这位女歌手一直到三十岁才被人发现她的才华。你知道她吗？"

他点点头。

"叫什么名字来着？"她问，"惠特妮·休斯顿？哦，不是。我想应该是……已经到了嘴边，突然忘了。你记得她的名字吗？"

他想一想之后，摇摇头。

"嘿，我知道了，她叫高兴！"哈哈大笑的她一下子就把脚高高跷起来放到了仪表板上，"假装懂音乐，被我识破了哦！"

"是挺好听的！"董丹说。

"我本来也可以去当歌手。本来有好多事我都可以去做的。我这个人样样通，样样不精，就是没办法对某一件事情专注。念大学被开除了，因为干了太多别人看不惯的休闲活动：抽烟、喝酒、到处交男朋友，还对老师出言不逊。不过他们把我开除倒帮了个忙。那些课程无聊得呀，真让我欲哭无泪，我压根儿不想上。"

董丹看到车窗外头一位中年妇女正在发传单，上面是一张脚丫子的照片。这"脚丫子世纪"是从何时开始的？从他遇见老十之后，他开始发现，现在的人对自己的脚呵护到了不遗余力的地步。自从再也见不到她之后，他经常发现自己对印有脚丫子的海报陷入沉思。更让他惊讶的是，北京街头几乎走两步就有一家足底按摩院。

"没有什么人是完美的。"

他转过脸去看着高兴。她的下巴高高翘向天空。

"这话怎么说？这话的意思就是，你不必是个完美无缺的人，才能追求真理。"她的脚开始踢弄粘在仪表板上的一只小玻璃天鹅。董丹希望她不要又开始向他说教。他希望她能停止踢弄那只可怜的小天鹅。因为这动作令他紧张。"我父亲是全天下最不完美的人。无趣，好面子，对人不诚恳，是我们那个不正常家庭里的魔鬼。可是他是个很好的学者，当他所相信的真理遭到扭曲时，他会不顾一切去捍卫。"

董丹真担心那只小天鹅不知道什么时候就会被摔碎。她花钱买来东西，就为了弄坏它们？他们第一次见面的时候，他的一包香烟就被她毁了。近日里，他见到越来越多会让他紧张的人。他们全都有一些怪癖：陈洋爱拔他画笔笔尖的毫毛；吴董喜欢弹火柴棒；李红的脚指头总在玩着珠花拖鞋。他们做这些让人神经紧绷的事，为了让自己能平静。对董丹而言，他很难了解是什么事让这些人一个个神经紧绷。这些人要什么有什么：住着豪宅，出入有车，口袋有钱，还有人供使唤，吃的是鸽子舌头和蟹爪肉。

高兴坐直了身体，放下搁在仪表盘上的脚。董丹松了口气，今天那只天鹅的小命不会遭殃。高兴不出声，香烟一根接着一根。直到他们开到了一座高架公路匝道的某一个小行人隧道。这里是三环与四环路的交界，这里有农民，也有城里的居民，隧道里的景象热闹又多姿多彩，到处都是卖东西的小摊，货品应有尽有，从炒栗子到烤羊肉串，从烤红薯到鞋帽衣袜发饰，还有仿冒的 Polo 香水、LV 皮包。

他们下了车，没多久就有两个年轻女子从隧道深处朝他们走过来。这两个女人慢慢晃过每个摊位，企图跟过往男性对上目光。其中一个穿着一条绣有金色图案的紧身牛仔裤。另外一个留着又直又长的头发，一张圆脸，要不是发育过分良好，还以为是个中学生。

"看见了吗？"高兴拽住董丹，"站街女，最低等的。你过去跟她们说两句话。"

"你不是说，我们的报道从老十的姐姐开始吗？"董丹说。

"那你也需要了解各种各样的呀。你帮她们买几双丝袜，来几串羊肉串，今天晚上她们就是你的了。"她在他手里塞了一些钞票。

"不行，我做不到。"

"你不需要跟她们做。你只需要跟她们聊，问她们从哪儿来，家里有多少人。"

"咱们明天再开始好不好？我今儿没准备。"

"那就上去跟她们问个路。"

"再等等，高兴……"

"要不就上去问问几点钟。告诉她们你要赶飞机。她们最喜欢外地出差的男人。你的口音听起来够土，她们准会认为你是从什么穷乡僻壤跑出来的。"高兴边说边在他背上一推。

他走进隧道，朝那两人移动。她们走起路来有着同样的姿态，重量在两只腿上移来移去，所以当屁股往左时，腰部就往右。现在他来到站街女郎后约五步的地方。他转过去看水果摊，故意拖延。一阵车潮呼啸从隧道一头的口端涌过，整个地方立刻震动起来，尘土飞扬，桥下的景色变得一片灰茫茫。待会儿他要买给她们的羊肉串，作料里多了一味灰尘。他还要送她们落满尘土的丝袜，和她们进行尘土飞扬的扯淡，问她们生活有多么不幸。再走两步，他就要开口对她们说"哎！"他看到被她们的体重压弯了的高跟鞋鞋跟，还有蔻丹斑驳的脚指甲。"悲惨"假如有个形态，它未必就是驼背瘸腿或面黄肌瘦：它可以是一个身材姣好的女人命也不要地卖弄姿色。他恨这些可怜虫，又让他的心情瞬间恶劣起来。不知道她们的存在会让他比较好过。突然间，他发现自己多么怀念在罐头厂震耳欲聋的噪声中的简单生活。他从前是多么开心又满足地在工厂上下班。那时候他不需要挖掘别人的惨剧。

那两个女孩感觉到他在注意她们。穿绣花牛仔裤的那一个向前几步，腰肢左摇右摆，看样子想要故意跟他来一个肩擦肩。一会儿从她身边擦过时，他得跟她说话。说什么好呢？说她走路的样子不忍目睹？

"十五。"

直到他已经跟她错身而过，他才问自己：我没有听错吧？十五？那是价钱吗？还是她的年纪？她绝对已经年过三十。所以一定是她的价码。对于他们可能展开的关系，她单刀直入毫无遮掩，担心见不得人纯属多余。十五元，比起几串羊肉串贵不了多少。

不知不觉，他已经转身朝隧道口走去。苍白的午后，车辆呼啸而过。如果高兴敢挡住他，他一定会给她一拳。没有比赤裸裸的"十五"这个数字更惨绝人寰的了。为了生存出卖自己，不过只值几串羊肉串的价钱。

高兴一直跟着他走出隧道，咯咯笑不可支。

"这就是我喜欢你的原因，董丹，跟她没感情你还真没法做那事。"

他只是一直盯着来往的车辆。

"慢慢来，总会遇上一个让你心动的。"她说。

星期天的早晨，董丹打开了电视，节目的主持人正在采访那家"人体宴"餐厅的老板。再过一周，他们就将公开营业了。那位老板是一位四十多岁、非常端庄的女士。她谈论着食物与裸体结合的感官之美。在古老的中国，这可是具有高度价值的。在开幕式当晚，她将邀请许多位艺术家，包括画家以及摄影家们共赴盛宴。当然，媒体也在邀请名单之列。引起争议是她所乐见的，反而创造了机会，让具有启发性的见解争鸣。

那食物是什么样的？噢，都是海鲜中的极品。当天下午他们将用飞机从北戴河渔船上直接运来一批最新鲜、最稀有的货色。那些女孩子呢？是的，她们都是精挑细选过的大学生。除了伤风小感冒外，没有任何生病记录。她们的年纪呢？从十八岁到二十二岁。当然都是处女，经过上万人的竞争才脱颖而出。她们来自全国各地，不仅学业优异，而且品行端正。她们都经过妇产科的专业检验，并且确定她们的胸围、腰围、臀围都达到他们的标准。没有人想要从皮包骨上挑拣食物。女孩们肌肤的色泽也不可轻忽，看上去得是冰清玉洁，细滑如豆腐，吹弹可破，宛如日本河豚中的上品。比起陈列在她们身上的食物，她们更为诱人，因此人们才会理解，最好的美食不是用嘴巴享用，而是用眼睛以及所有的感官。她们都经过了生息调养，提供给她们的待遇相当优渥，下学期念大学的学费再也不用操心。只透露到这里，以免大家听到了女孩子们的待遇时会惊讶这顿酒宴花费过巨。符合卫生吗？当然。

216

她们都要先经过除毛程序。在白天，她们先经过十二次沐浴，泡在加了十二种花香精油的水里，再经过八小时的断食，她们才会被带进冷藏室里。接着，她们要服用镇静剂，好平躺在冰块与鲜花上一小时不动，让食物的陈列工作能够完成。一直要等到食物用尽，她们的纤纤玉体才会完全展示。然后镇静剂药效结束，她们醒过来之后，也将成为酒宴后段的参与者。被邀请的艺术家们都是名噪一时的。那么有哪些媒体记者呢？必须出示单位介绍信和记者证以证明他们不是宴会虫的记者。

董丹把鞋子套上。

"你要上哪儿？"小梅问。

他不理她，继续系鞋带。

打从刚才她一直在修补那个一本书形状的纪念品，因为它又被摔破了。镶了仿金商标的黑色大理石脱落了，露出里面的木板衬垫。他们这才发现那块大理石也是仿造的，不过是一块金属，贴上一层有大理石图案的塑料膜。那么阔气的出版商起码不该用如此廉价的胶水。

"那块破烂，你就别再弄它了。"董丹说。

"墙上总得挂点什么。"小梅说。

她看着他走到门口。

"今天是星期天。"她说。

"对呀。"他边说边笑了笑。

到了门边停住脚，才恍惚意识到自己出门的动机。他大概想去找那个做假证件的家伙。他或许可以搞来一个什么介绍信，这样子他就可以参加"人体宴"的开幕式。高兴说，那人刻了各式各样的印鉴图章，他能用任何材料在上头刻出玩意儿，甚至是一块白萝卜或肥皂。

"我想去医院看看我的胃病。"他说。

她朝他微笑，似乎在说："糊弄谁呢？"他也笑了笑，知道他撒的这个谎已经被她识破。

"上个月，我做假发赚了四百五十六元。"她说。董丹听出来她的意思："别再去当宴会虫了。在你找到另外一份工作之前，我就多织点假发。"

"小心啊，再织就成对眼儿了。"董丹边说边做出对眼儿的表情，做得太用力，两个眼珠快要穿过鼻梁交换位置。她拿一只拖鞋丢向他，打到了他的肩膀。他大笑起来，一面跟她招招手。

董丹与那个做假证的人约在一家茶馆见面。一杯茶的工夫，他们已经谈好了价格。董丹跟随着这位仿冒品艺术家爬上了茶馆楼上的小阁楼。走在几乎被白蚁蛀空的古旧楼梯上，董丹问起对方的名字。叫"高兴"，他回答——因为是高兴拉的线，所以董丹叫他高兴就好了。这人是个机灵的小个子，长着一脸大胡子，戴了一副有色镜片的小眼镜。

这间阁楼的场地倒是不小。倾斜的屋顶上有扇天窗，上面盖满尘垢，走出去是一个二十年代风格的小阳台，从那儿可以俯视整个北京胡同里的生活。屋里搁了一张巨大的原木鸦片榻，上头雕花的手工极其精巧。床的上方挂了一顶气派的帷帐，几乎把整间房子都占满了，好比狗窝里蹲了一只狮子。那造假高手一屁股坐在地上，掀起了床单，把腿伸进了黑咕隆咚的床底下。等他缩回了腿，董丹看见在他的两脚之间，夹了一个布满毛茸茸灰尘的木匣子。

匣子里各色印章琳琅满目。

"想挑个什么样的？文化部还是电影厂？"他问。

董丹望着他。

"你看起来像是电影厂的。"他说。

"有没有跟媒体有关的？"

"要什么有什么。你要假介绍信，是给女朋友做人流？"他问，"你不必告诉我。我可以给你一张空白介绍信，只盖公章，其他的你自己填。不过空白介绍信我多收五百块钱。"

"为什么？"

"挑一家报社吧。"董丹提议。

"《人民日报》怎么样？"

"能不能找一家名声不大的？"

"《北京日报》？"

"这个……"

"就这个吧，《中国铁路日报》。"

"行。"

"你要空白的吗？"

"不用。"

"也对。换了我，我也不会多花那五百块钱。"

造假专家在启动电脑与打印机的时候，董丹问他是不是也是茶馆的老板。是啊，他回答。他得有一个自己的地方，经营他非法却有真正利润的生意。他问董丹介绍信上要写什么名字。董丹，他回答。对方告诉董丹，如果介绍信上用的是假名，需要和假身份证上的一致，他也可以两天之内弄好假身份证。事实上用不到两天，只是最近他手头上正忙着一大堆假结婚证。搞不懂为什么总是这个季节，男的把女的肚子搞大。他猜想大概是因为放暑假，夏天里他们一个个欲火中烧，就像公鸡和母鸡一样。董丹发现这人很多话。等他把信印了出来，他拿起那颗圆形公章，在红色的印台上拓了拓，然后用力地盖在那张纸上。他脸上的严肃表情，比起有权力盖下真印鉴的那些人毫不逊色。

介绍信内容如下："兹证明董丹为《中国铁路日报》之记者，负责美食与休闲版面的采访和报道。贵方对于他工作上的协助，我们不胜感激。《中国铁路日报》敬上。"

等董丹交了钱，那家伙摘下了眼镜，告诉董丹不要动，他用他冰凉颀长的一只手压住董丹的头顶，慢慢转动角度。

"你的头长得不错，跟雕塑似的。"

那感觉让人有点发怵。董丹谢了他，随即告辞。就当他要走下那座漆黑的楼梯时，对方挡住了他。董丹忘了他的皮夹。楼梯上亮起一盏暗淡的小灯。

"光线昏暗点，你的脸部骨骼更好看了。看这边。很好。你的轮廓长得真是不错。"

他把皮夹扔给董丹，结果掉在了台阶上。董丹弯腰把皮夹捡起来之后，发现那个男人还在注视他。

"这就是为什么我说你看起来像在电影厂工作。你可以考虑演艺事业。你可以先当个大龙套。如果他们给你一两句台词，往后说不定就会演配角。试试也无妨吧？反正都是在假装，总比装记者要容易多了。据说他们待遇还不错。一个临时演员一天可以赚五十块钱，还包三餐。一旦你能够升级演些配角，你的收入就可以上万。"

董丹问他怎么会知道这些。他干过。出狱后他有一段时间做过临时演员。

"如果你找不到什么好工作，去那儿试试。在北京电影制片厂门口，每天有一大群男女。个个都梦想成为电影明星。摄制组每天都在找临时演员。"

走出茶室的时候，董丹觉得有些飘飘然。灰蒙蒙的早晨，感觉也像是晴天。鸽子咕咕的叫声也变得很有情调。那个古怪的家伙竟然是一个天使。如果他真的可以当上大龙套，就再也不必被高兴呼来唤去，还得专门揭发他人悲惨的过往。他再也不必冒着被逮捕的危险去赚那些车马费，也不必再为陈洋那些高深莫测的作品以及他身边复杂的人际关系而伤神。他也再用不着与吴董那样的人喝酒应酬及赔笑。他更不需要为老十还有她姐姐那些人感到亏欠而心痛不已。临时演员。董丹已经爱上他这一份新职业的名称。

一个小时之后，董丹已经在一群未来的大龙套中。制片厂的收发室已经被拿来当作应征办公室。紧闭的门只有在叫下一位进来或放前一位出去的时候才打开。五个穿着鲜艳的羽绒夹克的女孩坐在自己带来的折叠板凳上，拿着塑料瓶子喝水。制片厂大门进进出出的尽是昂贵的轿车，窗子都拉上了帘。那几个女孩子开始猜测会是哪一位男明星坐在遮起的窗后。她们对自己不正经的窃窃私语不时爆出笑声。

董丹在一棵可以挡风的柏树下站着。这样的季节里站在户外吹风等候，他的衣服穿得根本不够。一个年轻男子说他希望他们可以马上录取他，这样就能混上中午发的盒饭了。那一群女孩子笑了起来。董丹不由自主地也跟着他们笑。这是个快乐的地方，让人感觉年轻又健康，可以把现实抛在一边。

门打开了，一位中年男人穿着有许多口袋的帆布背心，从里头探出身来喊着："你们这些姑娘！我给你们的台词都练好了吗？"

"好了。"其中一个女孩说。

她们全都站了起来，一个个突然变得羞涩腼腆。

"我们需要两个妓女的角色，你们都可以来试一试。不过假如你们不愿意演脱戏，就别麻烦了。"那人说。

一阵紧张的交头接耳后，女孩子们全都收起了板凳，冲进了办公室。

"别忘了你们的推荐信。"那男人说。

等在外面的男人朝她们喊："喂，你们的午餐有着落了，记得留些骨头给我们！"

女孩子们已经紧张到没法再调侃回去。

"小伙子们，把香烟给我熄了！还有你们，在制片厂外头别把鞋子给脱了好不好？有点样子！"他说，"我们需要十个土匪，你们谁想要来试试？"

所有男生都欢呼起来，往办公室一拥而去。董丹起身跟在后头。

"听好，这个戏里的土匪都得剃头。哪个不愿意剃头的就等在外头。"其中有几个犹豫了，又坐回原来的地方。董丹瞧瞧两边的人，决定留下来。

他不希望顶着个大光头回去吓到小梅。

又过了漫长的两个小时，门打开了，一位老头儿走了出来。他的脸上化着血淋淋的妆。

"他们要你试什么角色啊？白大爷。"有人问，"又演死人？"

"演死人才好呢。死人只要躺在那儿不动，还能休息，我还巴不得。他们要我演一个乞丐，从头到尾被打个半死。"

那老先生的声音与口音让董丹感到有些耳熟。老先生朝这边走过来，董丹紧盯着他，认出来了，他是那两个老农民中的一个，当下他想站起来扭头就跑。

"是你吗？董丹大记者？"那老头儿已经先对他喊了起来。对一个像他这样岁数的人来说，他的记性和眼力还真好。

"您是……"董丹边说边站起身，自己都知道演得不像。

老头儿停下步子盯着他看。他脸上血腥的造型让他看起来有几分恐怖。

"我们等了整整一星期，你都没来。我们身上一分钱都没了，旅社也住不下去了，只好走了。那是啥旅社？老鼠洞！"

"想起来了，您是白大叔，对吧？"董丹说，感觉自己的表演十分愚蠢。

在彼此客套的同时，白大叔一双眼睛始终带着责难的神情盯着董丹。他脸上一道画出来的刀伤，让董丹胃里一阵翻搅。

在以假乱真的装扮下，白大叔的眼睛始终没有放过董丹，即使他嘴里说他能够理解，如果董丹真的如实写了那篇文章，他或许会丢了他的饭碗。

"可是，白大叔，那篇文章马上就要登出来了。登在《农民月刊》上，下个礼拜就要出刊了。"

老先生一脸惊讶："就知道你不会诓咱！"

"这……"其实那是高兴的文章。

白大叔向前紧抓住董丹的两只手，干瘪的嘴唇抖了好几下，才骂出来："他奶奶的！"他说这篇东西早一点登出来就好了。生死攸关就差了这么一点。整件事情说来话长。他建议他与董丹到附近小馆里用点简单的午餐，喝点小酒，慢慢地聊。那他脸上的妆怎么办。那馆子是专门为临时演员们开的，那儿的男女服务员有时也跑跑龙套，有时候他们也顶着一张吓人的面具在为客人服务。馆子只有四张桌子，他们在其中一张坐下，点了三两高粱酒。白钢和他们用尽了盘缠后，不得不回到村子里。刚到家的那天晚上，村干部就找上门了。白钢被立刻抓了起来。村长说根据法律，他们全犯了罪：诬陷领导、无业游荡危害城市治安、逃税，还加上企图造反、与领导作对。他们必须交出四万块钱罚金，不然就得坐牢。村长说看在他们是受人尊敬的村里前辈，给他们两天时间去筹钱。白大叔要刘大叔趁着夜里跟他一起逃走，可是刘大叔说他不怕，他有什么好怕的，他是无辜的，他的良心就同村里那口井里的井水一样清澈。

"所以我一个人逃了。在邻村的亲家家里躲了好几天，才听说村里发生了什么事。离开两天以后，村干部就找上刘大叔，一顿毒打……"

这个故事让董丹听得牙齿直打战。他得靠一杯又一杯的烈酒下肚，好抵挡住那股寒冷。

"唉，他如果能读到你的文章就好了。"一段沉默后，白大叔才开口，"希望你那篇文章登出来之后，能让白钢得救。"

224

"你一直躲在北京？"董丹问。他已经醉了，听不下更多悲伤的故事。

"不，我是在等。"

"等什么？"董丹问。他知道自己听上去不怎么客气，可他控制不住。还有什么比这一张化着吓人的妆的老脸看起来更无助悲惨的？

"我在等个人，他有权有势，愿意听我喊冤。"对方说，"我在等这个人来救我们。"

"等吧，等到就有救了。"董丹说。他又给自己斟了一杯，看着酒满出来流了一桌子。董丹伸了脖子、�’起嘴，大声地把酒桌上的酒给吮了个干净。

"他会救我们的。"

"他是谁呀？"

"他就坐在我面前。"老先生说。多亏了他脸上血淋淋的装扮，否则那张脸绝对做不出如此凛然的表情。

董丹朝他猛眨眼，最后发出几声冷笑，嘴里的酒流了他一下巴。农民，跟他父母没两样，抓到什么人都当他是救星。不，应该说这情形是，白大叔希望谁是他的救星，谁就会成为他的救星。现在成了他，董丹这一只宴会虫要来替补这位老农民心中救星的缺。

"你那文章救得了咱们。它会让在位的人了解咱们村里发生的事情。为刘大叔报仇，就从这里开始。"

董丹一语不发，继续吃喝他的。老头儿的脸在他蒙眬的醉眼中化成一团红影子。董丹感觉好多了。这酒真是神效，特别是当你在面对悲苦的时候。

"你成天都在演尸体，是不是？"董丹问。

他说得太大声，附近的客人全都转过头来，惊讶地看着他。

白大叔说不是的。常常会一连好几天，他都捞不着合适的角色去试。有时候你试过了，他们还是不要你。如果需要个又老又丑的，又是一脸苦相的龙套，才会找他。这行当里，只有生得极俊或者极丑的人，才有饭吃。所以他希望自己长得再丑点，才有更多的龙套角色给他演。

"不是说一天可以赚到五十块钱嘛！"董丹几乎在吼叫。

白大叔叫他小声点，一边抱歉地看了看四周被打扰的客人。他说那得看情形。如果他们只是要你在那儿躺下或坐着，你只能领二十到三十块钱。你还得交百分之十五给中间那个叫经纪人的狗日的。如果你这个龙套得挨揍，当然不是真揍，不过有时候也有一两拳失误的，你才拿得到五十块钱。全都看情形。如果一连好几天都没有工作，他就靠自己的血养活自己。

"你靠什么？"董丹大叫。

周围的人都被他的大嗓门吓了一跳，纷纷抱怨起来。

"我去卖血。在这儿跑龙套，他们倒把你喂得不错。所以我就把自己养胖，养的血再去卖。还挺合算吧？自己喝自己的血。"

董丹禁不住想，这老头儿的血里可别有太高的胆固醇。热乎乎的饺子汤已经让白大叔脸上的血妆开始融化，看起来真像是噩梦般恐怖。

"你常来这儿？"

"我天天来，反正我也没别的地方去。"

"你住在哪儿？"

"通常就睡在公共汽车站。"白大叔看着董丹猛烈颤抖的手，"你没事吧？没醉吧？……"

为了让白大叔相信他没醉，董丹挤出了一个傻笑，就像所有喝醉的人要证明自己没醉时的那种傻笑。

"你醉了，这时不醉啥时醉？"老农民说，"我一直在等这一天！我要看看那一群狗日的下场，我要看他们被开除党籍、被关进监狱。"

他接着又说这些狗日的就配那下场。他所有的等待都终将有结果，是不是？中央领导们读了董丹的文章，一定都会开始处理这件事情，说这一群野兽怎么会如此大胆，吸农民的血汗，还敢称自己是党的干部，来人啊！统统给我抓起来……老先生口齿越来越不清，终于他不再作声，开始打起鼾。

董丹把白大叔扛到了那棵柏树下。当那个中年经纪人来喊他上场拍戏时，白大叔一径朝他吼着操那些村干部的祖宗十八代，党一定会把他们开除的。经纪人没办法，只好到附近的农贸市场抓来另外一位老先生来替补白大叔，一边抱怨连连，花了一整个早上才给白大叔上好的妆全糟蹋了。

陈洋那一篇专访的校样已经出来了，即将登在下一期的《读者周刊》上，作为那一期的封面故事。那是一份拥有两千万订户的杂志。高兴请董丹上酒吧街一家具有南洋风情的餐厅，叫作"红粉香闺"。星期六的晚上，整条酒吧街被挤得水泄不通，全是来自世界各国的流窜客。已经是秋天，北京到了这时候，渐强的风总带来了细细黄沙，可是在餐厅户外的人行道上，仍然摆满了桌椅。桌椅中间立着一把大遮阳伞，被风吹得噼啪作响。整条街上音乐声大作，两侧的树与树之间都挂上了五彩的灯泡，对着随时在迷路的人群不停闪动。"百威""海尼根""约翰走路""人头马"都立起了霓虹招牌，但是每一家酒吧仍然企图以他们特调的鸡尾酒招揽过来的客人，或是强调他们有更好的乐队，他们的节目更带"色儿"。说到"色儿"，他们都特别强调一番，好让人明白那不是一般的"色儿"。从每家酒吧的窗户看进去，都可以看见一两位脸上表情陶醉的女歌手，唱得死去活来，满脸痛苦地扭动着肢体。董丹已经头昏眼花，不知道该朝哪儿看才好。"你好，大哥大姐！"两个年约十八岁的黑人男孩朝高兴、董丹走来，竟然操着标准的北京话，轻声问他们要不要来一点药丸。一些小伙子站在当街，拉皮条一样对着往来的人吆喝，为自己的酒吧拉客。

"红粉香闺"是一栋三层建筑，外边全漆成了粉红色，挂着粉红窗帘，还吊着粉红色的灯笼。跟高兴走进去之前，董丹打量了它一番。让他感觉庆幸的是，它不像与吴董用餐的那家餐厅，大门口列了两排"活人偶"。这地方也没有金狮子，或是塑料叶做成的假棕榈树那类玩意儿。等董丹追上高兴，上了通往二楼的阶梯，他发现建筑物的里边看起来竟然像他与小梅住的那栋厂房，全是粗糙的水泥结构，却用了非常女性化的质材与色彩做装饰，譬如：椅子上摆着桃红软缎靠垫，窗上挂着粉红的轻纱帘幕，丝绸灯笼散发的粉红色柔光下，晃动着粉红的男男女女，笑出粉红色笑容。地板用的全是雾光玻璃。董丹好不容易在椅子上把自己安顿好，这里的气氛竟让他经历一种非常奇特的感动。他说不上来到底是美还是丑，他从来没有见过粗犷与娇柔能够如此结合。

"回家再看。"高兴说。

"啊？"现在董丹明白了，为什么这个地方看起来这么有魅力，性感，这就是这里的味道。

"这是校样。"高兴边说边把几页校稿交到了他手里，"我不喜欢有人在饭桌上读我的文章、读我的东西，得正襟危坐。"

点完了菜，高兴便伸长脖子四处浏览。他们的桌子挨着二楼的栏杆，可以看见一楼大厅中央的鱼池，又肥又大的红色鱼儿在混浊的水里游来游去。他们的头顶是玻璃的屋顶，正好也是三楼的地板。如果玻璃地板够透明的话，高兴说，你可以看得见那些女孩子迷你裙下的内裤。

"她们才不会在乎走光。她们的迷你裙是活招牌。"高兴说，"那些老毛子最喜欢穿迷你裙的婊子。"

汤端了上来。第一口的味道辛辣得难以忍受，然而当舌头习惯了起初的不适，辣味渐渐柔和了，你的味觉因此变得敏锐，去品味剧烈的酸味、辣味、异国的香味。董丹从来没尝过如此刺激又丰富的滋味。这是一种必须苦中作乐的滋味。

"你瞧，那边那个穿迷你裙的，好年轻。"高兴的悄悄话用气吹出来，和着一股浓烈的香烟味儿，与其说董丹是听到不如说是闻到了她话的内容。

他转头去，只见一个有着一双细长腿的女孩，挽着一个老外的手臂正上了楼梯。

"这一些是高档婊子，能撇点儿英文。你应该听一听她们的英文，乡下口音之重，还敢说自己是大学生。"

她那张嘴够缺德，完全忘了董丹也是混在北京的乡巴佬之一。第二道菜没什么特别，他开始期待下一道。这时手机突然发出声响，他收到一条短信："想要来一场浪漫冒险吗？我是你的最佳选择。"

"什么东西？"高兴问。

"搞不懂。可能是发错了吧。"

高兴隔着桌子取过他的手机，读了短信，然后开始替他回信，一脸诡异的笑容。

"你在搞什么鬼？"董丹问。

她不理会他，一按键就把回复发了出去。

几秒钟后，对方又回复："身高 167cm，体重 49kg，今年 19 岁，中央戏剧学院的大一生。"

"接下来，"高兴说，"你想在哪儿跟这个女生见面？"

"她叫什么名字？"董丹说。

"别管她叫什么名字。她们可以有一千个不同的名字。哦，对了，你也得改头换面：不能是什么自由撰稿记者，名字也不叫董丹。你是做生意的，开了一家大公司。"

"我的公司生产什么？"

"房地产啊。你有许多许多的楼盘，就像那个姓吴的王八蛋，这一类的都很抢手。"

"好吧。"

她代他回复过去。一边按键，一边大声宣读："听起来你是一个漂亮的女孩子。我迫不及待想跟你见面。"她边笑边继续，"首先，我想邀你在'红粉香闺'吃一顿浪漫晚餐。现在就过来。我给你报销打车费。如果你找不到餐厅，随时联系我。"

对方回复说她知道"红粉香闺"在哪儿，事实上她人正离此处不远。她十五分钟内就会到。

"你猜怎么着？说不定她就坐在对面的酒吧门口，只要穿过马路，再上楼就到了。但是她们会捡一张出租车收据，二十或三十块的，让你给她报销。"

"万一等她来了，你不会走吧？"董丹已经开始紧张了。

"当然得走。"她说。

高兴走到临街的窗口，开始张望。

董丹感觉肠子打了结。想到一会儿要跟那女孩儿见面，他已经没有胃口吃饭了。他想不出来要跟那女孩子聊些什么。谈谈她的戏剧课吗？还是谈正在播出的连续剧？再编出多少谎话，加上多少无聊的话，才能填满接下来的时间。

"她到了。"高兴从窗口扭过头来说。她赶紧跑回餐桌，把盘子里的食物排整齐，又把用过的筷子换上一双新的。"食物还剩这么多呢，不过如果你爱上她，可以再帮她点一两道菜。如果她想喝酒，让她自己点。酒精有的时候可以让人少撒一点谎。"

董丹拽住她的胳膊："我是做什么职业的？"

"你是盖楼的啊！"

"哦，我想起来了。"

"这叫房地产开发商。"

"开发商。"

高兴刚撤离到窗口那张桌子旁,就有一个二十好几的女人出现在门口。左顾右盼,想要招惹所有男人的眼光,不管他们是一个人坐着,还是有一伙哥们儿做伴。接着她拿出手机,边按号码边试探性地朝董丹走来。董丹的手机响起,短信显示:"抬起头来,我到了。"

董丹抬起头,看见她带着挑逗的笑意站在他面前。作为一个男人,董丹每次碰上女人这样对他笑,都觉得自己成了入套的猎物。他站起身,做个手势请她在对面坐下,就是高兴先前的位子。那女孩跷起腿,喇叭裤的裤管微微提起。董丹扫了一眼,她脚上的高跟鞋后跟就像两根小顶梁柱,穿这样的鞋走路,怎么没有崴断脚脖子?董丹为她倒了茶,她俏皮地说了声谢谢。你没法判定她到底漂不漂亮。她西方式的鼻子高得令人起疑。

"How are you?"她一开口就说英语。

如果董丹先前对她还有那么一丝遐想,听到这句话之后则完全烟消云散了。他笑着点了点头。

"Glad to meet you!"她坚持说英文。

酒吧街上的窑姐儿都这么装腔作势?他又朝她点了点头,这一回没有微笑。她对于他的不擅长英语表示失望,显然他不属于那些合资企业的高级主管——把太太留在外国,自己只身在此找乐子。

"快吃吧,菜要凉了。"董丹说。

她道了谢,拿起筷子。她吃相不错,咀嚼的时候,两片嘴唇几乎是痛苦地抿得紧紧的。董丹朝高兴偷望了一眼,换来一个严肃的眼色。女孩子端起汤碗时，露出了左手腕子上一串又圆又大的琥珀珠串。

"这些玻璃珠子很漂亮。"董丹说，他对宝石毫无概念。

"是琥珀。"她边说边把手臂伸过桌子，好让董丹看个清楚，"我妈送我的，她信佛。"

"你也信佛吗？"他不知道自己该不该握住她的手。

她叽叽咕咕笑着，抽回了自己的手："如果我说我信，那我今晚就不能点酒。你知道老舍写的《老张的哲学》吗？猪肉贵则回，羊肉贵则佛，茶叶贵则耶。"

她一时得不到董丹任何反应，因为他还在消化这句话的意思。然后他大笑了起来。她不止十九岁，年纪太大也不可能是戏剧学院的学生，不过她倒是挺聪明风趣的。董丹发现他有点喜欢她了。

"你叫什么名字？"董丹问。

"夏梦。"她望着他，"当然我不会告诉你我的本名。我们又不是来这儿谈恋爱的，对不对？"她带点儿挑衅地说。

董丹笑起来。他没想到自己可以跟一个干这行儿的女人如此大笑。

"我不会爱上任何男人，"她说，"现在不会。在可预见的未来也不会。"

"为什么？"

"因为我喜欢我现在的生活。我可怜那些做老婆的，她们的老公在家里得不到的东西，只能上我这儿来拿。我不想成为她们其中之一。通过男人才能了解女人，所以你就发现绝对别做男人们的老婆。短暂的激情总比没有激情来得好。我就想跟有教养、有地位的男士做伴。这些男人跟他们的老婆在一起太久，就犯了'性美感疲乏症'。"

董丹猜想这女人受过不错的教育。

"没准我也没身份、没教养呢。"董丹说，"你怎么能看出来？"

"我的信息很可靠。介绍给我的男人没有一个是下三烂。我的直觉也相当敏锐。"

董丹想要再替她点几道新菜，但是他对这儿的菜单并不熟悉。他道了失陪后起身，在经过高兴桌子的时候，使了个眼神要她跟他走。他从餐具柜上拿起一份菜单，偷看着夏梦的背影，然后把高兴拉到了一道帘幕后。

"告诉我点什么菜。"

"你喜欢她了，"高兴边说边看菜单，"这可太危险了，采访一个婊子就爱上一个，你的心还不碎成肉末啊？"

"那你去采访。"他说。

高兴笑了。董丹隔着帘幕偷瞧着女子的背影。有一个外国女人正在向她询问什么事。

董丹已经回到座位，那个外国女人还在跟夏梦说话，想来这个夏梦的英文还挺溜，她不仅会说，而且说话时的手势都是洋腔洋调，又耸肩又翻眼。董丹偷偷打量她，来给有钱人用的婊子还真得会两手。

新点的两道菜都辣得夏梦无法下咽。她又给自己点了一道清爽的泰式炒面。她既没有喝酒也没有抽烟。她不会逞一时之快而破坏了她的形象，甚至利益。如果你对你的工作够认真，对你的客户够负责，她说，你的生活就应该有所节制。

"你是做什么的？"夏梦问。

"嗯？哦，我是……我盖公寓楼、办公楼什么的，然后再卖。"

"是吗？"她盯着他看。

"怎么了？"

"那种水泥预制板是怎么做的？"她放下筷子，两个手肘撑在桌子上托住她的下巴。

"把水泥兑上水，搅和匀了，再倒在模子里，再把模板拆了，让它们晾干。"

"怎么跟老农托坯似的？"

"用的技术是一样的。"

她笑了笑。

"问你真话——你到底是干吗的？"

"我不是跟你说了吗？"

"拉倒吧，怎么连预制板都不懂！"

董丹笑了，可她脸上这时毫无笑意。

"那你告诉我，预制板是怎么做出来的。"董丹感觉自己的微笑变得费劲，成了吴董那一种厚脸皮的笑法。

气氛开始变得有一点僵。

"你从哪儿来？"他问。

"你是什么意思？"她说，又露出了笑意。

"举例说，我是从甘肃省来的。在北京的人大多数都是从外地来的。"

"我先去一下洗手间，回来之后再告诉你。要乖乖的，别趁我不在的时候又勾搭其他女人。"她把脸倾向董丹，隔了桌子碰了碰他的手，起身拉了一下喇叭裤，离开了。走了几步，她又停下，转过来朝董丹做了一个非常性感的表情。

二十分钟过去了，她还没有回来。高兴跑去女厕所，结果那儿的清洁女工告诉她，在过去三十分钟里，没有人进来过。夏梦一定已经猜出董丹要么是便衣警察，要么就是记者。

董丹将他们刚才的谈话内容重述给高兴，高兴全做了笔记。他边说边看，头顶玻璃天花板上有脚步在移动。一双带柱子的高跟鞋，后面跟着是一双尺寸巨大的皮鞋。董丹觉得他还看见了喇叭牛仔裤的裤管，但他无法确定那是夏梦。也许她发现了另外一个有教养、有地位的男人，正想成为他身边有趣的伴侣。他看着那双微型柱子移向角落。他感到嫉妒。他是喜欢她的，即便她装腔作势。

"还不赖嘛，你的访问。"高兴合上笔记本说。她看到董丹眼里噙着泪水，正机械化地把红辣的食物塞进嘴里，她从她的皮包里抽出一张面纸。

"你得相思病了？"她边说边把面纸递了过去。

"菜太辣了。"董丹指了指夏梦碰都没碰的食物，猛吸鼻子，用面纸揉着眼睛。

"要是下一个跟这个一样能说会道就好了。"高兴说。

"什么下一个？"

"哥们儿，你的桃花运才刚开始哩！"

她交给董丹一个手机号码，专门提供地下服务，把收集来的有钱男人电话转卖给这些妓女。从今以后，董丹的手机将会被色情行业的女人发的短信给塞爆。她们称之为色情产业。

回家的路上，董丹的手机又发出哔哔声。

"你好吗？"短信说。

董丹回复说他很好。

"不，你一点都不好。你很寂寞。"

没有必要再争辩。在他的前方是一座正在整修中的地铁站。北京是一座永远没有办法完工的城市。总有上千个建筑新点子在彼此冲突矛盾。今天这家公司把一道沟挖开，好让明天的另一家公司去填。

"我知道北京许多有趣的地方，你希望我带你去吗？"短信说。

下地铁站的阶梯又陡又荒凉，董丹边下楼边回复说，这时候去任何地方都太晚了。

"才十点而已。有趣的地方要过了十点才好玩。"

发短信的人用的是更紧迫盯人的态度。董丹问对方，他们可不可以明天下午两点钟约个地方见面。

"你好残忍，要我那么早起床。"

董丹觉得挺有趣。他问那她通常都是几点起床。六点，正好起床看晚间新闻。

等他下到了楼梯底层，进了地铁站，信号就断了。只有五位乘客跟他往同一个方向。突然间老十又回到了他的心上。他发现她这些日子一直都在他的心里，像在一个旋转的舞台，只有被孤独的光打亮时，才会被看见。接着，一种渴望排山倒海而来。老十这会儿是不是也正在某处给男人发短信呢？他怎么知道躲藏在这些短信背后的人是不是老十，纵然她藏身在茫茫人海中？她会不会发现董丹就是收到她这些撩拨字眼的人？如果高兴的计划是要协助像老十的姐姐这些被消音的受害者，让她们的声音能够被听见，那么董丹就要继续跟这些女孩子会面，跟她们进行访谈。现在他跟老十的那一段结束了，他真的能帮她，他不必再因此恶心自己。对他来讲，良心就是这种恶心——当你用某种方法做了某些事情之后，它会让你感觉到对自己恶心。他不知自己有无良心，他只知道自己有这种奇特的恶心感觉。他必须承认高兴的这个主意不错：以老十的姐姐被处死做主轴写出一篇报道，他会协助高兴完成它。她需要他去采访多少个妓女都成。等到文章登出来，怎样才能知道老十对这篇文章的反应呢？

心事重重的他发现一只误闯进地铁站的鸽子，怎么也找不到出口。鸽子一会儿飞进隧道，消失在不确定的黑暗处，过了一会儿又突然飞出隧道、穿过站台，身上满是泥灰，绝望之情更胜于惊恐。一双翅膀失去了平衡与准头，只能疯狂地拍打，响起巨大的回音。董丹看着鸽子，于心不忍。对一只鸽子来说，这是最恐怖的梦魇，一次次重复同样的路径，仿佛是一个冲不破的魔咒，不停在一个黑暗神秘的轨道上循环。它越是想要逃脱，结果陷得越深。它又一次往隧道里飞冲去，整个身子歪斜着。它将继续地飞，直到精疲力竭，坠地而死。

为了让自己分心，他把那篇陈洋专访的校稿掏了出来。他靠着一根柱子，在花岗岩地板上坐下，开始阅读。车来了，他上了车后，继续读着。老十又被推入舞台的黑暗背景。董丹发现高兴的文笔确实很好，深入又诙谐，呈现了一个伟大艺术家可爱的缺点以及外人无法欣赏的过人之处。就当地铁快要接近他的目的地时，董丹读到了最后一段，吓了一跳。

这段说陈洋有许多忘年之交，他们的父亲都是权贵之士，必然会帮助他解决这一次的司法难题。由于税法对许多中国人来讲还是一个新规定，因此可以辩称老艺术家之所以惹上麻烦是无心之过，而非蓄意犯罪。凭他那些有势力的朋友相挺，为这一桩诉讼翻案应该是易如反掌。

董丹到站下了车，一边登云梯似的攀爬地铁出口的阶梯，一边开始拨电话。等高兴那头接起，他这里已经上气不接下气。

"怎么啦？"她的声音懒懒的，背景喧哗声大作。

他不停喘气，猛吞了几下口水："你……你怎么能这么写？！"

"什么不能这么写？"

"你不能出卖他！"

"你在说什么呢？"

"你把陈洋那篇文章最后一段给我拿掉。"

"谁说的？"

"你利用我。我告诉你陈洋接了某某大官的电话，然后他们在电话上商量这个逃税的事儿。我当时挺高兴的，觉得有人能够帮助老头儿一把……"

"我也很高兴啊。"

"我以为那个高干的儿子帮忙，他只要付一笔罚金就可以从这场官司中脱身了。"

"对呀。"

"你怎么把我一不留神偷听到的话写进去呢？"

"你早干吗去了？有什么事不想让我写出来，在我动笔之前你就该打招呼啊。"

"你让我成什么人了？成了我自己最想杀掉的人。"

"我问你，陈洋打电话的时候，有意回避你了吗？"

"没有！他相信我……"

"所以你告诉我的事并不是偷听来的。"

"你必须删掉它。"董丹说。他火冒三丈，浓密的头发下，汗珠一颗颗渗了出来。

"来不及了，明天一早就出报了。"她的语气就像是一个巫婆，在对被她施了法的人炫耀她的胜利。

"那你就把那篇文章给我撤回来！"

"非撤不可？"她的声音中开始出现了恫吓。

"对。"

"那你倒说说看，如果我不撤，你想怎样？"她发起狠。

"一般情况下我不会对女人动手。不过那只是一般情况。"他说。他很高兴他又流露出已经被他压抑了很久的流氓本性。

"既然要摊牌，那也让我告诉你，你那一篇《白家村寻常的一天》，早就从下一期的《农民月刊》里给抽掉了。换句话说，那篇文章已经被查禁了，不得刊登。我实在不忍心把这件事告诉你。我本来想，等我找到别的地方愿意登了之后，再让你知道。不过，那得看你对我够不够好。"

董丹站在冷风呼呼的夜里，看着郊区建筑的幢幢阴影。他已经告诉了白大叔，文章下个礼拜就会登出来了。他闭上眼，又看见了白大叔的笑容——被血肉模糊的妆弄得惨不忍睹的老脸上，堆出感恩戴德的笑容。

"我会想办法让它发表。我会去找一些地方刊物。有些时候，那些刊物才有这个胆量曝光这些事情。过去有不少争议性事件就是被这些刊物披露的。"

董丹什么话都没说。白大叔一直在卖血，他一直在期待有人能够成为他们这些沉默的村民的喉舌，他扮演尸体，趴在秋天湿冷的地上，一趴就是几个小时，或是让人对他拳打脚踢，为的就是有一天能看到这篇文章被发表，那么为刘大叔的复仇就有望。

"如果你需要我的帮忙，首先你得先帮我。"高兴说，她一个人在说个没完，董丹的心里只想着白大叔，"别人怎么会知道你是我情报的来源？他们不会发现的。陈洋也不会怀疑你，他身边有这么多人，其中任何一个人都有可能偷听了他的谈话。"

"这太不地道，知道吗？我真的觉得这太不地道了。"

"我知道。但是我们是在为人类文明做出贡献，职业道德的一点小瑕疵不算什么。"

董丹感觉有一大块已经腐烂的食物硬塞进了他的喉咙里。他说："随你便吧！"然后挂了电话。

天还没亮，董丹就从床上爬起来。洗漱完毕后，他匆匆下楼。早晨的交通还没有开始拥挤，空气仍然十分干净。这是一个凛冽的清晨，被霜覆盖的菜地灰蒙蒙的。他走了一公里路来到地铁站，发现自己的心情已经好转了许多。

当他来到陈洋家时，看见前面草坪上停满了车子。艺术家有许多访客留宿，他们统统过了四点以后才上床。董丹决定先到附近的露天农贸市场吃碗豆汁油条什么的。他已经好久没有吃市场摊子上的早餐了。食物的香气很远都闻得见，让他满嘴跑口水。

他吃完早饭，又买了一份打包带走。如果陈洋不想吃的话，他可以留着当午餐。没想到老艺术家一闻豆汁的怪味就欣喜若狂。

"什么东西这么香？"他在床上就大声嚷嚷，"我一闻见就醒啦！"

一阵匆忙的脚步声，陈洋立刻出现在房厅门口。他说他那些老婆，这么多年都不准他吃这玩意儿。他几乎都已经忘了这道美食的存在。这世上除了董丹之外，没有人了解他。没有人在乎他喜欢的东西，除了董丹。

董丹在沙发上坐下，胳膊时搁在膝头，上身前倾。他对自己说，先让老先生吃他的早餐。他不希望他待会儿要说的话坏了陈洋的胃口。一旦说出口，他知道陈洋不会原谅他。他糟蹋了老艺术家对他的信任，盗用了取之不当的重要信息。可是过了一会儿，董丹发现自己已经没有足够勇气来供认这档事。陈洋先问起他最近都在忙什么。回答时他提那篇《白家村寻常的一天》，心想老头儿反正也不会专心听，但是让他诧异的是，老艺术家这一次竟然牛头对上了马嘴。

"有这种事？这个社会成了什么样子？"他放下装食物的小塑料袋，"你就应该把他揭发出来，文章什么时候发表？"

"他们把它查禁了。"

"这一群腐败的王八羔子！他们的杂志叫作《农民月刊》，结果都没种替农民说话？！"

陈洋沉吟了半晌后，说："好，那么着，我们也可以给它来个走后门，对不对？"他猛地站起身，嘴角上还沾着酸豆汁灰色的黏汁，"咱们有的是又宽又大的后门，只要有秘密门道都进得去，进了门就能扭转乾坤。"

陈洋急急忙忙走回去，朝走廊尽头的几间房大喊："喂，都给我起来了！人都给杀了，还睡得跟死猪一样！"

其中一扇门开了，一个穿着白色长睡袍的女人走了出来，一边抓着头发一边抱怨，她昨晚喝多了，又没睡好，现在头痛得厉害。原来是李红。风波一过去，她果然就回到这儿来了，正如陈洋早先预言的一样。她朝董丹扬扬下巴，草率地打了一个招呼，然后就在电视机前的沙发上坐了下来。董丹明了在她心里，他已经出局了，因为他没有做她的好眼线。另外一个房间里，有人把电视和音响给扭开了，开门的是董丹在首都医院见过的那位年轻人，赤裸着上身探出头来吆喝了一声："咖啡！"

立刻就有一个女佣不知从哪儿就冒了出来。一手端着托盘，一手提着咖啡壶，赶了过去。

"你别进来，我没穿衣服。"那年轻人说。

从半开的房门口，两人笨拙地交接了咖啡壶与托盘，这时年轻人问陈洋谁被杀了。

"一个像我一样的老家伙！"大师说。

"不过，那不是您。"

李红闻声大笑，打开了客厅里的电视机。

那年轻人关上门，消失了一两分钟，然后又出现了，这一次吆喝的是："果汁！"

女佣再度神奇地从天而降，端来了一壶柳橙汁和玻璃杯。年轻人总算在客厅里出现了，说他现在才算比较清醒。他拿起电视遥控器，问起那个倒霉的老家伙到底是谁，是他认识的人吗？陈洋把整件事扼要地转述给他听。年轻人不停地转换频道，一边说这的确是一件倒霉的事。那老头儿的家人怎么不去地方上的执法单位控告？那他们就应该告到省里头去。但是当初逮捕白钢和刘大叔的决定是省里头批准的。找不到他想看的节目，年轻人站了起来，同时生气地说，这样的悲剧真让他震惊。

"董丹写了一篇关于这件事的报道，结果不准登。"陈洋说。

"董丹是谁？"年轻人问话的同时，眼睛一直没离开电视屏幕。

"是个记者，你见过他。"

"我见过？"

"这不是重点。重要的是，他的文章在出刊前几天被查禁了。"

"喂，"李红朝那年轻男子发出娇嗔，"你到底让不让我看电视啊？"

"你们女人怎么会需要用到这么多洗发露？"年轻男子问，"怎么每个频道都在卖洗发露？"他一边继续转换频道，一边继续跟董丹说，"换一家杂志发呗。少说还有好几千家呢。"

"没人敢发。"董丹说，"这是一个敏感话题。"

"怎么会是敏感话题？"

"因为有村干部对农民施暴……"

"说到农民别用那语气，啊！"老艺术家说，"你爹也是农民出身。"

"所以我跟他没法相处。"

"你能不能帮他登这一篇文章？"老艺术家问，假装没有看见李红在旁使眼色。

"你说吧，你想在哪家报刊发？"年轻男子对董丹问。

"哪一家都成。"董丹回答。

"好吧。把你的电话号码留下,我会让他们打电话给你。"

"那我怎么把文章给您?"董丹问他。

"把文章给我干吗?"年轻男子显得不耐烦了。

"我想……您不得先看看。"

"我不用看。"

董丹望着他。

"明天你打个电话给我,要不我该忘了。"他给董丹一张名片,上面什么也没印,除了他的名字与电话,用的是娟秀的烫金字体。

董丹摸了摸他口袋里那一封盖有《中国铁路日报》公章的介绍信。他在餐厅门外逗留了许久,一直观察门口登记处的动静。一身珠光宝气的女老板在迎接宾客时像是高高在上的皇后,站在由菊花堆砌的王位下。从玻璃门里一直到玻璃门外的阶梯上,全都铺满了各式各样的菊花,花涛滚滚直泻人行道。这些都是来自这个城市各界名流的贺礼。在楼梯底端搁着一个巨大的装着五颜六色菊花的花篮,由于颜色鲜艳、体积庞大,显得格外突出。是那位吴董送的,一个民工的两年的工资就这样飞了。

如果这次人体宴有警方卧底怎么办?他们或许猜到,一些像董丹这样的宴会虫想要来这里冒个险。点阅着每一个在登记处的记者,董丹一双汗湿的手在口袋里紧紧握着那一封假介绍信。他看到小矮个儿三步并作两步爬上楼梯,身边跟着那位摄影师。他也像董丹一样,心里七上八下吗?一位女记者走过董丹身边,愉快地称赞他今天看起来很帅。他今天穿上了他的黑色皮夹克以及羊毛西装裤，那套由高兴为他打点的造型，深红色领带则是他专门为今天出席宴会添置的。他把眼镜换成了细银丝框边，让他看起来几乎像是一位有品位的生意人。一年半来在各酒宴上的历练，让他长了不少见识。

一辆长型礼车在门口停下。董丹发现车里这一位重量级人士不是别人，就是吴董事长。一身全白西装，打上黑色的领结，他看起来比之前更加伟岸，脚下的皮鞋每走一步都发出崭新的叽叽声。他大声地跟认识与不认识的人打着招呼，跟女主人以及柜台小姐调着情。

"迟到了，吴董！"女老板说。

"我知道！"

"你知道没有你，我们是开不了场的。"

"一点没错。"

"迟到罚酒三杯！"

"罚十杯！"

他们大笑起来。

"各位先生、女士，我们现在就要开始了。"女老板宣布。瞬间她的身影被几百盏闪光灯照得全白，仿佛冻结在那里。

董丹通过登记处时很顺利。那个登记处的姑娘因为太过兴奋，只匆匆忙忙检查了他的证件。当他签名时，看到一张以前他虚构出的那家公司的名片。小矮个儿竟还在用它。他走进大堂，音乐恍如隔世。灯光全暗了下来，取而代之的是点点烛火。穿着雪白丝质制服的服务员推进来六部小车，同样铺盖着雪白的丝罩单。宾客感觉一股冷冷的微风吹过，伴着魂牵梦萦的音乐，一张张白丝单下躺着的像是刚从殡仪馆推出来的尸体。

接下来服务员们要为这六台车揭幕。他们用拇指与中指捏起丝单的四角，那兰花指的动作透着女性化的轻巧。丝巾被一点点揭开，食物与鲜花立刻映入眼帘。丝巾最后被撩起，人们才看见玉女们的真面目。她们的玉体全被一层一层的鲍鱼、鲜贝、对虾以及各式的海鲜刺身覆盖。女老板向众人解释，想要欣赏她们的美丽天体得慢慢来，等大家把食物一片一片从她们身上夹起之后。

客人们端着盘子，绕着以身体作为器皿盛装昂贵海鲜的女郎们徐徐行进，仿佛在葬礼上瞻仰遗容。没人开口讲话，只有在窃窃私语，也没人彼此对视，倘若有谁被发现正在盯着那些玉体打量，那人会立刻将目光转移到地板。连原本要制造出欲仙欲幻氛围的诡异音乐，都让每个人感到焦灼不安。

女老板也注意到大厅里的尴尬气氛。她用愉快的声音说，这些女大学生个个成绩优异，说不定哪天就成了在座的首席执行官、董事长们的助手或小秘书了呢！

客人们都笑得很僵。

食物一片一片被夹起，玉女们的裸身一点一点浮现。

如果你现在瞧见董丹的模样，你会看见他双腿发软，端着盛满食物的一只大碟子，你从来没见过他对吃这样缺乏热情。他步伐迟重地缓缓向其中一辆车走去。他的脸色苍白，眼睛无光，嘴巴如同嚼蜡。与其说是他的眼睛，不如说是靠他的直觉认出了这位玉女的身体，尽管她的面庞仍被遮盖着。

女老板向客人们演说起中国历史以及西方文明中的情色艺术和美食的关系。食物即将用尽，宾客们变得更加躁动。现在只剩女孩私处部分的食物了。吴董走向前去，带着戏谑的意味夹起一大块龙虾肉，然后退到一边让大家看看肉底下那一块柔滑的突起。众人目瞪口呆：一颗乳头在他们眼前活了一样渐渐挺立起来。

吴董故意把那一片白色的龙虾肉移到嘴边，用舌头去舔它。

"嗯，真鲜美。"他存心以销魂的声音哼唧着。

大家放松了一些，互相推挤调侃着朝那些女郎一拥而上。音乐一转成为轻快俏皮，同时一些蜡烛也被吹灭了。表面上大伙儿嘻嘻哈哈笑闹着，他们的筷子却都实时伸向最大面积的鲍鱼与龙虾肉，好快一点看见玉女们最私密的部分。

老十的身体现在已经完全裸露在眼前了，看起来并不像董丹记忆中那么新鲜，想必是被冰得过头了。然而董丹还是认为她是这六个女体中最美的。董丹走向前去，轻轻唤了一声："老十。"

除了老十，没有人听见。他又轻唤了一次。她的身体开始轻微抽搐。董丹失神地站在那儿，瞪着她。顷刻间她的身体害臊坏了。一具裸体竟然有着如此害羞的表情。

他知道不该站在那儿盯着她看。虽然她一动也不动，董丹却能看出她在肌肤下的挣扎，想从他的目光下避开。她的身体被他的目光钉在那里，急得火急火燎。他看着她使劲并拢双腿，两只胳臂也因为想遮住乳房的垂死企图而变得僵直。

他走开了。

这时女老板宣布，这些睡美人将要醒来，恢复成正常的女大学生了。董丹把自己藏在一座巨大的菊花造型下面。随着众人的掌声与喝彩，女郎们从棺材车上起身，每个人身上都还挂着鱼肉屑、流着蚝油汁、粘着菊花瓣。她们向前一步，优雅地做了一个蹲身礼。服务员们立刻拿来了轻纱披风围在她们的肩头。接着女郎们以舞蹈碎步走向每一位客人，公主似的行礼。老十有些心不在焉，眼睛瞥来瞥去，四处搜寻着董丹。他往阴影里又退了一步。她以为董丹已经离开，明显松了一口气。

吴董说了个笑话，惹得老十跟其他人一起笑了起来。看样子老十并不认识这个吴董。他朝老十走去，与她握了握手。她朝他露出笑脸，整个人笼罩在他笑盈盈的目光之下。看来他不是害死她姐姐的那个男人。是另外一个同样戴着巨型翡翠戒指的男人糟蹋了小梅。董事长、首席执行官、总裁多如牛毛，老十总会被他们其中一人挑中，采摘，然后被糟蹋掉。

董丹头也不回地往大门走去。

两名男子尾随着他。接着他听见另外两个人也从餐厅里走出，跟了上来。这几个家伙既不凶恶也不可怕，他们甚至带着微笑，或许是他们不想把事情闹大了，坏了所有人的兴致。

"请跟我们走吧，好吗？"其中一人说道。

看起来他还有选择。董丹点点头，同他们一起向外走，他左右各站一个警察，身后跟了两个。为了宴会上所有人着想，董丹一点都不想给警察们添麻烦。这会儿老十正在与观众们共进甜点。也许吴董正在问她念的是哪所大学。他们的虚假关系就要开始了，除了她赤裸裸美丽的身体之外，什么都是假的。

董丹看见一辆警车从停车场开出，朝他们驶来，同时也听到准备就绪的手铐，发出叮当的声响。一阵剧烈的反胃突然袭来，他感觉到自己的身体里发出一声畜类的低吼，弓下身开始大吐特吐起来。在他的腹底似乎有一台强有力的泵，把所有固体、液体的东西从他的嘴里泵压出来，掷地有声地落在路面上。有那么一刹那，他奇怪自己这"哦哦"的吼叫是从哪儿发出来的。那声音已经像滚滚闷雷了。今晚他没吃多少东西，在看见老十以前，他不过吃了几片海鲜，现在应该早就吐干净了，可是他仍然岔开了腿，蹲在那儿不停地往外倒。他感觉这一年多吃过的所有精致酒宴，这会儿全给吐了出来。渐渐地，他满嘴酸味，那是他在军队里头偷吃到的馊包子味儿。当炊事班在讨论是不是该把这些包子拿去喂猪时，他把它们全偷了来，跟几个和他出身类似的农村兵一块分吃了。他得不停地移动两脚，才不会踩在自己吐出来的秽物里。他渐渐不再发出呕吐的吼叫，然而他还是没吐干净。胃液已经不是酸的，而是苦的。苦味是来自母亲煮的榆树皮掺和的小米糊糊。这样剧烈的呕吐简直把他的胃从里到外给翻了出来，胃壁上每一道皱褶都没逃过，就像小梅在炖鸡前把鸡肫从里到外给翻出来清洗一样。接下来是剧烈的疼痛，每吐一口都让他感觉一阵可怕的抽搐。他尝到略带甜腥的血味，仿佛吐出来的已经是他这条命的一部分。他的五脏六腑天翻地覆，他感到自己把活了三十四年的餐饮历史都吐了出来。

那几位警察在他们勤务范围内，全站得离董丹老远。嫌恶的喉结上下抽动。董丹由吼叫转为哼唧，为了不让自己摔倒，他只好两手撑在地上，看上去就像是一只四脚朝地的大牲口。警察们看见他用手猛力一撑，想把自己撑起来，却又趔趄了几步，整个人空洞而憔悴，比他们印象中的他小了一圈，起身朝他们走来的似乎是一捆随意绑起来的破布。

"我想跟我女朋友说两句话。"他用被胃酸腐蚀的声音向站在他右手边的便衣警官哀求，"我不想让她担心。"

"你不是有老婆吗？她叫什么来着？叫小梅，对吧？"

"别在这脏地方提她的名字。"董丹说。

"要是你进去再闹点什么……"

"不会的。闹了你们可以给我加刑。要不就把我当场毙了，反正我是你们网里的一条死鱼了。"

四个警察你看我我看你，最后站在董丹右边的那一位扬了扬下巴，表示同意。

董丹带着轻松的微笑，走到吴董的身边。吴董看到董丹有意来求和，马上喜出望外。董丹摘下腕子上的手表，把它绑在右手的指关节上。吴董说了句什么，可是董丹全没听见。他太专心于他接下来想要做的事。你绝对不会相信董丹的出手会这样利落、快速、有力，除非你早知道他在工厂里打架的历史，以及他在部队里练就的好体格。他一向崇拜仗义勇为的流氓英雄。等宾客听到声响时，吴董早已应声倒地，一脸血地趴在大理石地板上。

警察根本来不及阻止董丹。等他们回过神来，董丹又朝吴董的头部踢了好几脚，就像一个足球员在踢一颗漏光气、弹不动的足球。

老十没有像其他的女客一样发出尖叫。她只是定定地注视着警察把董丹带走。董丹一直感觉她的目光尾随着他，在门边一大蓬倒塌的菊花台旁，警察给他上了手铐。白的、黄的花瓣撒了他一身，镁光灯都对准了他闪起，其中几个想必也没装胶卷。不管是真相机、假相机，他突然感觉一种奇异的喜悦，因为这回他站在相机镜头的另一边。他想要引述陈洋发酒疯时说的话："你们这一些吃人不吐骨头的！你们这一些吃屎的！"但是他的声音已经在呕吐时给吼哑了，被酸苦的胃液给腐蚀烂了。

"我的耐心用得差不多了，啊？"陆警官对董丹说。

"嗯。"你才不会没耐心呢，这么长时间你按兵不动，跟我跟得比我自己的影子还紧。你用你的耐心放长线钓大鱼，抓了我又放，想让我为你们带路把所有的宴会虫一网打尽，不靠耐心靠什么。

"我说的你都听明白没有？"

"听明白了。"这有什么不好明白的？

"我的话什么意思？"

"意思是你能把我揍个屁滚尿流。"估计你也揍不出什么来了，两天前我已经把肚子里的东西都吐光了。

"所以啊，快交代，别自讨苦吃。"

"现在几点了？"

"你管几点干吗？"

"不干吗。"这个钟点小梅大概已经上医院做检查去了。昨天她帮董丹送来衣服，还有她亲手做的包子，告诉她今天会去做一个孕检，此时她或许正坐在检验室外的板凳上，两只手仍忙个不停，钩织着一顶假发，打算靠那小小的针尖一针一针地挣出未来那个小家的生计。陆警官，你该瞧瞧她那双手动得多快，快得让你眼晕。我曾经问她，万一有一天假发的需求量不再像现在这么多怎么办，她说不会的，她一直都在看连续剧，十出有八出播的都是古装戏，只有古装戏不会被上级停播。我问她这和假发有什么关系？关系大了，只要古装戏一直播下去，里头不论男女角色都得戴假发。"就是问问几点了。我的表揍吴董揍烂了。"

"你还真拿手表当武器？"

"我其实应该把它脱下来。那表不错，防震的。我的退伍费全花在这块表上了。我就这一件值钱的东西。"不过毁了它很值，这是它最好的用场，而且证明了它的确防震。

"那你毁它干吗？"

"我当时没顾上。"当时我只想那一拳打得够狠，让吴董在他余生里每天早上刮胡子都看得到我在他脸上留下的纪念，"能不能告诉我，现在是几点？"

"你想让时光倒流啊？"陆警官笑了，开始语带哲理，"恨不得时间倒回去，回到你带你老婆去骗吃骗喝之前，是吧？寄生虫！这会儿你巴不得时钟倒转，转到人家把你当成记者的时候。现在悔青了肠子吧，当时没跟他们说实话，是不是？"

"是的。"才不是呢！如果真有机会让时光倒转，转回到最开头，我肯定会保持低调，更安静地吃，绝不参与闲扯，绝不卖弄我对农村腐败现象有多了解，更不会自作聪明地招引高兴这类人的注意。要是这样，我这辈子说不定就能安安生生吃到底。"警官，劳驾您告诉我现在几点？"

"上午十点二十。你很快就会发现，时间对你已经不再有什么意义。"

"是没意义。"我的小梅此时应该已经拿到化验结果，而我就是她肚子里那个小东西的爹。现在只有这一件事对我有意义。

"你再这么跟我磨叽，没你的好。"

"我知道。"我还知道我脸上的微笑让你不快活。可是我敢打赌，如果你的女人告诉你，你快当爹了，你肯定会跟我一样，觉得没有比这更重要的事情了。

"这审讯要是老没进展，有你屁滚尿流的时候。"

"警官，能说的我都说了。"

"你还想等什么？等那个老画家来保你出去？做梦！你以为写了篇什么玩意儿吹捧他，他就能救你？你还真当自己是个记者？"

董丹静静地坐着，双手放在膝头。我为什么要当记者？专找一些倒霉蛋儿去挖他们的倒霉事迹：记者干的就是这档事。没人能够救老十这样的女孩脱离苦海，就像是没人能挡住飞蛾扑火。她们拿自己也没办法，这就是她们的天性。我帮不了她们，要帮只能让自己心灰意冷。

"你以为你东写一点、西写一点，就能管自己叫记者了？就能骗吃骗喝到死？做梦！"

董丹望着他。我早就不再做记者梦了。我难道还想再去找陈洋，哄骗他帮助我发那篇关于白家村的报道？连陈洋不都得求助那个当官老爸的晚辈吗？好些事情让我恶心。那小伙了睡眼惺忪地答应帮我发表文章，这事儿也让我恶心。我还恶心自己千方百计想成为我根本不了解的人。我从来不懂他们为什么喜欢我、讨厌我。我再也不想费劲假装听懂他们的话了。

"你还有哪些同伙？"

"啊？"

"别给我装蒜！"警官咆哮起来，把他的笔朝董丹扔过去。董丹没躲，让笔尖在他赴人体宴时穿的衬衫上留下个墨点。

董丹对着墨点打量了一会儿，然后才蹲下去，伸出他的长胳膊把笔捡了起来。

"别动！"

他不动了，缩回手，面朝前方坐正。他的动作诚恳又听话，像一个训练有素的军人或者是条好狗。

"你要供出其他的宴会虫，并在法庭上做证。"陆警官说，"我知道你们这群浑蛋都互相掩护，团体行动。咱们来做个交易，你就供出两个同伙，我们就把你的刑期减掉一年。"

有那么个瞬间，董丹眼睛一亮。这位警官隔着这张审讯桌阅历了太多人，早已经是半个心理医师，他立刻注意到董丹眼里那一点光。他知道董丹心动了。他等待董丹好好掂量他的提议。他从制服口袋里又掏出了一支笔。

"我听着呢，就看你了。"陆警官说。

董丹看着他。他心动了。如果合作的话，在孩子开口问妈妈"我爸爸呢？我爸爸是谁？"之前他便可获得释放。一旦他被释放，他就去找一份活儿干——随便什么活儿，在小梅织发套织出斗鸡眼之前挣钱养家。陆警官不停在说要带他去一些宴会，要他把其他的虫子给指认出来。警官相信干同样坏事的人有一种生存者的直觉，很容易就能嗅出彼此。如果董丹指认出更多虫子，他的奖赏将会是减刑两年。他还真是仁慈。不愧是人民的公务员，对干了坏事的人充满同情。

一阵静默。他们几乎能听见对方脑子里聒噪的讨论。

"你如果不笨，就别放过这样的好机会。"陆警官说，"你相信我吗？"

"相信。"就我所知，董丹想说，你们从不兑现约定。"我相信你。"董丹说，扬起了他那张金毛犬一般憨厚的脸。

听着陆警官继续解说他们的宽大政策，董丹想起了小矮个儿和那位冒牌摄影师。就算这个警察遵守了诺言，董丹也不会将这两只虫给揪出来。总得有人留下，把那些过剩的食物吃掉，要不然它们全都会被倒进泔水桶里，或成了猪饲料——不过不是什么好饲料，不像那一些知名品牌的饲料，喂得猪仔们疯长，几个月就可以进屠宰场。美食如果落进了懂得吃的人的胃里，会让董丹觉得开心一些，再说，要上法庭做证，对董丹来说真是太麻烦。于是他像是一个黑道好兄弟，为自己对同伴的坚贞而满心自豪。

"对不起，警官。"董丹说，"我恐怕帮不上忙。"

"你说什么？"

"本来我也许能帮。"董丹货，"可是我实在是太馋了，完全没时间注意其他的人。陆警官，你要尝过我小时候吃的东西就好了。你吃过水煮树虫吗？其实就是嫩树叶裹着的虫蛹。那跟树皮一比，就算开荤。桐树花也好吃，你把它煮熟了之后蘸辣椒酱，咱们村里的孩子们都说吃起来就像鸡肉，可那时候他们不知道鸡肉的滋味。不过最好吃的是槐花，要是你家还没穷得连一把面粉都找不出来，你就把槐花打下来，在花里掺点面，然后放到蒸笼上蒸。不过这有诀窍的，和面的时候得加热水，不能加冷水，蒸出来才好吃。这样不但省面，而且吃起来又松又软，还发甜。在咱们村里，每年槐花开的时候，就跟过年似的，因为熬了一冬一春，村里所有的树，它们的皮都给剥光了——"

"行了，打住。"陆警官说。

电视台谈话节目的名主持人抬起头，看见董丹正穿过犯人的会客室朝他走来。董丹不像这儿的警官或访客，看起来他不认得这个家喻户晓的主持人。在董丹出现之前，主持人已经花了二十分钟为所有人签名，签在他们递上来的各式各样的纸上——从小记事本撕下的纸片，到购物收据、车票、餐纸、面巾等，直到董丹跟着他的助理走进来。董丹长腿长臂，肩膀宽阔，一看就知道是个地道的西北汉子，并且给人一种说不出的持重感，不是轻浮的类型。

"董先生，幸会。"

董丹笑了笑，不习惯主持人这样称呼他。董丹仍然穿着自己的衣服，一件驼色毛衣，一条卡其裤。主持人知道董丹在正式判刑前不必穿上囚服。董丹的一双眼睛非常深邃清亮，不适合这座拥挤的城市，应当用来眺望无际的远方。他的握手方式就能将他的持重感传到你手里。

"希望你不会介意，我们选择你作为我们对宴会虫现象报道的主人公。这个现象反映出我们社会的腐败与堕落的一面。"主持人说。

董丹又笑笑，说他并不介意。那是一个没精打采的微笑。然后他问，能不能打听一下，为什么单单挑上他上电视访谈。当然可以，因为董丹是一位下岗工人，是政府一直以来棘手的问题。这就是为什么，他董丹够格做所有宴会虫的主角。没错，多谢。

你们是不是要开始访问了？两位女警跑来跟主持人要签名。

"我媳妇儿也是您的忠实观众，"等女警离开之后，董丹说，"我要不是忙着吃宴会，我也会跟她一样，可是我太爱吃了。吃过那些宴会，你才觉得自个儿这辈子没白活。"

董丹此话有着乡下老农云淡风轻的幽默，会让你觉得他的憨直是否掩盖着捉弄人的其他意思。原来董丹知道他是谁，主持人心想，只不过是见惯不惊罢了。主持人在这个宴会虫身上看到一种其他宴会虫所没有的气质，这就是为什么他骗过了那么多人，包括陈洋。老艺术家告诉节目主持人说，他不相信董丹会是一只宴会虫，警方一定是搞错了，因为他们常常搞错。可是那位未婚妻李红则说，围绕在大师身边总有许多居心叵测的人，像苍蝇一样，她对这号叫董丹的宴会虫并没有什么特殊印象。

主持人告诉董丹，他自己也曾乔扮混进那些宴会。戴了假发、假胡子，不同式样的眼镜以及妆容。从某种程度上说，他也是一只宴会虫。董丹笑了，问他印象最深刻的菜是哪一道。主持人说，他反对大吃大喝，所以他从来没注意自己吃的是什么……笑什么？哦，没什么。我们这是一个访谈节目，所以必须有问必答哦。行，一定有问必答，董丹说。总是那些吃什么都吃得起的人反对大吃大喝。你是这样认为的吗，董丹？没错。

主持人的助理要求董丹把刚才的话再说一遍。录音机上的小灯刚刚没闪，所以他得检查一下是不是没录上。主持人则跟助理讲，那就用笔、耳朵把它记下来。他讨厌任何人破坏了谈话的情绪和流畅。他又转向董丹。这时其他访客纷纷要离开了，主持人对他们的挥手与抛来的崇拜微笑毫无反应。

"警方知道我正在收集有关宴会虫的资料，所以三个月前他们给我看了你的档案。那是你带着你妻子去吃鱼翅宴之后。"

"嗯，我猜也是。"

"到底是什么原因让你带她去那场酒宴？"

"不知道。"董丹说，眼睛盯着放在桌子上自己又长又大的双手。他微张开嘴，刹住口后又闭上，过了一分钟后才又开口："蠢蛋，我真他妈蠢。"

主持人相信他本来想说的不是这个，临时改变了主意。

"是因为你很爱她，是吧？"

"还行吧。"

"她也非常爱你吗？"

"我们不说这种话。我们是农村人。什么'爱'啊、'激情'啊，都是歌词，就像你到处听到的那些流行歌。让你觉得特肉麻、特傻。这种话让我听到都不好意思。我和她无话不谈，可从来不说这些词儿。我也说不出来为什么，我要是这么说感觉有点轻贱她了。"

"有趣。那么你对她的感觉，你怎么描述呢？"

"不知道。我惦记她，我离不开她……"他的手指头在桌面上缓缓移动，画着忧伤的圈圈，"你想想看，一个人活一辈子，从来不知道鱼翅是啥玩意儿？对我媳妇儿来说，这世上有很多东西根本不存在：海瓜子、鸽胸肉丸子、黑森林蛋糕……这是不是挺惨的？也不公平，是不是？"

"这就是你要冒险的原因？你现在觉得当初的冒险值得吗？"

"我应该把她训练得再好点，再带她去。我真蠢。我就是太着急了，想在我洗手不干之前，让她尝到那些菜。"

"洗手就是不再白吃白喝？"

"啊。"

"为什么要洗手不干？"

"烦了呗。后来就老有人来烦你，特别讨厌。那些人就不能不理我，让我清清静静地在那儿吃一顿？"

"不过你后来开始写作了，写得还不错。"

董丹不作声，一径微笑着。董丹让主持人明白，他懒得对此辩解。

"事实上，你已经开始明白什么叫作新闻，以及它所带来的责任。"

"我有吗？"

"那一篇关于孔雀宴的报道就挺不错的。你写得非常独特生动。你描述食物、它的气味以及口感很独到，尤其是描写陈洋的动作、谈吐那些地方。有这样的文笔，你可以成为一个不错的记者，也许还可以是一个好的美食评论家。很可惜，在中国还没有这种行业。因为我们社会中有一种伪善——很多事情，你只做不谈。除了这一篇东西之外，你还写了其他什么吗？"

"没有。"

"有关白家村干部的那篇文章呢？"主持人两天前访问过高兴，她告诉了他，这篇文章经过了许多删减修改后就将发表。

"那东西后来是别人写的。"

"能不能多说几句？"

"高兴说我在处理这个题材上，没法跳脱我农民出身的格局，说我太庸俗滥情。所以她差不多把它重写了。所以那是她的东西。"

主持人笑了。董丹——一个诚实的宴会虫。

"我知道你还想写的一篇东西，是关于一个女孩子她的姐姐被处了死刑。你跟她是情人吗？"

"不是。"

主持人笑了笑。这只虫原来并不完全诚实。

"我有可靠的证据，你们确实是情侣。"他也访问了老十，她说她从来不认识一个叫董丹的人，可是最后他还是让她坦承了她与董丹的关系。

董丹说："她喜欢的是那个记者董丹，又不是宴会虫董丹。"

主持人觉得他的解释很聪明。

"你有没有为她写任何东西？"他问。

"我告诉她我屁也不会写。"

"这不是实话。"

"跟她分手以后，我想过要为她写那篇稿子。"

"那又为什么呢？"

"不知道。"

"这么说吧，关于白家村那篇报道，是你帮高兴先打了底，所以你也该得点儿分数。"

董丹点了点头。主持人看出来董丹想说什么却又咽了回去。高兴说那篇报道许多报刊都不愿意登，最后因为一位重要的人物介入才解决了问题。她不想泄露这个人的姓名，但是主持人早已猜出来，一定通过了陈洋的关系。

"其实你上诉很有希望。你毕竟发表过文章，尽管登在不起眼的刊物上，但你仍然可以辩称你是一位自由撰稿记者。你会聘律师吗？”

"你觉着我聘得起吗？"

"找一个不太贵的。高兴说她有律师朋友，收费可以看情形而定，说不定出去以后还真成了一个记者。"

董丹再度笑了笑。主持人现在已经熟悉，董丹的微笑代表的是不同意。他已经对他的微笑不耐烦。要让董丹开口说出实情十分困难。

"你从来不想成为记者？"

"刚开始的时候想，到了后来就不想。"

"为什么？"

"太费劲。"

"你是指要去帮那些假药宣传什么的？还是说，为了登文章，老得找一些权势人物帮你？"

"不是找，是求。"

高兴告诉主持人，那个重要人物甚至连报道都没看就决定帮他，这让董丹颇为沮丧。他根本不必读他的文章。他根本无所谓他怎么写的。他不过就漫不经心地伸手对着某份报纸一指，事情就办成了，虽然说最后的版本中一些字句还是被删掉了。

"所以刚开始的时候，你并不晓得想要报道一些真相竟有这么困难？"

"是没想到。我从前以为，如果别人说的你都不相信，报纸说的总可以相信吧。他们总是报道真相的。"

主持人注意到这只宴会虫在回答时偷偷打了一个哈欠。昨晚他一定没睡什么觉。彻夜的审问对这只虫来说，一定很难熬。

"我过去以为，那些记者每天吃得跟皇上似的，是最走运的一帮孙子。我第一次去参加宴会，我就不停地吃，吃到我几乎都喘不过气来。所以我心里想，如果能天天吃到这样的东西，叫我做什么都可以。别说让我假冒记者，叫我假冒一只狗都行。那些菜——简直没法说！"

主持人看见董丹微微抬起头，眼光投向他身后的某一点，落在墙上的红色标语："坦白从宽，抗拒从严。"董丹此刻的眼神是少年人的，放纵于浪漫、梦想与冒险。这是一只充满热情的宴会虫。有人竟然对食物能狂爱至此，令主持人顿生恶感。

"可是那是寄生虫的生活。"

"没错。"

"人应该像只虫一样活着吗？"

"不应该。"

"打算痛改前非吗？"

"嗯。"

"相信你能改。去做一个真正的记者，在监狱里争取读出一个学位。"

他看见董丹的神色黯淡下来。董丹摇摇头，微笑。他一直摇头和微笑。主持人猜想他或许想说而没说出口的是："为了吃付出这样的代价太高了。"他还是一只很傲慢的寄生虫呢。

"你妻子对你被捕作何反应？"

"她没事。碰上什么事她都没事。我刚带她来北京，她就发现了我并不像自己吹的那样，挺趁钱。有一回她帮我洗衣服，从我裤子口袋里翻出一张纸条，那是我们厂会计室每个月从我薪水中扣钱的收据。我向工厂预支工资，寄回家，债都欠了好几年。这些她都当没事，没有跟我闹，也没跟我吵。"

"你是因为带她去鱼翅宴暴露的，你妻子懊悔吗？"

"她悔的是她不能天天看到我了。"

"她等得了七年吗？"

"当然。"

"这么肯定。"

董丹点头微笑。这一次微笑意思是不同的。

"她还很年轻，是吧？"

"二十四。"

"你比她大十岁？"

"是。不过她倒像个小妈妈似的，把所有的事情都打理得挺好。再说，对她来讲也没什么大不了的事。我被关进来也不是什么大不了的。你知道做妈的都是怎么样对待孩子的，天下的妈都有点疯，她们相信自己孩子犯错都有原因，孩子就是她们的命，所以你不能跟她们说他们的命一无是处，一钱不值，说了她们也不会信。这就是我的媳妇儿，一个小妈妈。不管我是当上了总统还是成了囚犯，她待我没有什么不同。"

主持人盯着他，不很确定自己是否完全听懂了董丹的话。

"你的文章被登出来，她高兴吗？"

"高兴，不过她也没觉得有什么大不了的。"

"我要是去访问她，你会介意吗？"

"那你得去问她，看她介不介意。"

"那就先这样吧……能不能请你帮个忙？"

"你说。"

"待会儿，摄影机开始的时候，别提帮你刊登文章的那位有权的人物。"

"你要我说什么，我就说什么。"

"那就好。"

后　记

用英文写作也许是我一生中最后一次跟自己过不去。跟自己过不去就是硬去做某件事，或有些吃力地去做。一个英文句子要在计算机上反复写三四遍，还吃不准哪一句最好，这就证明我不再像写中文那样游刃有余了。换句话说，就是力不从心。其实向自己承认做某件事力不从心，也是我进入中年之后的事。人到中年，发现坦荡和诚实比较省力，比如人家劝我，某某地方的房子好，应该去抢购一幢，我便以这种坦荡和诚实回答：我哪能买得起呀！再也不必废话了。假如对于自己都不能坦荡和诚实，那么对待世界和他人，只能说是虚伪或傻。逞能的人都很傻。

然而我必须逼自己最后一回，否则对我在美国学了好几年的英文文学创作没个交代。这一逼我发现自己还是有潜能的。不仅是用英文进行文学创作的潜能，还有性格的潜能——就是幽默。这本小说的英文版出版后，不少读者告诉我，他们如何被我的冷面幽默逗得发笑。原来我可以很幽默，原来我有一种引人发笑的叙事语言。其实不只这些，我还发现了一个带些美国式粗狂、调侃的严歌苓。

不是每个人都有机会发掘自己潜能的。我认为越是有机会进行这个发掘的人越是幸运。我的童年时期很不幸，失学造成了理科的空白，时代赶鸭子上架，把我赶上了舞台，让我用八年时间来排除继续从事舞蹈的可能性。用八年来证实一条歧路、一种潜能的缺乏，这很残酷。假如我们这代人没有中断教育的几年，我绝不会舍得花费八年工夫去证实自己对于某个行当的非天分。或许我有足够的机会证实自己在科学、医学、法律、政治上有意想不到的潜能。或许我可以早早证实自己在语言上的潜能，从而早早掌握英文，以致自己在用英文写作时不至于把一个句子写三四遍。

没有机遇，人就不能了解自己的潜能。领养我的女儿给了我机遇，让我发现自己有做个好母亲的潜能。美国缺少正宗的中国菜馆，这也给了我机遇，让我发现自己有做厨子的潜能。对于潜能的发现也许偶然，而开掘潜能往往艰辛。而我喜欢一点都不艰辛的日子吗？我吃不准。尽管写英文比写中文吃力得多，每天早上我却是急不可待地要坐到计算机前去，因为我对于将要写出来的东西更加没有控制，换句积极的话来说，就是更加未知。一切未知的事物都非常刺激。

每个人或多或少都喜欢做略感吃力的事。它焕发出精神和身体里一种凝聚力，使你的生命力突然达到更高的强度，或说浓烈度。我和所有人一样，喜欢的是自己生命的这个强度。这也就是我们为什么需要恋爱，需要仇恨，需要膜拜，甚至需要犯规、犯罪。中文写作对于我固然进入了自在状态，但它已不能再给我写英文时的紧张、不适、如同触电的兴奋了。过去听一个长辈说，"不适"说明你在成长。人到中年，成长是难得的，它给我错觉，青春还能往复。